코리안 티처

제25회 한겨레문학상 수상작

서수진 장편소설

한겨레출판

차 례

봄

학 기

봄 학기가 시작하기 사흘 전 선이는 캠퍼스 언덕을 오르고 있었다. 언덕이 꽤 가팔라서 금세 숨이 거칠어졌다. 선이의 상기된 얼굴에 눈송이가 달라붙었다가 이내 사라졌다. 선이는 고개를 들어 싸라기눈이 흩날리는 회색 하늘을 바라보고는, 코트를 벗어 팔에 걸칠까 잠시 고민했다. 코트가 눈에 젖을까 봐 걱정되었다. 전날 어학당 채용 합격 문자를 받고 산 80만 원짜리 카멜색 핸드메이드 코트였다. 강의실 안에서는 코트를 입을 일이 없으리라는 것을 알면서도 샀다. 지금처럼 캠퍼스를 걸을 때 자신이 학생이 아니라 강사의 신분으로 학교에 있다는 것을 알리고 싶어서였다.

선이는 코트를 사면서 대학생이라면 절대 입지 않을 옷 스타일에 대해 생각했다. 내가 대학에 다닐 때 강사들이 어떻게 옷을 입었더라? 기억을 더듬어보았지만, '강사'의 복장을 특정하기 어려웠다. 그도 그럴 것이 당시 선이는 교수와 강사를 구별하지 않았다. 연구실이 없었던 젊은 강사들을 따라다니면서 깍듯하게 '교수님'이라고 불렀다. "교수님, 과제 제출 기한을 조금만 연장해주시면 안 돼요?"라고 졸랐고, '교수님, 성적 정정을 요청드립니다'라는 제목의 이메일을 보냈다. 어쩌면 선이의 학생들도 선이를 교수님이라고 부를지도 모른다. 선이는 가슴속에서 무언가 일렁이는 것을 느끼면서 검은색 H라인 스커트와 단정한 블라우스를 집어 들었다.

선이는 3층 숙녀복 매장을 바쁘게 도는 내내 발아래에 있는 2층 영캐주얼 매장을 생각했다. 바로 지난달까지만 해도 선이는 2층 영캐주얼 매장에서 후드티와 찢어진 청바지를 샀다. 에스컬레이터를 타고 한 층 오르듯이 자신의 인생이 한 단계 올라선 것만 같았다. 오랫동안 변변치 않은 아르바이트를 하면서 지냈고, 알 수 없는 복통에 시달렸다. 어디든 진통제를 가지고 다녔고, 길을 걷다 유리에 비친 자신을 보면 얼굴을 한껏 찡그리고 있어서 놀라곤 했다. 그러나 지금 선이는 배가 아프지도, 습관적으로 얼굴을 찡그리지도 않았다. 선이는 성큼성큼 캠퍼스 언덕을 올랐다.

눈발이 세졌다. 입을 크게 벌리면 눈송이를 몇 개쯤 삼킬 수 있을 것만 같았다. 선이는 걸음을 멈추지 않은 채 팔을 앞으로 내밀어 차가운 눈송이가 손바닥에 앉으면 다른 손으로 문지르기를 반복했다. 그리고 싸라기눈 따위 걱정하지 말자고 생각했다.

코트 드라이클리닝 비용을 걱정하는 시절은 지나간 거야.

선이는 촉감이 부드러운 코트를 한번 쓸어내리고, 코트와 같은 재질의 허리띠를 단단히 동여맸다.

1

그날은 H대학 어학당의 봄 학기 신규 강사 오리엔테이션이 있었다.

H대학은 대학이 가진 명성에 비해 어학당의 규모가 작았는데, 지난해 새로 부임한 원장이 1년 안에 학생 수로 국내 어학당 탑4에 들겠다고 공언한 바 있었다. 그리고 봄 학기에 베트남에서 200명이 넘는 학생을 유치해 왔고 그에 따라 급하게 강사를 뽑은 것이었다.

작은 키의 원장은 카키색 모직 재킷을 입고 오리엔테이션이 열리는 강의실에 들어왔다. 신규 강사 면접 때 원장이 정면에 앉아 있었던 터라 선이는 단박에 알아볼 수 있었다. 턱이 발달한 얼굴에 짙은 눈썹이 제일 먼저 눈에 들어왔다. 원장은 빠른 걸음으로 교탁까지 걸어가 그 앞에 섰다. 선이의 앞에 앉아 있던 긴 머리 여자가 튀어오르듯 일어나 인사를 했다. 선이도 엉거주춤 일어나 고개를 숙였고, 동시에 다른 강사들도 모두 일어났다.

원장을 뒤따라 들어온 얼굴이 하얀 여자 역시 면접에서 보았던 사람이었다. 면접에서 날선 질문을 해대던 여자는 한결 부드러운 얼굴을 하고 있었는데 어딘지 모르게 피곤해 보였다. 원장이 대학 로고가 커다랗게 박혀 있는 교탁 뒤에서 신규 강사들에게 앉으라고 손짓을 하는 동안, 얼굴이 하얀 여자는 맨 앞 책상에 자리를 잡았다.

신규 강사는 총 22명이었다. 이번 학기에만 베트남에서 217명의 신입생이 들어왔다고 원장은 말했다.
"이제는 베트남입니다."
앞자리 여자가 긴 머리를 출렁거리며 부산스럽게 가방을 열어 수첩을 꺼냈다. 선이와 다른 강사들도 하나둘씩 공책이나 다이어리 등을 꺼내 원장의 말을 받아 적기 시작했다.

이제는 베트남이다.

원장이 자신만만한 목소리로 전한 말에 따르면, 이전에 어학당의 주요 고객이었던 중국 유학생들의 숫자가 10년 전에 비해 절반도 넘게 줄었다. 중국은 이제 10년 전의 중국이 아니고, 놀라운 경제성장과 함께 문화적으로도 독립하려는 추세라 한류의 영향이 더 이상 크지 않다는 것이다. 지난해 사드 문제가 불거졌을 때 본국에서 입학 신청을 한 중국 유학생들이 다수 취소를 한 일이 있었다. 수업 중에 환불을 요청한 학생도 있었다. 집에서 돌아오라고 했다는 것이 이유였다. 원장은 그와 같은 일이 계속해서 반복될 거라고 했다.

"새로운 시장을 개척할 필요가 있습니다."

원장은 교탁 옆으로 걸어 나오더니 팔짱을 끼고는 신규 강사들을 둘러보았다.

"적극성이 필요합니다. 그냥 앉아서 기다리기만 하면 안 되지요. 그런 태도가 위기를 불러온 겁니다."

원장은 잠시라도 가만히 있어서는 안 된다는 듯이 교단의 왼쪽 끝과 오른쪽 끝을 오갔다. 선이도 부지런히 펜을 움직였다.

바야흐로, 한국어학당의 위기

행동파 원장은 직접 베트남에 가서 현지 유학원과 접촉했다. 베트남에서 한국은 아주 인기가 많았다. 아직도 드라마 〈대장금〉 이야기를 하는 사람들이 많았다. 삼성을 얼마나 좋아하는지 말도 못 했다. 모두가 한국에 오고 싶어 했고, 한국어를 배우고 싶어 했다. 한 가지 아쉬운 것은 한 지역에 한 번에 발급되는 비자의 숫자가 정해져 있다는 것이었다.

"학생들이 줄을 서 있습니다."

지난 학기에 시범적으로 34명이 들어왔고, 이번 학기에 217명, 다음 학기에 100여 명이 들어올 예정이었다. 비자가 발급되는 대로 들어오는 거라 학기 직전에 급하게 217명의 입학이 결정되었고, 다음 학기에는 100명이 예정이지만 그보다 더 들어올 수도 있었다. 원장은 다시 한번 베트남 학생들이 줄을 서 있다고 말했다.

"베트남 학생 한 명이 한국에 오기 위해 집을 팔아서 온 가족이 지원을 합니다. 여러분의 적극적인 케어가 필요합니다."

원장은 교단의 양 끝을 바쁘게 오가며 계속해서 목소리를 높였다. 선이는 원장의 움직임을 좇다가 눈이 마주치자 얼른 고개를 숙였다. 눈을 피한 것처럼 보이지 않기 위해 펜을 움켜쥐고 아무거나 써대기 시작했다.

원장이 나가자 그와 함께 들어온 얼굴이 하얀 여자가 앉아 있던 책상을 돌려 신규 강사들을 마주 보고 앉았다. 책상을 돌리는 일이 여자에게 무척이나 버거워 보였다.

"원장님한테 들으셨던 대로 베트남 학생들이 많이 들어와서 신규 강사를 채용한 거라서요. 여러분은 베트남 특별반을 맡게 되실 거예요. 아, 저는 1급 베트남반 책임 강사 이한희라고 합니다."

책임 강사 한희는 별다른 인사말을 하지 않았다. 어깨까지 자란 머리는 제멋대로 뻗쳐 있었고, 화장기 없는 얼굴은 볼이 푹 꺼져 있었다. 올리브색 터틀넥 스웨터 소매 밖으로 드러난 손목이 하얗고 가늘었다.

"오늘 반 배정표를 드릴 거예요. 월수금과 화목으로 나누어져 있습니다. 월수금이 담임, 화목이 부담임이라고 생각하시면 돼요. 담임 선생님은 출결 관리와 재등록에도 특히 신경 써주시기 바랍니다."

14

한희는 책상 옆에 내려놓은 쇼핑백에서 종이 뭉치를 꺼내면서 말했다.

"모든 정보 관리는 시스템을 통해서 이루어질 겁니다. 출결과 시험, 과제, 발표 점수는 당일 시스템 입력이 기준이에요. 가장 중요한 건 출결입니다. 출석률이 80퍼센트가 안 되면 진급이 안 되고, 70퍼센트 아래면 비자 연장에 문제가 생길 수 있으니 출석률을 상시 체크해주셔야 합니다."

선이는 하나라도 빠뜨리지 않기 위해 바쁘게 펜을 움직였다.

회의는 매주 월요일 2시, 다른 학교에 출강하는 강사들도 참석 바람.
5주 차에 중간고사, 10주 차에 기말고사. 기말고사 다음 날은 강의평가.
학생들 재등록 조사는 6주 차에, 강사들 차 학기 강의 가능 여부 조사는 9주 차에.

거기까지 말하다가 한희는 고개를 들어 신규 강사들을 바라보았다. 다갈색 눈이 선이의 눈과 잠시 마주쳤다. 쌍꺼풀이 없는 눈, 색이 옅은 눈썹이 꿈틀거렸다.

"신입생 수가 갑자기 늘어난 거라 이게 얼마나 갈지 알 수 없는 게 현실이에요. 원장님이 말씀하신 대로 다음 학기까지는 신입생이 더 들어올 예정이지만 여름 학기에는 일반적으로 기존 학생들의 숫자가 줄어들기도 하고요."

한희가 잠시 말을 멈췄다. 집게손가락과 가운뎃손가락을 번갈아가며 책상을 톡톡 두드렸다. 리듬을 타는 것처럼 톡톡톡.

"만약의 경우를 대비해서 미리 말씀을 드리자면, 당장 다음 학기부터 수업을 드리기 어려울 수도 있어요. 양해 부탁드립니다."

아무도 그 말에 토를 달지 않았지만 선이는 미묘하게 공기가 달라지는 것을 느꼈다. 그럼 한 학기만 일하게 될 수도 있다는 건가? 한국어학당의 한 학기는 겨우 10주다. 선이는 펜을 내려놓고 손을 코트 주머니에 넣었다.

"하지만 이건 늘 최악의 경우를 가정해 드리는 말씀이고, 대부분 큰 문제가 없다면 계속해서 수업을 받을 수 있으실 거예요. 이제까지 늘 그래 왔어요. 이번처럼 신규를 많이 뽑은 건 특수한 케이스이긴 한데……. 원장님 말씀대로 베트남 쪽 전망이 밝으니까요. 우선 반 배정표를 확인해주세요."

한희가 일어나 책상 사이를 오가며 반 배정표를 하나씩 나눠 주었다. 선이는 한희에게 묻고 싶은 말이 많았지만, 그중 하나도 묻지 못할 거라는 것을 알았다.

선이는 반 배정표에서 자신의 이름을 찾았다.

베트남 특별반의 끝 반, 1K 월수금. 담임이었다.

그래도 주 3일이 주 2일보다는 계약 연장에 희망이 있지 않을까? 한희는 수첩에 갈겨 쓴 메모를 살폈다. '담임은 출결 관리와 재등록에 신경 쓸 것.' 상담을 열심히 해서 출결 관리를 잘하고 재등록에서 좋은 결과를 낸다면 자신이 더 유리한 것 아닐까?

앞자리의 여자가 뒤돌아 강의실을 둘러보며 "김선이 선생님?" 하고 불렀다. 원장이 들어왔을 때 제일 먼저 일어나 인사한 긴 머리 여자였다. 까무잡잡한 얼굴에 눈이 커다랗고 속눈썹이 매우 길고 짙었다. 머리카락과 눈동자도 까맸는데 모두 윤기가 돌았다.

선이는 오른손을 들어 보였다.

"제가 김선이인데요."

"아, 안녕하세요. 저는 메이트 강이슬이에요."

"네, 안녕하세요."

선이는 새삼 꾸벅 고개를 숙여 인사했다.

"선생님이 담임이시네요. 잘 부탁드려요."

강이슬이 생긋 웃으면서 휴대폰을 내밀었다. 커다란 눈이 반달처럼 휘었다.

오리엔테이션이 끝나고 책임 강사 한희가 안내한 대로 행정실에 들러서 교재를 빌렸다. 선이는 신규 강사들 무리에 껴서 교재를 한 손에 들고 엘리베이터에 올랐다.

"선생님들 시간 되시면 차 한잔하고 가실래요?"

선이의 메이트, 강이슬이 말했다. 다른 강사 둘이 좋다고 했고, 선이도 얼른 동의를 표했다. 강이슬이 자신의 메이트여서가 아니라 첫 모임에 빠지면 앞으로 점심을 혼자 먹는다든지, 회의가 미뤄졌다는 소식을 혼자만 전달받지 못한다든지 하는 일이 벌어질 거란 예감이 들어서였다. 그건 여중과 여고, 여대를 졸업하면서 익힌 생

존 전략 같은 거였다. 첫날 그룹을 만들 것. 소속되지 않으면 배제
된다.

2

신규 강사 넷이 학교 앞 커피숍에 둘러앉았다. 한옥을 개조해서 만든 커피숍에는 그들 외에는 아무도 없었고 모두 그것을 충분히 의식하고 있었다. 커다란 전면 창으로는 학교의 상징처럼 이야기되는 정문이 보였고, 제법 굵어진 눈발이 흩날리고 있었다. 그건 아주 아름다운 풍경이었지만 누구도 창밖을 바라보지 않았다. 그들은 눈에 관해 이야기하지도 않았다. 커피숍 안은 무척 따뜻했지만, 선이는 코트를 더 단단히 여몄다.

커피가 나오기도 전에 강이슬이 원목 테이블 위에 반 배정표를 꺼내놓았고, 넷은 함께 머리를 맞대고 강의실 배치를 살펴보았다.

"LB라고 되어 있는 건 법학관 지하라는 것 같아요. 여기 경제관 옆에."

강이슬이 스마트폰으로 학교 캠퍼스맵을 확대해 보여주었다.

"보니까 베트남반은 다 LB네요."

1C반 월수금을 맡은 박정은이 말했다.

"이게 베트남 애들 받으려고 억지로 공간을 만든 건가 봐요. 법학관 지하 강의실들을 반으로 쪼갰다는 것 같아요."

"강의실을 어떻게 반으로 쪼개요?"

"간이로 벽을 세웠다나 봐요. 그래서 한쪽 교실에는 컴퓨터가 있고, 한쪽 교실에는 컴퓨터가 없고."

"컴퓨터가 없으면 어떻게 수업해요? PPT로 수업한다고 하지 않았어요?"

"칠판에 판서하고 카세트 들고 다니고 그래야겠죠. 우리 초등학교 때 수업받았던 것처럼."

"어떻게 그렇게 수업을 해요? 쌍팔년도도 아니고. 컴퓨터 설치해달라고 해야 하는 거 아니에요?"

"M대에서는 A3에 출력해서 화이트보드에 붙여놓고 수업하는데요, 뭐. 자석 들고 다닌다니까요. 수업 들어갈 때마다 보부상처럼 한 짐 꾸려서 다녀요."

"아, 선생님 M대에서 수업하세요?"

1D반 화목을 맡은 김수진의 질문에 박정은이 고개를 끄덕였다.

"선생님들은 다른 학교 어디에서 수업하세요?"

강이슬과 김수진에게서 자연스럽게 P대, E대의 이름이 나왔다. 선이는 다른 곳에서 일하지 않는다고 말했다. 이곳이 처음이라는 이야기는 하지 않았다.

"아, 결혼하셨어요?"

"아니요."

"그럼 박사 하시나 보다."

강이슬의 말에 선이는 이번에도 아니라고 고개를 저었다. 자신의 얼굴이 붉어지는 것이 느껴져 당황스러웠다. M대와 P대, E대에서 일하는 강사들이 설명을 요구하는 듯한 얼굴로 선이를 바라보았다. 그때 다행히 커피숍 주인이 커피가 준비됐다고 불렀고, 선이는 그곳 직원이라도 되는 것처럼 벌떡 일어났다.

커피를 가져왔을 때는 다행히 선이가 결혼도 하지 않았고 박사도 하지 않는데 다른 학교 겸임도 하지 않는 것에 대해 모두 잊은 듯했다.

"E대는 다른 학교에서 일 못하게 하지 않아요? E대에서 일하면 커피숍에서 알바해야 한다고 그랬었는데."

강이슬이 커피 잔을 받아 들면서 물었다. 다들 웃는 걸 보니 모두가 아는 농담인 것 같았다.

"예전에는 그랬는데 요즘은 하게 해요."

"아, 그런 줄 알았으면 E대도 써볼걸."

"그런데 다른 학교에서 일하게 하는 거 좋은 소식은 아닌데. 안 그래요?"

"그렇죠, 겸임 안 하고 2년 개고생하면 정규 강사 시켜준다는 거였는데 이젠 그런 게 없다는 거니까."

"P대는 지난 학기부터 담임제도 없었어요. 시수도 다 똑같이 주고. 총괄책임 둘 말고는 다 차등 없이 시간강사라는 거죠. 담임 수당 안 주면서 일 더 시켰던 거 생각하면 뭐 합리적이기도 하고, 영원히 시간강사라는 것 같아서 재수 없기도 하고."

강이슬의 말에 다 같이 웃었다. 이번에도 선이는 웃지 못했다.

"그런데 아까 다른 신규 강사님도 P대에서 일한다는 거 같았는데."

김수진의 말에 강이슬은 끄덕이며 P대랑 H대를 같이 하는 선생님들이 많다고 덧붙였다. 시수 배분이 잘 맞는다는 거였다.

"그래서 들은 얘기가 좀 있어요. P대에서 저랑 지난 학기 메이트였던 선생님이 H대에서 6년째 일하고 있거든요."

강이슬은 곁눈으로 카운터 쪽을 훑어보더니 몸을 앞으로 숙였다. 그런 연극적인 제스처가 다른 강사들의 몸 역시 앞으로 기울게 했다. 선이도 얼른 커피 잔을 내려놓고 강이슬에게 바짝 몸을 붙였다.

"원장이 지난 학기에 베트남 애들이 30명 정도 들어왔다고 한 거 기억하시죠. 다른 학생들이랑 같이 섞여서 수업을 들었고요."

강이슬은 커다란 눈을 깜빡이면서 속삭이듯 말했다.

"그런데 이번 학기에 특별반을 만든 거예요. 잘 생각해보세요. 이상하지 않아요? 중국 국적도 엄청 많은데 따로 특별반을 만들지 않잖아요. 다른 국적은 다 섞여서 수업을 듣는데 베트남반만 나눈 거예요. 우리가 베트남어로 가르칠 수 있는 것도 아닌데."

강이슬이 목소리를 낮춰서 한 이야기는 이러했다.

특별반 말이 처음 나온 건, 베트남 학생들 몇몇이 맨발로 복도를 걸어 다니는 것이 눈에 띄었을 때였다. 한국어학당은 고등학교를 졸업한 성인 학습자들이 대상이기 때문에 복장 규제가 있을 수 없었다. 게다가 수업 시간도 아니고 쉬는 시간에까지 신발을 신으라고 지도를 해야 하는지 강사들의 의견이 나뉘었다. 행정실까지 문제가 보고되었고, 수업 후에 따로 불러서 최대한 조심스럽게 학생들에게 말을 해보라는 지침이 내려옴으로써 그 문제는 해결된 듯했다.

학습 동기가 다른 것도 특별반의 근거가 되었다. 기존의 어학당 학생들은, 특히 명문대로 일컬어지는 H대 어학당 학생들은 학문 목적으로 분류되는 경우가 대부분이었다. 한국에서 대학교에 진학하기 위해 한국어를 배우는 것이었다. 이에 따라 H대 어학당 교재 역시 대학 생활에 필요한 한국어에 집중되어 있었다. 반면 베트남 학생들은 대부분 직업 목적으로 한국을 찾았다. 한국에서 일하기 위해 한국어를 배우는 것이었고, 더 정확히 말하면 한국에서 일하기 위해 어학당에서 발급하는 비자가 필요한 것이었다. 그래서 베트남 학생 중에는 수업 후에 아르바이트를 병행하는 학생이 많았는데, 공장에서 밤새워 일하느라 수업 시간에는 아예 엎드려 자고는 했다.

그러나 사실 특별반을 만들게 된 결정적인 계기는 의복이나 학습 동기와는 아무런 상관이 없는 일이었다. 학기의 중반을 넘어선 어느 날, 베트남 학생 하나가 수업 시간에 야동을 보다가 적발된 것이다. 사실 적발되었다는 말은 적절하지 않다. 그 학생이 소리를 키워 놓고 야동을 보았기 때문이다. 해당 반의 강사는 기겁했고 몇몇 여

학생은 소리를 질렀다. 본인 나라 말로 욕을 지껄이는 학생들도 있었다. 야동을 본 학생은 제적당했다. 담당 강사는 수업에 들어갈 때마다 동영상에서 흘러나오던 소리가 떠오른다고 했다.

"그래서예요. 그래서 베트남반을 따로 만들고 신규 강사들한테 떠넘긴 거라고요. 다들 안 맡겠다고 난리를 치니까. 버린 반인 거죠. 우리는 버린 반을 맡은 거고."

커피는 모두 식어버렸다. 선이는 입술만 축이고 다시 커피 잔을 내려놓았다.

"이상하다, 저 M대에서 베트남 애들 가르치거든요. 그런 거 못 느꼈는데……."

"E대 베트남 애들도 열심히 해요."

박정은과 김수진이 말했다.

"걔네들은 한국어를 배우러 온 애들이니까요. 아까 원장이 하는 얘기 들었잖아요. 몇백 명씩 데려온다고. 자격 조건이 안 되는 애들을 마구잡이로 데려오는 거예요."

강이슬이 손을 휘저으며 말했다. 넷은 잠시 침묵했다.

"그런데 다들 우산 있으세요?"

강이슬의 말에 선이는 고개를 돌려 창밖을 바라보았다. 눈이 맹렬하게 쏟아지고 있었다. 선이는 바로 사흘 후가 개강이라는 것이 믿어지지 않을 만큼 텅 비어 있는 학교 캠퍼스에 눈이 쌓이는 것을 바라보았다.

3

오리엔테이션에 다녀온 다음 날, 선이는 시스템에 접속해서 베트남 특별반 1K의 명단을 살펴보았다. 영문자와 기호로 된 낯선 이름들이 가득했다. 선이는 어떻게 읽는지 몰라서 구글에 이름을 넣고 발음을 따라해보았다. 책임 강사 한희는 학생들의 이름을 한국어로 등록해야 한다고 말했다. 반별로 이름변경 신청서를 작성해서 첫 주에 제출하라고 했다. 선이는 한국어에 없는 'f나 'v'와 같은 발음들을 'ㅍ'과 'ㅂ'으로 바꿔가면서 이름을 써나갔다.

> Nguyễn My Phương 우옌 미 프엉
>
> Nguyễn Bình Quang 우옌 빈 꾸앙
>
> Đoàn Thị Tiền 도안 띠 띠엔
>
> Nguyễn Gia Quân 우옌 지아 꾸안

한국어로 쓰여 있는 이름들이 영문자와 기호보다 더욱 낯설게 느껴졌다. 이렇게 쓰는 것이 맞는지 확신이 서지 않아 선이는 한국어의 외래어 표기법을 살펴보았다. 된소리는 허용하지 않는다는 규칙이 있었다. 선이는 된소리를 모두 거센소리로 바꾸어보았다.

우옌 미 프엉
우옌 빈 쿠앙
도안 티 티엔
우옌 지아 쿠안

그러다 뒤늦게 선이는 베트남어 표기 세칙을 발견했다. 된소리를 허용함은 물론, 'qua'는 '꽈'로 쓴다고 상세히 적혀 있었다. 베트남 이름 중에 50퍼센트가 넘는다는 성, 'Nguyễn' 역시 어떻게 써야 할지 나와 있었다. 선이는 다시 이름 표기를 바꾸었다.

응우옌 미 프엉
응우옌 빈 꽝
도안 티 티엔
응우옌 지아 꽌

선이는 학생들의 이름을 소리 내 읽어보았다. 원래 이름에서 너무 멀어져버린 것 같았다. 학생들이 자신의 이름을 알아듣지 못한다면 어떻게 할까? 선이가 아무리 불러도 학생이 돌아보지 않는다면? 그건 내 이름이 아니라고 화를 낸다면? 선이는 다시 한번 구글에 이름을 넣고 발음을 들어보았다. 선이로서는 흉내조차 내기 힘든 비음과 성조가 반복되었다. 선이는 노래를 따라 부르듯이 이름을 소리 내보았다. 따라 하기 좋은 발음을 찾아 여러 명의 다른 목소리로 이름을 들어보았는데 그때마다 이름이 꾸안, 쿠안, 꽌, 콴으로 다르게 들렸다. 왜 같은 이름을 다르게 발음할까? 선이는 노트북에 귀를 대고 다시, 또다시 들었다. 그러다 한국어강사 양성 과정에서 이에 대해 배웠던 것이 생각났다.

외국인 화자는 한국어 발음에서 거센소리와 된소리를 구별하기 어려워한다고 배웠다. 'ㄱ, ㄷ, ㅂ, ㅈ'이 초성에 있는 경우 외국인 화자에게 'ㅋ, ㅌ, ㅍ, ㅊ'으로 들린다고 한다. 그래서 외국인들이 '감사합니다'를 '캄사함니다'라고 말하고 '김치'를 '킴치'라고 말하는 것이다. 그들의 귀에는 한국인이 '김치'를 말할 때 '킴치'라고 발음하는 것으로, '감사합니다'를 말할 때 '캄사함니다'라고 발음하는 것으로 들린다. 그래서 한국인이 '배트'를 말하면 외국인의 귀에는 '페트'라고 들리고 '조커'를 말하면 '초커'라고 들리는 것이다.

된소리를 구별하는 것은 더욱 어려워서 외국인 화자로서는 몇 년이 지나도 구별하지 못하는 경우가 많다고 한다. '굴'과 '꿀'을 구별할 수 없고, '담'과 '땀' 역시 똑같은 단어로 들린다. 세계에 존재하는 3000여 개의 언어 중에서 'ㅅ'과 'ㅆ'을 구별하는 것은 한국어와 아프리카계의 언어 하나뿐이라고 하니, '사다'와 '싸다'를 다른 뜻으로 말하는 건 엄청나게 특이한 일인 것이다.

거센소리와 된소리를 함께 생각해보면 '자다'와 '차다', '짜다'가 외국인에게는 모두 같은 단어로 들린다고 보아야 한다. 그러니 선이가 그들의 이름이 '꽌'인지 '콴'인지를 구별하려 애쓰는 것은 그다지 중요한 일이 아닐 것이다. 더 중요한 건 선이가 '도안 티 티엔'의 이름을 말할 때 티엔의 귀에는 '토안 티 티엔'이라고 들릴 거라는 거였다. 티엔이 선이에게 자신의 이름은 토안이 아니라 도안이라고 말한다면 선이는 어떻게 해야 할까? 자신이 티엔의 이름을 쓸수는 있지만 발음할 수는 없다는 것을 어떻게 이해시켜야 할까?

이래서 외국에서는 외국 이름을 짓는 거야.

선이는 영어회화 학원에서 영어 이름을 지었던 것을 기억해냈다. 선이가 제인으로 불렸던 것처럼 학생들을 한국어 이름으로 부른다면 어떨까? 그러면 발음하지 못해서 생기는 오해가 없을 터였다. 선이는 학적 정보로 들어가 사진을 하나씩 열어보았다. 사진 속 얼굴을 빤히 들여다보니 이름이 하나씩 떠올랐다. 얼굴이 하얗고 눈이 커다란 프엉은 유미, 쌍커풀이 짙은 꽝은 진우, 얼굴이 길고 입술을 빨갛게 바른 티엔은 은아, 까무잡잡한 얼굴에 턱이 각진 꽌은 철민. 선이는 혼자 그들의 이름을 불러보았다.

유미야.

진우야.

은아야.

철민아.

선이는 혼자 웃음을 터뜨렸다. 그들은 유미가, 진우가, 은아가, 철

28

민이 아니었다. 선이는 한국 이름 짓는 것은 그만두고 프엉과 꽝, 티엔과 꽌에 동그라미 쳤다. 그것이 그들의 한국어 이름이 될 것이다. 베트남어 이름과는 멀어져버렸지만, 그것이 선이가, 다른 한국인들이 그들의 이름을 부르는 방식이 될 것이다. 선이는 그것에 대해 잘 가르쳐주리라 생각했다.

선이는 첫 시간 프엉과 꽝, 티엔과 꽌 앞에 선 자신을 그려보았다.

저는 여러분의 한국어 선생님 김선이예요.

선이의 이름은 분명했다. 다른 이름이 필요하지 않았다. 다르게 발음할 필요도, 다르게 쓸 필요도 없었다. 선이는 칠판에 '한국어 선생님 김선이'라고 커다랗게 써야겠다고 생각했다. 아래에 영어로 'Korean Teacher'라고 써주는 게 좋겠지. 선이는 자신을 일컫는 3개의 단어가 아주 마음에 들었다. 코리안 티처, 김선이. 선이는 자신의 이름 앞에 서서 큰 소리로 말할 것이다.

저는 여러분의 한국어 선생님 김선이예요.

선이는 이제야말로 자신의 자리를 찾은 것 같았다. 그리고 그 자리를 절대 놓치지 말아야겠다고 다짐했다.

4

　선이는 자라면서 몇 가지 이름을 가졌다. 초등학교에서는 '2단지' 라고 불렸다. 아파트 대단지와 붙어 있었던 학교에는 1단지의 아이들이 대부분이었는데, 선이의 반에서 선이만 2단지에 살았다. 그래서 아이들은 선이를 '2단지'라고 불렀다. 2단지가 1단지보다 평수가 작다는 것은 친구들을 집으로 초대했을 때 알게 되었다.

　"집이 왜 이렇게 작아?"

　친구들이 해맑은 얼굴로 물었다. 선이는 자신의 집이 왜 작은지는 물론이고 작다는 사실조차 알지 못했으므로 아무 말도 하지 못했다.

　얼마 지나지 않아 선이의 친구들이 선이를 빼고 캠핑에 다녀온 것을 알게 되었다. 가족들도 모두 같이 다녀온 캠핑이었는데, 선이에게는 끝내 말하지 않았다. 선이도 모르는 척했다. 그리고 학년이 바뀌기만을 고대했지만, 그다음 해에도 선이는 '2단지'라고 불렸고, 친구들은 선이만 빼고 방과 후에 분식집에 가고, 주말에 놀이공원을 갔다. 그러나 선이는 단 한 번도 아는 티를 내거나 서운해하지 않았다.

왜 나만 빼고 다녀?

그렇게 묻는 순간 선이는 정말로 빠지게 될 터였다. '2단지'가 '1단지'들 사이에 있을 수 있었던 것은 아무것도 묻지 않았기 때문이라는 것을 선이는 잘 알고 있었다.

중학교에서는 '써니텐'이었다. 선이가 어울리던 친구는 세 명이었는데 박효정은 '박사'라고, 서수진은 '서수남'이라고 불렀으니 선이가 '써니텐'이라면 나쁘지 않았다. 이름으로 별명을 붙이는 일은 초등학생 때 많이 했는데, 선이의 친구들은 아이 같은 면이 있었다. 셋 다 공교롭게도 키도 작았다. 그래서 같은 반 아이들에게서 놀림을 받기도 했다. 선이와 친구들을 한데 묶어 '찐따들'이라든지 '초딩들'이라든지 하는 이름으로 불렀다.

"저기 찐따들 지나간다."

"초딩들 봐라, 오늘도 공기하네."

선이는 그런 말들에 신경 쓰지 않았지만, 친구들은 얼굴을 붉히고 공기 알을 챙겨 자신의 자리로 돌아갔다. 그런 일이 매일같이 반복되자 선이의 친구들은 점차 서로에게서 거리를 두었다. 졸업할 때에는 인사도 하지 않을 정도로 멀어졌다. 그리고 누구도 선이를 '써니텐'이라고 부르지 않았다.

고등학교에서는 키가 작은 순으로 번호를 붙였는데 선이는 1번이었고, 그래서 '1번'이라고 불렸다.

"야, 1번."

누군가 그렇게 부르는 소리가 들리면 선이는 잠시 숨을 고르고는 고개를 들었다. '45번'과 '37번'이 선이를 자주 찾았다.

"야, 1번. 너 숙제했지?"

"야, 1번. 이것 좀 해봐."

선이는 '37번'의 숙제를 대신 해주었고, '45번'의 교복 치마를 대신 줄여주었다.

선이를 '1번'이라고 부른 건 친구들만이 아니었다. 선생님들도 그랬다. '1번'이 불릴 때마다 선이는 벌떡 일어나 영어 지문을 띄엄띄엄 읽거나 매트로 달려나가 앞구르기를 해야 했다. 선이는 자신이 '1번'인 게 너무 싫었다. 뭐든 먼저 해야 하고, 비웃음을 사고, 괴롭힘을 당하고.

고개를 떨구는 습관이 생긴 건 그때부터였다. 키가 작아서 맨 앞에 앉았던 선이는 선생님들과 눈을 마주치지 않기 위해 고개를 숙였고, 뒤쪽에 앉는 키 큰 애들 눈에 띄지 않기 위해 몸을 웅크렸다. 수업 시간에 선이는 글씨가 매직아이처럼 빙글빙글 돌아가도록 책에 눈을 고정했다. 쉬는 시간에는 책상에 엎드려 교실 바닥 틈에 끼어 있는 지우개 가루를 멍하니 바라보았다. 화장실에 가야 할 때는 실내화에 비눗물이 덜 빠져 누렇게 자국이 남아 있는 것을 보면서 복도를 걸었다.

선이가 대학교 졸업반이었을 때 영어회화 학원을 등록했는데, 첫 시간에 영어 이름을 지으라고 했다. 선이의 옆자리에 앉아 있던 여자는 이미 이름을 지어 왔다고 속삭였다.

"저는 리사예요, 그쪽은요?"

선이는 에이미로 할까 한다고 대답했다. 리사는 웃는 건지 찡그리는 건지 알 수 없는 표정을 지었다.

"에이미는 조금 밝고 활동적인 이미지가 강하지 않아요?"

선이는 얼굴이 달아오르는 것을 느끼고 고개를 숙였다.

"제인 어때요? 조용하고 차분해 보이잖아요."

선이는 제인이라는 이름이 마음에 들지 않았지만, 에이미라고 말했다가 모두 선이를 비웃을 것만 같았다. 그래서 선이는 학원에서 제인이라고 불렀다. 발표를 해야 할 때가 몇 번 있었는데, "My name is Jane"이라고 할 때마다 목소리가 작아졌다. 나는 제인이라는 이름이 싫다, 그런 생각을 하느라 발표를 망쳤다. 결국 한 텀을 다 마치지 않고 중간에 학원을 그만뒀다. 그리고 그 후로 다시는 영어회화 학원에 가지 않았다.

석사를 마친 후에 선이는 7급 공무원 시험을 준비했는데, 공시 학원에서는 이름을 부르지 않았다. 선이는 대형 강의실의 작은 책상에 앉아 강사의 말을 받아 적고 학원 앞에서 컵밥을 사 먹었다. 그 후에는 집 앞 독서실을 찾아 필기가 빽빽한 문제집에 밑줄을 긋다가 집에 돌아갔다. 3년을 그렇게 공부하고 나니 선이는 학원 수업을 같이 듣는 사람들, 과목명으로 불리는 강사들, 독서실 총무 외에는 만나는 사람이 없어졌다. 그리고 그들 중 누구도 선이의 이름을 부르지 않았다. 다만 아주 가끔 "저기요"라고 불릴 때가 있었다.

"저기요, 펜 떨어졌어요."

"저기요, 혹시 한국사 교실이 어딘지 아세요?"

"저기요, 이번 달 이용료 아직 안 내신 것 같은데……."

그때마다 선이는 얼굴을 붉히며 펜을 줍고, 옆 교실을 가리키고, 지갑을 꺼냈다. "감사합니다"라든지 "죄송합니다"라는 식의 말을 하면서 그것이 그날 자신이 처음으로 한 말이라는 것을 깨달았다.

두 번째 시험에 떨어진 이후부터 선이는 알 수 없는 복통에 시달리기 시작했다. 모의평가 이전에 배가 아픈 건 긴장해서 그러려니 했지만, 독서실에서 혼자 공부를 하다가, 아침에 샤워를 하다가 배가 아픈 건 도무지 이유를 찾을 수 없었다. 아플 때는 길을 걷다가도 주저앉을 정도로 심하게 아팠지만, 약을 먹으면 이내 괜찮아지고는 해서 병원에 가지는 않았다. 그래서 시험장에서 배가 아팠을 때도 물도 없이 약을 씹어 먹었고, 이내 괜찮아지리라 생각했다. 그러나 1교시에 시작된 복통은 2교시, 3교시까지 이어졌고 3교시에는 비명을 지르지 않기 위해 이를 악물어야 하는 지경에 이르렀다. 선이는 식은땀을 흘리며 배를 움켜쥐었다. 정신을 잃을 것만 같았다. 감독관이 선이에게 다가와 괜찮냐고 속삭였을 때 선이는 울고 있었다. 처음부터 3년을 계획하고 시작한 시험이었다. 그날이 마지막이었고, 선이는 자신이 모두 망쳐버렸다는 것을 알았다.

　모교 취업지원팀에서 한국어 강사 국가고시 대비 과정이 개설된다는 메일을 받았을 때 선이는 시험이라면 지긋지긋하다고 생각했지만 사실 시험공부 말고는 할 줄 아는 게 없었다. 7급 공무원 시험을 준비하듯이 공부했더니 필기와 면접에서 만점에 가까운 점수를 받았다. 그러나 시험 점수는 취업과 상관이 없는 듯했다. 선이는 한국어 강사 채용 공고가 나는 모든 학교와 기관에 원서를 썼지만, 열 곳 중에 두 군데에서만 연락이 왔고 그조차도 면접과 시강에서 떨어졌다.

　H대 어학당의 채용 공고가 개강 한 주 전에 났을 때 선이는 하루 종일 복통에 시달리고 있었다. 이젠 이골이 나서 진통제 없이도 어느 정도 버틸 수 있었다. 선이는 왼손으로 배를 잡고 H대 어학당의 채용 일정을 확인했다. 채용 공고가 월요일, 서류 접수 마감이 화요일, 서류 합격 공지가 수요일, 면접이 목요일이었다. 최종 합격 여부가 면접 당일인 목요일에 발표되고 금요일이 신규 강사 오리엔테이션, 그다음 주 월요일이 개강이었다.

　이렇게 급하게, 그것도 22명이나 되는 강사를 뽑았으니 자신이 뽑힌 거라고 선이는 후에 짐작했다. 다른 신규 강사들의 말대로 모두가 꺼리는 일이 생겨나 모두가 꺼리던 자신이 일을 하게 된 것이다. 반 배정표의 맨 아래, 베트남 특별반 중에서도 끝 반에 자신이 배치된 것 역시 자신이 심사에서 가장 최하점을 받고 들어온 증거가 아닐까 생각했다. 폭발적으로, 비정상적으로 학생이 들어오지 않았다면 절대로 뽑히지 않았을 사람. 그게 선이였다.

　그러나 최종 합격 문자를 받던 때에는 그런 생각을 하지 못했다. 다만 믿을 수가 없어서 문자를 오랫동안 들여다보았다.

　김선이 님. H대 어학당의 정규 강사가 되신 것을 축하합니다. 내일 신규 강사 오리엔테이션이 있으니 참석 바랍니다.

　다른 누구도 아닌, 김선이, 자신이 H대 어학당의 한국어 강사가 된 거였다. 선이는 휴대폰 화면에 떠 있는 자신의 이름을 가만히 만져보았다.

5

　봄 학기 첫날, 선이는 학생 OT 1시간 전에 강사실에 도착했다. 강사실 유리문에 자리 배치표가 붙어 있었다. 배치표에는 강사의 이름이 아닌 반의 기호가 써 있었다. 그러니까 선이는 '베트남 특별반 1K'에 해당하는 책상을 찾아가면 되는 거였다.

　강사실은 창문이 없었다. 하얀색 페인트로 말끔하게 발린 벽은 수십 개의 책상이 다닥다닥 놓여 있는 강사실을 텅 빈 것처럼 보이게 했다. 오른쪽 벽에 컴퓨터 세 대가 나란히 놓여 있는 큰 책상과 복사기 두 대, 1급부터 6급까지 스티커가 붙어 있는 진회색의 캐비닛이 있었다. 캐비닛 옆에는 커다란 고무나무 화분이 있었는데 잎이 누렇게 말라가고 있었다. 컴퓨터 책상과 닿은 벽에 붙어 있는 시계를 제외하고는 사방에 아무런 액자나 장식이 붙어 있지 않았다.

　공용 컴퓨터 책상에서 멀지 않은 선이의 책상에는 플라스틱 책꽂이 하나가 덩그러니 놓여 있었다. 선이는 자리에 앉기 전에 옆 책상을 슬쩍 살폈다. H대 한국어 교재 및 다른 책 여러 권이 파일들과 함께 빽빽이 책꽂이에 꽂혀 있었다. 책꽂이 옆에는 검은색 머그컵과 필통, 집게, 스테이플러, 인쇄물이 어지럽게 흩어져 있었다.

얼마 지나지 않아 강사들이 하나둘 들어오기 시작했다. 1C반 월수금을 맡은 박정은이 선이를 찾아와 인사했다. 선이는 반가운 마음에 하마터면 박정은의 손을 잡을 뻔했다. 박정은이 돌아간 후 옆자리에 누군가 앉는 것을 보고, 선이는 자리에서 살짝 일어나 허리를 꾸벅 숙여 "안녕하세요"라고 인사했다. 짧은 단발머리에 안경을 쓴 여자였다. 그녀는 선이 쪽은 돌아보지도 않고 고개를 까닥였다. 얇은 입술을 꼭 다물고 있었다. 선이는 실수라도 한 것처럼 얼른 자리에 도로 앉아 고개를 숙이고 책을 들추는 척했다.

"미주 샘, 일찍 왔네."

목소리가 낮고 허스키한 여자가 선이 뒤편으로 구두 굽 소리를 내며 지나갔다. '미주'라는 이름의 옆자리 강사는 선이 쪽으로 몸을 돌려 목소리가 낮은 여자와 이야기하기 시작했다. 목소리가 낮은 여자가 "방학 때 또 싸웠다면서?"라고 묻자, 옆자리 강사가 "방학 중에 이메일을 확인하라는 게 정상이야?"라고 되물었다. "적당히 좀 해, 그러다 진짜 잘려"라거나 "항의 좀 했다고 잘리면 나 진짜 가만히 안 있을 거야"라는 말들이 이어졌다.

여전히 고개를 숙이고 있던 선이의 눈에 옆자리 강사의 신발이 보였다. 운동화였다. 하얀 면에 파란색 줄무늬가 있는 운동화. 그리고 청바지를 입고 있었다. 선이는 자신이 신은 검은색 구두와 살색 스타킹을 바라보았다. 옅은 줄무늬가 들어간 하얀색 블라우스와 검은색 스커트는 완벽하게 다림질된 상태였기 때문에 선이는 몸을 곧 추세우고 앉아 있었다. 안감이 드러나도록 접어서 의자에 걸쳐놓은 카멜색 코트를 짓누르지 않기 위해서이기도 했다.

　학생 OT를 위해 강의실에 들어가기 전 선이는 심호흡을 하고 빠뜨린 것이 없나 다시 한번 확인했다. 파일 안에는 출석부와 진도표, 수업 일지, 학생 배부용 OT 자료와 1과 교재 복사본이 들어 있었다. 선이는 주머니에 손을 넣어 OT와 수업 PPT가 들어 있는 USB가 잘 있는지를 다시 확인했다. 선이의 강의실은 LB013-1이었고, '-1'이 붙어 있는 강의실은 컴퓨터가 배치된 교실이라고 들은 터였다.《즐거운 H 한국어 1A Student's Book》과《즐거운 H 한국어 1A Work Book》도 잊지 않고 챙겼다.

　"자, 이제 잠들어 있는 학생들을 깨우자."

　선이는 작게 되뇌고는 강의실에 들어섰다. 학생들이 일제히 선이를 향해 고개를 돌렸다. 본래의 강의실에서는 보통 교실처럼 화이트보드가 있는 교탁에서 세로로 길게 앉은 학생들을 바라보는 구조였을 것이다. 그러나 강의실을 반으로 자르면서 교탁에서부터 멀지 않은 곳에서 시선이 멈추었다. 교탁에 서보니 벽이 앞으로 성큼 다가온 느낌이었다. 본래는 강사가 학생들 사이를 오갈 수 있도록 책상을 2, 3개씩 붙여서 몇 개의 분단처럼 열을 지어 배치해놓았을 것이다. 그런데 교실의 길이가 매우 짧아졌으므로 책상은 틈 없이 9개가 모두 붙어 있었고, 그 뒤에 9개가 또 붙어 있었다. 수업 도중 문

반대편 책상에 앉은 학생이 화장실에 가려면 책상을 뛰어넘지 않는 한 8명이 일어나야 할 것처럼 보였다.

선이는 가로로 길게 붙어 앉은 학생들을 보았다. 9명씩 두 줄. 출석부에 있는 18명이 모두 거기 있었다. 그리고 18명 모두 선이를 바라보고 있었다.

"안녕하세요."

선이는 고개를 살짝 숙여 인사를 하면서 책상 아래로 드러난 학생들의 신발을 훔쳐보았다. 맨발은 없었다.

오후 3시, 이번에도 강이슬의 제안으로 선이와 박정은, 김수진은 학교 앞 커피숍에 앉아 있었다. 강이슬과 김수진은 화목 수업을 맡고 있었지만, 회의에 참석하기 위해 나온 것이었다.

"우리 서로 만나면 안 되는 거 아니에요?"

김수진이 계약서를 팔랑거리며 말했다. 회의가 끝나고 행정실에 들러서 계약서에 사인하고 나오는 길이었다. "매 학기 첫날 계약서에 사인하러 오시면 됩니다." 행정실 직원은 선이가 사인한 계약서 2부 중에 1부를 건네면서 그렇게 말했다.

"여긴 분명히 주 8시간 계약으로 되어 있는데."

"제 말이요. 책임 강사는 상근이니까 돈 받고 매일 있는 거잖아요. 그런데 시급 받는 시간강사한테 수업 없는 날 회의를 오라면서 최소한의 미안함도 없고."

김수진의 말에 강이슬이 목소리를 높였다.

선이는 할 말이 없었다. 다른 강사들의 말이 맞는 것 같기는 했다. 시간강사에게 시간 외 업무를 시키는 것은 부당하다. 그러나 이상하게 그들처럼 화가 나지 않았다.

"출결 보고도 그래요. 아니, 시스템에 입력하면 되는 거지, 그걸 왜 다시 보고하래."

박정은이 투덜거렸다. 회의에서 책임 강사 한희가 매일 결석자 명단과 결석 이유를 카톡 단체 대화방에 공유하라고 한 것 때문이었다. 한희는 결석자들에게 연락을 취할 때 언어적인 어려움이 있으면 행정실 베트남어 조교에게 도움을 청해서라도 이유를 보고해야 한다고 했다.

"고등학교도 아니고 대학 기관에서 결석했다고 전화를 돌리는 게 말이 돼요? 전화를 안 받으면 애를 잡으러 가라고 할 태세예요."

강이슬은 선이를 향해 큰 눈을 깜빡거렸다.

"네, 정말 말이 안 되네요."

선이는 그렇게 말하면서도 속으로는 '까라면 까야지'라고 생각하고 있었다. 선이에게 한희의 요구가 정당한지 부당한지는 중요하지 않았다. 선이에게 중요한 것은 한희가 책임 강사라는 것이었다. 강사를 고용하고 해고하는 건 직접적으로는 행정실의 일이었지만, 책임 강사들이 수업을 배정하는 일을 맡고 있었다. 매 학기 계약 연장을 해야 하는 시간강사가 책임 강사에게서 수업을 배정받지 못하면 해고당하는 것이니, 사실상 인사권을 쥐고 있다고 봐야 했다. 그러므로 선이는 누구보다 한희에게 잘 보여야 했다.

선이는 여전히 분노를 토하는 강사들 뒤편으로 색색의 옷을 입은 수많은 학생이 학교 정문에서 쏟아져 나오는 것을 바라보았다. 고작 사흘이 지났을 뿐인데 학교는 완전히 다른 모습을 하고 있었다. 선이는 학생들이 서로를 때리며 깔깔 웃는 것을, 정문에 기대서 휴대폰을 만지작거리는 것을, 두꺼운 전공 서적을 들고 바쁘게 걸음을 옮기는 것을 지켜보았다. 면접과 신규 강사 오리엔테이션에 이어 오늘까지 겨우 세 번 찾은 학교인데도 '내 학교'라는 생각이 들었다.

3주가 지나 중간고사 전 주가 되자 반의 절반이 엎드려 잤다. 선이가 교실에 들어설 때 이미 서넛은 책상에 엎드려 있었고, 2교시에 들어가보면 10명에 가까운 숫자가 자고 있었다. 한두 명은 아예 의자를 여러 개 붙여놓고 누워서 자고 있었다. 그러면 선이는 "여러분!"이라고 외쳤다.

"일어나세요!"

두 팔을 아래에서 위로 휙휙 올렸다. 선이는 교실을 이리저리 오가며 학생들을 깨웠다. 두세 명은 일어났지만 나머지는 꼼짝도 하지 않았다. 그래도 선이는 지치지 않고 학생들을 깨웠다.

"한국에서 일해요. 한국어 필요해요."

4주 차 금요일 9시에 교실에 들어서니 아무도 자고 있지 않았고, 선이는 그간 노력한 보람이 있다고 생각했다. '드디어'라는 생각에 미소를 지으며 "안녕하세요!"라고 인사했다. 학생들 몇몇이 "안녕하세요"라고 답했는데 얼굴이 모두 울상이었다. 뭔가 잘못되었다는 생각이 들었다.

"여러분, 왜 그래요?"

선이는 화이트보드에 커다랗게 물음표를 그리면서 물었다. 그제야 프엉이 울고 있는 것이 눈에 띄었다. 프엉은 지난 학기에 들어왔는데 유급을 해서 1급을 다시 하고 있었다. 유급을 했더라도 한국에서 지내는 동안 보고 들은 게 있어 한국어를 곧잘 했고, 다른 학생들의 말을 선이에게 통역해주고는 했다. 그런 프엉이 울고 있으니 그 이야기를 대신 전해줄 사람이 없었다. 선이는 프엉이 울음을 멈추기를 잠자코 기다렸다.

"공장 돈 없어요."

5분여가 지난 후에 프엉이 여전히 훌쩍거리며 말했다. 얼굴이 뽀얗고 볼살이 통통한 데다 커다란 눈에 쌍꺼풀이 짙어서 어려 보이는 얼굴이었는데, 눈을 비비며 울고 있으니 꼭 아이 같았다.

"무슨 돈요? 월급? 공장에서 돈을 안 줘요?"

프엉이 밤에 공장에서 일한다는 것은 알고 있었다. 공장 사장에게 욕설을 몇 번 듣고는 그게 무슨 말인지 선이에게 묻기도 했다. 그때마다 선이는 그건 아주 좋지 않은 말이니 절대 따라 해서는 안 되고, 다음에 사장님이 그런 말을 할 때는 무시하라고 일러주었다. 그 사장이 이번에는 프엉의 돈을 떼먹은 모양이었다.

"얼마예요? 얼마를 안 줬어요?"

프엉은 얼른 휴대폰을 꺼내 메모장에 숫자를 썼다. 90만 원이었다.

"사장님 돈 없어요. 기다려. 말해요. 프엉 돈 없어요."

선이는 프엉에게 몇 시부터 몇 시까지 일하냐고 물었다. 어학연수 비자로 들어온 외국인에게 주 20시간 아르바이트가 허용되는 것은 입국으로부터 6개월이 지난 시점부터였다. 그러니 이제 한국에 들어온 지 네 달밖에 안 된 프엉이 일을 하는 건 불법이었다. 학교에서는 불법적인 활동을 장려해서는 안 되니 수업 중에 아르바이트를 언급하지 말라는 지침이 있었다. 그래서 선이는 학생들에게 '어디서 일을 하느냐', '얼마나 일을 하느냐', '얼마를 받느냐' 묻지 않았다.

프엉은 오후 5시부터 새벽 4시까지 일을 한다고 했다. 일주일 중 일요일 하루만 쉬었다. 한 달에 264시간, 월급이 90만 원이라면 시급이 3400원꼴이었다.

"월급이에요? 한 달?"

선이는 프엉의 휴대폰으로 달력을 보여주었다. 2월 한 달에 동그라미를 치면서 90만 원이 한 달 치 월급이냐고 물었다. 프엉은 고개를 끄덕였다. 선이는 잠시 프엉의 책상 앞에 서 있었다. 옆자리에 앉아 있던 프엉의 남편, 꽌이 "선생님" 하고 선이를 불렀다. 선이가 돌아보니 꽌은 아무 말 없이 선이를 올려다보았다. 까무잡잡한 피부에 키가 작고 마른 꽌은 프엉처럼 동대문의 지하 공장에서 일하고 있었다. 프엉이 일하는 공장은 단추를 단다고 했고, 꽌이 일하는 공장은 지퍼를 단다고 했다. 두 살 아기를 베트남에 두고 온 어린 부부였다. 꾄은 돈을 얼마나 받을까? 선이는 아득해졌다.

"휴대폰을 주세요. 선생님이 전화해요."

선이는 프엉의 휴대폰으로 그녀의 사장에게 전화를 했다. 프엉에게 욕설을 퍼붓던 사람. 사장이 한번에 전화를 받지 않아 계속했고, 나중에는 메시지를 남겼다.

"사장님이 전화를 안 받아요. 전화 오면 그때 이야기해요. 지금 한국어를 배워요. 한국어를 배워서 싸워야 해요."

선이는 그 순간 새로 시작한 자신의 일에 확신을 가질 수 있었다. 월급을 떼먹는 악덕 사장에게 따질 수 있도록 한국어를 익혀야 한다. 비인간적인 욕설을 할 때 알아챌 수 있도록, 불법적인 시급을 줄 때 항의할 수 있도록, 아니, 처음부터 그런 곳에서 일하지 않을 수 있도록.

선이가 자못 비장하게 한국어 형용사 목록을 나눠 주고 있을 때 프엉의 휴대폰이 울렸다.

"사장님이에요."

프엉이 휴대폰을 건네주었고, 선이는 "여보세요, 프엉 씨가 일하는 공장 사장님이십니까?"라고 최대한 딱딱하게 말했다. 상대는 부쩍 경계하는 말투로 누구냐고 연거푸 물었다.

"제가 누구인지가 중요한 게 아니잖습니까? 프엉 씨의 밀린 급여를 언제 주실 건지 묻고자 전화드렸습니다."

선이는 평소에 '-(스)ㅂ니다'체를 쓰지 않았고, 그래서 1급에서 '-(스)ㅂ니다'체를 가르칠 필요가 없다고 생각해왔다. 그러나 그 통화를 하면서 생각이 바뀌었다. '-(스)ㅂ니다'체는 1급에서 꼭 필요한 문법이었다.

"내가 주고 싶지 않아서 안 주는 게 아니에요. 거래처에서 돈이 들어오지 않는데 어떡합니까? 나도 죽겠어요."

언제 봤다고 '저'가 아니라 '나'라고 하는 걸까? 아직 학생들에게 '나'는 가르치지도 않았는데.

"지금 저는 프엉 씨가 일한 것에 대한 대가를 달라고 말하는 겁니다. 일을 시켰으면 돈을 주는 것은 당연하지 않습니까? 100만 원도 안 되는 돈이라고 들었습니다."

선이는 시급을 말하려다가 참았다. 상대가 거칠게 한숨을 쉬었다.

"듣다 보니 내가 악덕 사장이라도 되는 것처럼 말하는데, 아니, 애들이 불쌍해서 내가 데리고 있는 거예요. 애들이 이렇게 일하는 게 불법이라는 거 알고나 있어요? 이거 찌르면 어떻게 되는지 알고 이렇게 따지는 거냐고요."

선이는 '피가 거꾸로 솟는다'라는 말을 실제로 체감했다. 머리로 피가 올라와 얼굴이 뜨거워지고 어지러웠다.

"일하는 것도 불법이지만, 고용도 불법이라고 알고 있습니다. 그래서 언제 주실 겁니까?"

상대가 나지막이 "씨발"이라고 중얼거리는 게 들렸다. 선이는 온몸이 부들부들 떨렸다. 프엉과 꽌, 그리고 나머지 16명의 학생이 모두 선이를 뚫어지게 보고 있었다.

"그럼 문자로 가능한 날짜를 보내주시기 바랍니다."

선이는 대답을 기다리지 않고 전화를 끊었다. 얼굴이 새빨갛게 달아올라서 숨을 씩씩거렸다.

"선생님, 괜찮아요?"

프엉이 물었다.

"네, 괜찮아요. 사장님이 돈을 안 주면 선생님에게 다시 말해요. 받을 수 있어요. 받을 거예요. 선생님이 싸울 거예요."

선이는 숨을 고르고 바로 수업에 돌입했다. 학생들에게 형용사를 가르쳐야 했다. '좋다'와 '나쁘다'를 가르치고, '많다'와 '적다'를 가르치고, '행복하다'와 '슬프다'를 가르쳐야 했다. 언젠가는 '정당하다'와 '부당하다'를, '감격스럽다'와 '모욕적이다'를 가르칠 수 있을 것이다. 선이는 학생들이 그런 단어를 배울 때 '부당하다'보다 '정당하다'가, '모욕적이다'보다 '감격스럽다'가 더 한국 생활에 유용한 단어라고 느끼기를 바랐다.

6

　개강 후 한 달이 지나도록 옆자리의 미주와는 인사 외에 말을 하지 않았다. 선이는 아침에 출근할 때와 오후에 퇴근할 때 늘 몸을 숙여 미주에게 인사를 했는데 미주는 인사도 받는 둥 마는 둥이었다. 그래서 미주가 선이에게 말을 걸었을 때 선이는 필요 이상으로 놀랐고, 바로 죄송하다고 말했다.

　"제가 다른 일에 정신이 팔렸었나 봐요."

　선이의 변명에 미주는 별 신경을 쓰지 않는 듯했다.

　"수업 어때요?"

　"네?"

　"베트남 특별반 하고 있는 거죠? 수업할 만해요?"

　H대 어학당에서 수업이 어떠냐고 물어준 첫 번째 사람이었다.

　"네, 학생들이 착하고 예뻐요. 아르바이트 때문에 피곤해하는 애들도 있는데, 대부분 열심히 하려고 해요."

　"그렇죠? 다들 하는 얘기랑은 다르죠? 가르쳐본 적도 없는 사람들이 말로만 그러는 거라니까. 베트남 애들이 어쩌니, 중국 애들이 어쩌니."

"네, 괜히 겁먹었던 것 같아요. 아르바이트를 밤새워 하느라 잠도 못 자고 와서 꾸벅꾸벅 졸면서도 펜을 잡고 있는 애들이 많아요."

선이는 재잘재잘 수다를 떨고 싶은 기분이었다. 애들이 얼마나 선량한지 몰라요. 선생님을 진심으로 좋아하는 게 느껴져요. 얼마 전에 임금 못 받은 애 사장한테 전화를 해서 따진 적이 있거든요? 개가 그 사장한테 돈을 받더니 이제는 저를 엄마처럼 따라요. 아, 신발도 다 잘 신고 다니고요. 휴대폰을 몰래 보는 애들은 있지만 야동이라니, 정말 상상도 못 할 일이에요. 분명 그 한 명이 미친놈이었던 거예요. 미친놈 하나 때문에 다른 애들이 모두 피해를 받다니 제가 마음이 다 아프다니까요. 선이에게는 하고 싶은 말이 아주 많았다.

"그래, 애들이 보통 그렇지. 대다수가 착해."

미주는 혼잣말처럼 중얼거리다가 의자를 뒤로 휙 빼더니 나가서 커피를 하겠냐고 물었다. 예상치 못한 말에 선이는 다시 놀랐지만 바로 끄덕였다. "네, 좋아요"라고 말할 때 선이는 이미 일어나 있었다.

미주는 그날도 청바지에 운동화를 신고 있었다. 가끔 슬랙스를 입는 것도 보았지만 거의 청바지에 셔츠 차림이었다. 하늘색 셔츠 소매를 둘둘 말아 올린 미주가 복도 자판기에서 커피를 뽑아 선이에게 건넸다. 짧게 자른 손톱이 눈에 띄었다. 낯익은 얼굴의 강사 하나가 지나가면서 미주에게 "뭐야, 신규 선생님 잡는 거 아니지? 살살해"라고 농담을 했다. 선이는 어색하게 웃어 보였다.

"저는 돌려 말하는 걸 안 좋아해서요."

미주가 말했다. 선이는 뜨거운 종이컵을 손에 들고 미주의 다음 말을 기다렸다.

"선생님 인스타 해요?"

선이는 미주가 질문하는 의도를 몰라서 잠시 대답을 망설였다. 인스타 팔로우를 해달라고 부탁하는 건가? 나한테 관심을 보여준 선생님인데 없어도 있다고 하는 게 좋지 않을까? 잘 안 쓰는 계정이 있다고 하고, 집에 가는 버스에서 계정을 만들면 되지 않을까? 선이는 고민 끝에 있다고 대답했다.

"그럼 인스타에 한번 들어가봐요. 선생님 반 학생들 인스타. 베트남 학생들이 서로 팔로우가 되어 있어서 찾기가 어렵지는 않을 거예요."

"저희 반 학생들요?"

"네, 선생님 사진이 올라와 있는 것 같아요."

미주가 선이의 눈을 똑바로 보면서 말했다. 미주의 눈은 옆으로 길게 뻗어 있었는데 꼬리가 살짝 위로 올라가 노려보는 것 같은 느낌이 들었다.

"제 사진요?"

"네, 확인해보세요. 그리고 다시 이야기해요. 그냥 넘어가서는 안 될 것 같아요."

미주는 커피를 들고 강사실로 들어갔다. 선이는 자판기 앞에 서서 자신이 학생과 사진을 찍은 적이 있던가 생각해보았다. 없었다. 아무리 생각해봐도 그런 일은 없었다. 그런데 무슨 사진이 올라가 있다는 거지? 선이는 황급히 강사실로 다시 들어가서 보던 자료를 모두 가방에 처넣고 바로 퇴근을 했다.

선이가 수업을 하는 사진이었다. 쫀의 인스타그램이었다. 한글로 '선생님 예뻐요'라고 쓰고 옆에 하트를 붙인 것을 보고 선이는 긴장했던 마음이 잠시 풀어졌다. 사진을 옆으로 넘겨보았다. 다른 학생을 깨우는 선이의 모습, 화이트보드에 판서를 하는 선이의 모습, 양팔을 번쩍 들어 올리고 과장된 표정을 짓고 있는 선이의 모습. 검은색 스커트는 늘 같았지만 블라우스가 다른 걸 보면 여러 날에 걸쳐 찍은 사진이 분명했다. 선이는 점점 불쾌해졌다. 이렇게 몰래 사진을 찍으면 안 된다고 가르쳐줘야겠다고 생각하며 선이는 본문을 클릭해 해시태그를 확인했다.

#Seoul

#HUniversity

#KoreanTeacher

#KoreanGirl

#KoreanPrettyGirl

#KoreanHotGirl

게시글에는 37개의 댓글이 달려 있었다. 대부분 베트남어로 된 댓글이었는데 그중 영어로 달린 댓글이 3개 있었다.

ㄴ Is she pretty? Really?

ㄴ She's in the wrong job. She's too pretty to be a teacher.

ㄴ Fuck, she turns me on.

이 여자가 정말 예쁘냐고 비꼬는 댓글과 선생님이 되기엔 너무 예쁘다는 정반대의 댓글이 나란히 있었다. 마지막 댓글은 '씨발, 꼴리네'라고 번역해야 할 것이다. 선이는 '코리안핫걸'이라는 해시태그를 클릭해 같은 해시태그를 단 게시물을 검색해보았다. 속옷만 걸치고 가슴을 드러낸 여자들의 사진이 쏟아졌다. 숨이 턱 하고 막히는 것 같았다.

말도 안 돼.

선이는 자신이 꽌에게 가르쳐주고 싶었던 단어, '부당하다'와 '모욕적이다'를 떠올렸다.

꽌 씨, 이건 부당해요. 이건 정말 모욕적이에요. 내게 이런 이름을 붙이지 마세요.

그리고 미주의 목소리가 머릿속에서 울렸다. '그냥 넘어가서는 안 될 것 같아요.'

다음 날 선이는 출근 날이 아니었음에도 학교를 찾았다. 화요일 4

시. 수업이 끝나고 3시간이 지난 터라 강사실은 텅 비어 있었다. 선이는 자리에 가방을 내려놓고 바로 책임강사실로 향했다.

미주가 그래야 한다고 했다. 전날 저녁 선이는 사진을 확인한 후 강사 연락처를 뒤져 미주에게 전화를 걸었다. "그렇게 놀랄 것 없어요. 선생님은 피해자고, 이건 엄연히 범죄니까 경찰서에 신고하면 되는 거예요. 간단한 문제예요. 아직 신규라 겁나겠지만 대학 기관이 그렇게 꽉 막혀 있진 않아. 급 책임한테는 미리 말해주는 게 좋아요. 허락을 받으라는 게 아니라 경찰서에 가겠다고 알려주라는 거예요. 그래야 학교에서도 뭔가 대처를 할 테니까." 미주는 선이가 한 단어라도 놓치기를 바라지 않는다는 듯 천천히 또박또박 말해주었다. 선이는 미주가 볼 수 없는데도 연신 고개를 끄덕이며 그녀의 말을 들었다.

책임강사실 가장 바깥쪽 자리에 앉아 있던 한희는 지친 얼굴로 선이를 올려다보았다.

"여기서 말하면 안 되는 거예요?"

선이가 망설이자 한희는 느릿느릿 자리에서 일어났다. 복도에 나와서는 걸치고 있던 두꺼운 베이지색 카디건을 단단히 여미고 팔짱을 꼈다. 선이는 눈을 내리깔고 짝이 올린 게시물에 대해 말했다.

"베트남 특별반을 맡아서 고생이 많지요?"

한희는 선이가 기대하지 않았던 말을 했다.

"아니요, 괜찮습니다."

진심이었다. 정말 괜찮았다. 선이는 베트남 학생들에게 애정을 느끼고 있었고, 그들에게 좋은 선생님이 되고자 하는 마음에는 변함이 없었다. 그저 자신의 사진이 자신이 원하지 않는 방식으로 인터넷에서 소비되는 것이 싫었을 뿐이었다.

"학교에서 조처할게요."

"네, 알겠습니다, 선생님. 저는 오늘 경찰서에 가려고 합니다."

"김선이 선생님, 학교에서 적절한 조치를 할 거예요. 과정을 공유해드릴게요. 잠시만 학교를 믿고 기다려주시면 감사하겠습니다."

선이는 눈을 들어 한희를 바라보았다. 한희의 눈에는 물기가 없었고, 얼굴은 딱딱하게 굳어 있었다. 선이는 고개를 떨구고 복도 바닥에 햇빛이 길고 가느다랗게 떨어져 있는 것을 응시했다. 연필심처럼 뾰족한 햇빛의 끝이 한희의 슬리퍼 위에 놓여 있었다.

"그럼…… 경찰서에 가지 않는 것이 좋을까요?"

"선생님이 선택하시는 거죠. 제가 뭐라고 말할 수 있는 부분이 아닙니다."

한희의 슬리퍼가 위로 들렸다가 다시 바닥으로 떨어졌다. 햇빛을 밟아버리겠다는 듯이. 그러나 햇빛은 다시 슬리퍼 위로 올라섰다.

"그럼 기다려주시는 걸로 알고 행정실에 보고할게요."

한희가 그대로 몸을 돌려 책임강사실로 들어갔다. 선이는 한희의 등에 대고 꾸벅 인사를 하고는 다리에 힘이 풀려 주저앉고 말았다. 선이는 손을 뻗어 햇빛의 끝자락을 만졌다. 선이의 손가락에 햇빛이 내려앉았다. '베트남 특별반을 맡아서 고생이 많지요?' 한희는 그렇게 말했다. 선이는 고개를 끄덕거리고 자리에서 일어났다.

선이는 학교의 언덕길을 천천히 걸어 내려갔다. H라인 스커트에 굽이 높은 구두를 신고 있어서 가파른 언덕길을 내려가기가 쉽지 않았다. 선이는 넘어져서는 안 된다고 생각하며 천천히 한 걸음 한 걸음 내려갔다.

선이는 다음 날 꽌을 보지 않고 수업했다. 꽌은 선이에게 해맑게 말을 걸었지만 선이는 못 들은 척했다. 다른 학생들은 수업을 열심히 들었고, 선이는 이렇게 며칠만 버티자고 속으로 되뇌었다. 그러나 꽌이 언제나처럼 "선생님 예뻐요"라고 말하고, 다른 학생들이 그 말에 웃음을 터뜨렸을 때는 견디기가 어려웠다. 선이는 화장실에 다녀오겠다고 둘러대고 강의실을 나왔다. 화장실 거울을 보고 심호흡을 한 후 다시 들어가 선이는 남은 시간 자습을 시켰다. 다행히 마지막 4교시였고, 12시 50분이 되자마자 도망치듯 교실에서 튀어나왔다.

강사실에 들어서자 미주가 인사도 없이 선이에게 어떻게 됐냐고 물었다.

"아, 네. 잘되었어요."

"뭐가 잘되었다는 거예요?"

"학교에서 잘 처리를 해주신다고……."

"이한희 선생님이 그래요? 그래서 신고를 안 한 거예요?"

"우선 학교 처리를 기다려보고……."

선이는 자신의 책상을 내려다보았다. 자신의 옆얼굴에 박히는 미주의 시선을 느낄 수 있었다.

"제가 선생님의 선택을 뭐라고 할 수는 없죠. 그런데……."

미주는 거기까지 말을 하다가 멈추었다. 선이는 미주를 돌아보지 않았다. 한희도 미주도 선이의 선택이라고 했다. 그래, 내가 선택하는 거야. 나는 여기 남을 거야. 선이는 고개를 숙인 채 다음 날 수업 자료를 살펴보았다. 미주가 말없이 일어나 자리를 떴다. 선이는 자신의 선택을 의심하지 않았다. 강이슬에게서 연락이 오기 전까지.

금요일 오전 8시 40분, 강사실에서 수업에 들어갈 준비를 하고 있을 때 메이트 강이슬에게서 전화가 왔다. 강이슬은 선이가 전화를 받자마자 인스타에 자신의 사진이 올라왔다고 소리쳤다.

"선생님 사진도 올라왔어요."

강이슬은 흥분한 목소리로 오늘 당장 경찰서에 가겠다고 했다. 그러고는 인스타그램에서 다른 신규 강사들 사진도 찾았다면서 같이 신고를 하면 더 힘이 실릴 거라고 했다. 선이가 한희를 찾아갔던 이야기를 해야 할지 고민하는 동안 강이슬은 다시 걸겠다며 전화를 끊었다. 선이의 뒤편에 앉아 있던 박정은이 "이슬 샘!"이라며 외치는 소리가 들렸다.

"네, 같이 가요. 네, 네."

박정은의 대답은 간결하고 분명했다. 선이는 자신의 자리에서 고개를 숙이고 앉아 박정은의 의자가 거세게 뒤로 밀리는 것을, 구두 굽 소리가 점점 가까워지는 것을 들었다.

"수업 끝나고 법학관 로비에서 만나서 바로 가요. 이슬 샘이랑 수진 샘이 시간 맞춰서 오겠대요."

박정은의 구둣발 소리가 다시 선이에게서 멀어졌다. 선이는 책상에 고개를 파묻었다.

형사는 꾄의 인스타그램에 올라온 선이의 사진을 잠깐 보고는 "이 사진 외에는 없어요?"라고 물었다. 스포츠머리를 하고 얼굴에 붉은 기가 도는 중년의 남자였다. 진갈색 체크무늬 셔츠 소매를 접어 올리고 있었는데, 단단한 팔근육이 드러나 보였다.

"옆으로 넘겨보시면 사진이 더 많아요."

강이슬이 선이를 대신해 대답했다. 선이는 법학관 1층 로비에서 강이슬과 박정은, 김수진에게 한희를 찾아갔던 이야기를 했고, 우선 학교의 처분을 기다려보는 게 어떻겠냐고 물었다. "신고하고 기다리면 되죠." 강이슬이 단호하게 말하면서 앞장섰다. 박정은과 김수진이 뒤를 따랐고, 선이도 결국 무리를 따라 경찰서에 들어섰지만, 신분증을 건넨 것 외에 아직 한마디도 하지 않았다.

"아뇨, 개인을 특정할 수 있는 이름이라든지 주소나 주민등록번호 같은 개인정보들을 올렸는지 묻는 거예요."

"이 사진을 보면 선생님 얼굴이 확실히 나와 있잖아요. 저도 한 번에 보고 알았는데요."

형사는 계속해서 말하는 강이슬 쪽은 쳐다보지 않고 선이에게 다시 물었다.

"혹시 이 사진 때문에 직접적인 피해를 받은 거 있으신가요?"

선이는 자신이 느낀 모욕감과 수치심을 생각했다. 정신적 피해보상이 엄연히 존재하지 않던가? 그러나 형사가 그런 것을 묻고 있지 않다는 것을 알 수 있었다.

"단순히 사진을 올린 것만으로는 처벌이 어렵거든요. 사적인 공간에서 찍힌 것도 아니고, 노출도 없고. 뭐, 사생활 침해가 아닌 건 아닌데, 처벌하려면 실정법적 근거가 필요해서요."

"여기 아래 해시태그를 보세요. '코리안핫걸'이라고 썼어요. 그 해시태그로 들어온 사람들이 남긴 댓글도 보세요. 제가 번역해드릴까요?"

이번에도 강이슬이 대신 대답했다. 형사는 강이슬이 가리키는 대로 해시태그와 댓글을 들여다보았다. 선이는 그가 댓글의 영어를 번역 없이도 이해할 수 있기를 바랐다. 강이슬이 소리 내어 댓글을 읽는 일은 없기를 바랐다.

"그런데 '코리안핫걸'이라는 말은 좋은 말 아니에요? 예쁘고 매력 있다, 그런 칭찬 아닌가요?"

형사가 얼굴에 미소를 띠고 물었다.

"이 해시태그로 한번 검색을 해보실래요? 얼마나 좋은 사진들이 뜨는지?"

강이슬이 카랑카랑한 목소리로 맞섰다.

"저기요……."

선이는 경찰서에 들어선 후 처음으로 입을 열었다. 목소리가 형편없이 떨렸다.

"저는 신고하고 싶지는 않은데요……."

강이슬의 시선이 매섭게 선이에게 꽂혔다.

"저는 참고인 정도로 생각해주시면 될 것 같습니다."

그날 강이슬과 박정은, 김수진은 신고를 접수했다. 그리고 셋은 언제나처럼 학교 정문 앞 카페로 향했다. 누구도 선이에게 같이 가자고 말하지 않았다. 선이는 자신에게서 멀어지고 있는 무리를 향해 인사하고, 반대 방향으로 걸었다.

그날 밤, 선이는 다시 꽌의 인스타그램을 찾았다. 그가 한국에서 지내는 동안 올렸던 사진들을 확인하고, 팔로우 목록을 통해 반 학생들의 인스타그램을 차례로 방문했다. 프엉의 인스타그램에는 자신의 셀카가 제일 많았고, 꽌과 같이 찍은 사진과 아기의 사진도 많았다. 선이는 프엉이 자신의 셀카에 남긴 해시태그를 발견했다.

#Selfie

#NoFilter

#AsianGirl

#VietnameseGirl

#VietnamesePrettyGirl

선이는 이번에는 해시태그를 따라 검색해보지 않았다. 프엉에게 댓글을 남기기 위해 댓글 창을 열었다가 닫았다. 메시지를 보내기 위해 쪽지 창을 열었다가도 아무 말도 쓰지 못하고 닫았다.

잠시 휴대폰을 내려놓고 소파에서 일어난 선이는 거실을 이리저리 걷다가 이내 다시 휴대폰을 집어 들었다. 그러고는 이름이 낯선 학생들의 인스타그램도 들어가보기 시작했다. 낯익은 얼굴의 인스타는 지난 게시물을 일일이 옆으로 넘겨가며 사진을 모두 확인했다. 모르는 얼굴이라 하더라도 팔로우에서 익숙한 이름이 여러 명 발견되면 게시물을 빠짐없이 확인했다. 그러다가 연보라색의 펜슬스커트를 발견했다.

익숙한 복도를 걷는 길고 날씬한 다리. 신가은 선생님이 틀림없었다.

가은은 H대 한국어학당에서 가장 눈에 띄는 강사였다. 170센티미터가 넘는 키와 군살 없이 날씬한 몸매가 잘 드러나는 옷을 입고 다녔다. 납작한 배를 타이트하게 누르는 갖가지 색의 펜슬스커트에 단순한 디자인의 셔츠를 넣어 입거나 화려한 문양의 블라우스에 하얀색이나 아이보리색 같은 밝은색 슬랙스를 입었다. 원피스에 하이힐까지 신고 온 날은 시선을 주지 않기가 어려웠다. 선이는 인스타그램에 오른 사진 속 신가은의 쭉 뻗은 다리를 보고 있는 스스로가 부끄러워져 얼른 휴대폰을 내려놓았다.

월요일 아침, 선이는 강사실 문이 열릴 때마다 돌아보면서 가은을 기다렸다. 가은이 출근하기 전에 박정은이 먼저 강사실에 들어섰다. 그녀는 선이와 눈이 마주치자 바로 고개를 돌렸다. 선이는 인사하려고 들었던 손을 내렸다. 그리고 이어서 들어온 가은을 따라 강사실 안쪽으로 들어갔다. 박정은의 시선이 느껴지는 듯했다.

선이가 옆에 다가가 인사를 하자 가은은 조금 당황한 기색이었는데 이내 활짝 웃어 보였다.

"신규 선생님이시죠?"

가은은 겉옷을 벗는 게 예의라는 듯 급히 코트를 벗어 자리에 아무렇게나 던져놓고 선이를 향해 몸을 돌렸다. 카멜색 코트. 소매에 'Handmade'라는 라벨이 붙어 있었다.

"아, 잠시만요."

가은은 책상에 놓여 있는 상자의 뚜껑을 열어서 선이에게 건넸다. 하트 모양의 종이 상자 안에는 사탕과 초콜릿이 가득 들어 있었다.

"어제 학생들이 준 건데 너무 많아서요. 나눠 먹으면 좋잖아요. 혹시 초콜릿 안 좋아하세요?"

선이는 초콜릿 하나를 집어 들어 주머니에 넣었다. 감사하다고 고개를 숙여 인사하고는 바로 휴대폰을 꺼내 학생의 인스타그램을 보여주었다. 어제 시스템에 접속해서 알아본 바로는 이번 학기에 입학한 1E반의 베트남 학생이었다. 가은은 베트남 특별반을 맡고 있지 않았으므로 아마 한 번도 보지 못한 학생일 것이다. 그 학생이 복도에서 가은의 옆모습을 사진 찍어서 올렸다. 화질이 좋지 않은 걸 보면 멀리서 찍어서 확대한 것 같았다. 사진 속에는 하얀색 셔츠에 연보라색 스커트를 입고 있는 가은이 커다란 꽃다발을 들고 있었다. 가은의 얼굴은 잘려 있었다.

"어머, 이거 나 같은데."

가은은 사진을 가까이 들여다보다가 선이에게 물었다.

"나 맞네. 아휴, 여기에도 올랐네. 선생님, 이거 누가 올린 거예요?"

가은은 체념한 듯한 말투였다. 이런 일이 처음은 아니었던 것처럼 들렸다. 선이는 주변을 둘러보았다. 아직 이른 시간이었고, 강사실에는 사람이 많지 않았다. 선이는 최대한 작은 목소리로 어제 경찰서에 다녀온 이야기를 했다. 경찰이 한 말은 말하지 않았고, 미주가 알려준 것이나 한희를 찾아간 것도 말하지 않았다. 3명의 신규 강사가 신고를 접수했고, 자신은 하지 않았다는 것도 말하지 않았다.

"베트남 특별반 애라는 거죠? 그럼 책임이……."

가은은 책상의 파티션에 붙여놓은 강사 배정표를 훑어보았다.

"한희 샘이네. 잘됐다. 나 한희 샘이랑 입사 동기예요. 내가 한희 샘한테 말할게요."

가은이 어쩌나 밝은 목소리로 말하던지 선이는 잠시 정말 잘된 일이라는 생각이 들었다. 선이는 다시 한번 고개를 꾸벅 숙이면서 감사하다고 말하고 자리로 돌아왔다.

학교에서는 강사의 사진을 동의 없이 찍어서 올린 학생들을 모두 제적 처리했다. 선이가 미주에게 사진에 대해 들은 시점으로부터 열흘이 지나 결정이 났다. 학생들에게는 에이전시가 연락을 취했다고 했다.

생각보다 일 처리가 빨리 돼서 다행이라는 가은의 말에 선이는 고개를 끄덕였지만, 사실은 너무 오래 걸렸다는 생각을 하고 있었다. 선이는 그동안 나흘이나 꽌을 봐야 했다. 최대한 꽌에게 시선을 주지 않으려 했지만, 꽌이 휴대폰을 몰래 보고 있는 것을 발견하자 지금 뭐 하느냐고 소리치고 말았다.

"사진을 찍으면 안 돼요. 다른 사람의 동의 없이 사진을 찍으면 안 돼요. 인터넷에 그 사진을 올리는 건 더더욱 안 돼요. 그건 모두 불법이에요."

선이는 프로젝터에 구글 베트남어 번역기를 띄워놓고 빠르게 타이핑을 하며 말했다. 학생들이 소란스러워졌다. 학생들의 길고 많은 말을 간추려서 프엉이 "베트남에서 괜찮아요"라고 말했다. 선이는 통역에 문제가 있다는 것을 알았다. 그게 구글의 번역이든, 프엉의 요약이든 간에 무언가 결정적인 것이 빠진 것이다.

"아니요, 안 괜찮아요. 베트남에서 안 괜찮아요. 한국에서 안 괜찮아요. 베트남 사람, 한국 사람 똑같아요. 안 돼요."

선이는 목소리를 높였다. 학생들은 여전히 술렁였다. 꽌은 억울한 얼굴이었다. 그리고 다음 날 꽌은 제적 처리되었다.

교실에 들어가니 프엉이 울고 있었다. 옆자리는 비어 있었다. 선이는 왜 우냐고 무슨 일이냐고 묻지 않았다. 말없이 수업을 시작했다. 수업하는 내내 프엉이 훌쩍였다. 선이는 화이트보드만 보고 수업을 했다. 마커를 너무 세게 움켜쥔 나머지 손이 저렸다.

프엉은 쉬는 시간마다, 그리고 퇴근 후에도 선이를 따라다녔다. 계속해서 프엉을 무시하던 선이는 정문 앞에서 멈춰 섰다.

"프엉 씨, 그만하세요."

"선생님, 꽌 씨 비자 필요해요. 비자 없어요. 일 못 해요. 베트남에 가요. 안 돼요."

프엉은 금방이라도 울 것 같은 얼굴이었다.

"울지 마세요."

선이가 프엉의 팔을 잡았다.

"저는 프엉 씨에게 안 미안해요. 꽌이 잘못했어요. 꽌이 프엉 씨에게 미안해요. 꽌이 저에게 미안해요."

프엉은 고개를 가로저으며 휴대폰을 꺼내 꽌의 인스타그램을 보여줬다.

"선생님 사진 없어요."

꽌이 사진을 내린 것은 이미 확인한 후였다. 선이는 프엉에게서 휴대폰을 빼앗아 프엉의 인스타그램으로 들어갔다.

"아시안걸 태그하지 마세요."

선이는 프엉에게 아시안걸 태그를 단 게시물들을 보여주고 싶었다. 스스로를 '아시안걸'이라고 이름 붙이지 말라고 말하고 싶었다. 그러나 프엉이 그것에 동요하지 않을까 봐 겁이 났다. '그래서요?'라는 식의 표정을 지을까 봐 무서웠다.

"한국 사랑해요. 한국어. 공부. 이렇게 태그하세요."

선이는 휴대폰을 다시 프엉의 손에 쥐여주고는 그 두 손을 자신의 손으로 감쌌다. 프엉의 손이 차가웠다.

"선생님, 우리 돈 없어요."

프엉은 얼굴을 일그러뜨렸다.

"우리 아기……."

프엉의 인스타그램에는 어느새 아기의 사진이 떠 있었다.

#AsianBaby

#CuteBaby

선이는 날카로운 통증에 주저앉았다. 배가 찢어질 듯이 아팠다. 한국어 강사 일을 시작하면서 배가 아프지 않았고, 그래서 진통제를 챙기지 않았다는 것이 새삼스레 생각이 났다. 선이가 여전히 잡고 있는 프엉의 손에는 볼살이 통통한 아기가 휴대폰 속에서 웃고 있었다. 아기의 아버지는 추방당할 것이다. 가족이 집을 팔아서 마련한 돈을 갚기 위해 어머니는 혼자 남아서 불법적인 시급을 감수해가며 두 배로 일을 늘려야 할 것이다. 어디서부터 잘못된 걸까. 선이는 프엉의 손에 매달린 채 비명을 질렀다. 누군가가 칼로 배를 난도질하는 것만 같았다.

주말이 지나고 다시 어학당을 찾은 날, 프엉을 볼 수 없었다. 프엉 외에도 3명이 결석을 했다. 다른 반에서도 학생들이 여러 명 결석했다고 했다. 그날 베트남 특별반 단체 대화방에는 결석 이유 대신 '연락 두절'이라는 설명을 단 결석자 명단이 줄줄이 올라왔다. 총 47명의 집단 결석이었다.

여 름
학 기

어학당의 학기는 10주였다. 9시부터 1시까지 하루 4시간 주 5일 수업을 해서 총 200시간으로 마무리되는 과정이었다. 1년에 4학기로 구성되어 있었고, 학기와 학기 사이 각 2주에서 4주 정도의 방학이 있었다. 비교적 길고 잦은 방학에 해외를 다녀오는 강사들이 많았고, 미주도 그중 한 명이었다. 1년에 두 번 정도는 동남아 등지에서 휴가를 보내고 들어왔다. 이번 2주간의 방학에는 혼자 캄보디아에 다녀왔다. 수료식 날 오후에 공항을 가서 OT 전날 들어왔다. 다행히 여러 번 해보았던 2급에 배정되었고, 별다른 준비 없이 새 학기를 맞이할 수 있었다.

　OT는 보통 수업보다 1시간 늦은 10시였다. 미주는 8시쯤 일어나 전날 만들어 얼려놓았던 미역국을 데워 간단하게 아침을 먹었다. 하늘색 셔츠에 청바지를 입고 거울을 보니 이국의 사원에서 까맣게 타버린 얼굴이 눈에 거슬렸다. 여행하는 동안 귀찮아서 선크림을 바르지 않은 탓이었다.

뭐 어쩌겠어.

미주는 톤이 다운된 파운데이션을 발라야겠다든지, 다른 색의 셔츠를 입어야겠다든지 하는 생각을 하지 않았다. 옷이나 화장에 시간을 들이는 것이 싫었다. 그래서 몇 년째 쓰고 있는 브랜드의 21호 파운데이션과 아이브로우 펜슬로 간단하게 화장하고 집을 나섰다. 봄 학기 수업 자료들이 그대로 들어 있는 배낭을 메고, 현관에 이미 놓여 있던 운동화를 꿰신었다.

8년 전 H대 어학당에서 처음 수업을 했을 때 미주는 책임 강사에게 복장규정이 있냐고 물었다. 미주를 제외하고는 모두 투피스 정장을 입고 있었다.

"대학 강사처럼 보이는 옷을 입어야겠죠."

책임 강사는 미주의 옷차림을 위아래로 훑어보았다.

"물어봐서 하는 말인데, 단화보다는 구두를 신는 게 좋지 않겠어요? 학생들이 학생처럼 보이는 선생님을 과연 존중할까요?"

지금 생각해보면 고리타분하기 짝이 없는 말이었다. 다행인 건 미주는 그 당시에도 책임 강사의 말을 곧이곧대로 들을 생각이 없었다는 것이다. 그래서 계속해서 슬랙스에 단화를 신고 다녔다. 책임 강사는 몇 번 싫은 소리를 했지만, 그때마다 미주가 "제가 이번 학기에는 돈이 없어서요. 다음 학기에 사겠습니다"라고 하면 한숨을 내쉬고는 더 이상 아무 말도 하지 않았다.

미주는 그다음 학기에도 바지에 단화를 신고 다녔다. 당시 H대 어학당 강의실은 가파른 언덕 제일 꼭대기에 자리 잡고 있어서 스커트를 입고 언덕을 오르내리기가 매우 불편했다. 타이트한 셔츠와 자켓은 상상조차 하기 싫었다. 타이트한 상의를 입고 칠판에 판서하기 위해 팔을 이리저리 들어 올려야 한다면 몹시 우스꽝스러워 보일 것이 틀림없었다. 그리고 무엇보다 미주는 구두를 싫어했다. 대학 때 구두를 신고 집회에서 달렸던 경험 이후로 미주는 불가피한 일이 아니면 구두를 신지 않았다. H대 어학당 면접에서는 구두를 신었지만, 채용 문자를 받은 즉시 의자를 현관으로 끌어다가 신발장 가장 높은 곳에 구두를 처박아버렸다.

미주의 고집이 몇 학기 동안 반복되자 모두 그러려니 했다. 그리고 지난해부터 미주는 아예 청바지에 운동화를 신고 다녔다. 몸이 편해지니 수업에 더 집중할 수 있었다. 두 학기 전부터 2급을 맡은 신규 책임 강사는 미주의 복장 불량이 자신의 강사 관리 능력 부족으로 여겨질까 봐 불안했는지, 미주 선생님이 발에 지병이 있어서 운동화를 신고 다닌다는 말을 하고 다녔다.

문밖을 나서니 열어놓은 복도 창에서 훈훈한 바람이 훅 불었다. 미주는 소매를 둘둘 말아 올리면서 계단을 내려섰다. 새 학기였다. 벌써 8년째 맞이하는 새 학기지만 어떤 학생들을 만날지 여전히 긴장되었다.

"여러분, 선생님은 친절하지 않아요. 1급 선생님과 달라요. 수업 시간에 친구와 이야기하지 마세요. 수업 시간에 휴대폰을 보지 마세요. 선생님은 열심히 가르칠 거예요. 여러분은 열심히 공부하세요. 여러분이 공부 안 하고 숙제 안 하면 선생님은 화낼 거예요. 자,

여러분. 책을 봅시다."

미주는 새 학기 첫날마다 학생들에게 당부하는 말을 노래처럼 흥얼거리면서 버스에 올랐다. 출근 시간이 겨우 1시간 늦춰졌는데도 버스가 어찌나 한산한지 둘이 앉는 자리를 혼자 차지할 수 있었다. 미주는 버스 차창 밖으로 지나가는 익숙한 풍경을 바라보았다. 낮은 건물들, 이제 물건을 내놓기 시작하는 상점들, 오가는 사람이 적은 인도에 놓인 우체통은 초여름의 오전 햇살을 받아 반짝였다.

학교 언덕을 올라가는 길, 예전에 가르쳤던 학생들을 만났다.

"선생님!"

학생들이 멀리서 미주를 알아보고 달려와 인사를 했다. 이제는 곧잘 한국어를 잘하게 되어 미주알고주알 어학당 생활에 대해 늘어놓는 모습이 대견해서 칭찬을 해주었다.

"선생님 덕분이에요."

'N 덕분'이라는 문법을 배운 모양이었다. 이렇게 잘 익혀서 적절하게 사용하는 학생들을 보면 힘이 났다.

"한국어 공부를 더 열심히 하세요."

미주는 양 주먹을 쥐어 보이고는 계속 언덕을 올랐다. 나쁘지 않은 첫날이었다.

1

첫날 수업을 마치고 강사실로 돌아오자 책상 위에 대학 로고가
찍힌 봉투가 놓여 있었다.

백미주 강사님

다른 강사들의 책상에도 마찬가지로 스티커에 이름이 인쇄되어
붙어 있는 봉투들이 하나씩 있었다. 지난 학기 학생들의 강의평가
가 객관식은 문항별 평균 점수로, 주관식은 하단에 번역되어 기록
된 것이었다. 강사들은 학기의 첫날을 이렇게 기분 나쁘게 시작해
야겠냐고 투덜댔다. 미주는 강의평가 점수가 잘 나오지 않는 편이
었는데도 크게 동요하지 않았다. 강의평가가 아무런 의미가 없다고
생각해서였다.
강의평가에는 '수업을 통해 한국어 실력이 향상되었는가'라는 질
문이 있었다. 학습자 본인의 노력에 달린 한국어 실력 향상을 강사

의 자질 평가에 이용하다니 말도 안 된다고 미주는 생각했다. 게다가 '수업 자료는 수업의 목적과 내용에 적절하게 부합하였는가'라는 질문은 교재를 집필한 어학당 소속 교수들, 부교재를 제작하는 책임 강사들에게 해당하는 질문이었다. 강사들은 책의 오류를 정정하고 연습지를 출력해서 나눠 줄 뿐이었다.

이런 이유로 미주는 매 학기 첫날 주어지는 강의평가지를 대충 훑어보고는 문서분쇄기에 넣고 갈아버렸다. 마음 같아서는 봉투가 봉해진 채로 버리고 싶었으나, 아주 가끔 학생들의 주관식 평가에 미주가 참고할 만한 내용이 있기도 했다. '칠판 판서를 다 받아 적기 전에 지우지 마세요.', '듣기 후에 스크립트를 확인하는 시간을 가졌으면 좋겠습니다' 따위의. 그래서 미주는 이번에도 주관식 답변이나 확인해보고자 봉투를 열었다. 그런데 강의평가지 외에 종이 한 장이 더 들어 있었다.

친애하는 H 한국어학당 강사님들께

원장의 친필 사인이 되어 있는 편지였다. '어학당의 무궁한 발전을 위해 불철주야 애써주시는 강사님들의 노고를 치하하고자'라는 식의 아무 의미 없는 미사여구가 잔뜩 써 있었다. 미주는 빠르게 편지를 훑어 내려갔다. 핵심은 간담회가 있다는 거였다.

이번 학기에 어학원은 또 한번 거대한 혁신과 진보를 향해 나아갈 것입니다. 이 모든 변화를 제가 직접 설명하고 강사님들의 허심탄회한 의견 역시 제가 직접 듣겠습니다.

정말 좋아하려야 좋아할 수가 없는 인간이라고 생각하면서 미주는 벌떡 일어나 분쇄기에 원장의 편지를 넣었다. 원장이 떠들어대는 혁신과 진보, 변화가 뭔지는 미주도 대충 알고 있었다.

지난 학기에 베트남 학생들이 집단 도주했을 때, 원장이 이게 모두 관리 부족이라며 복도에까지 들릴 정도로 소리를 질렀다는 말이 돌았다. 원장이 직접 에이전시에 전화해서 책임지라고 소리쳤고, 에이전시에서 깡패들을 고용해 베트남 커뮤니티를 뒤지고 있다는 말도 돌았다. 시골 공장에 숨어서 일하는 학생을 발견하면 깡패 둘이서 양팔을 하나씩 잡아 그대로 공항으로 끌고 간다고 했다.

원장이 책임 강사 회의에서 "강사들의 기강을 똑바로 잡을 것입니다"라고 한 것은 그대로 각급 회의를 통해 평강사들에게 전달되었다. 덧붙여 학생 상담을 강화하고 상담 일지를 원장에게 직접 제출할 거라고 했고, 강의평가 순위를 매겨서 상위권 10퍼센트에게 인센티브를 주고, 하위권 10퍼센트는 수업 영상을 찍어서 평가받는 시스템이 만들어질 거라고 했다. 그리고 영상을 찍었는데도 하위권이 나온다면, 책임 강사들의 표현에 따르면 '애석하게도' 다음 학기 강의를 받지 못할 수도 있다고 했다.

그렇게 얼토당토않은 말을 전달하는 책임 강사와 이미 싸운 바 있는 미주로서는 간담회를 생각하기만 해도 속이 뒤틀렸다. 미주는 강의평가지를 펼쳐서 빨간색 펜으로 '속도가 조금 빠른 편입니다'와 '속도가 조금 더 빨랐으면 좋겠습니다'라는 상반된 주관식 답변에 밑줄을 그었다. 하위권 10퍼센트 안에 들 게 틀림없는 형편없는 점수를 동그라미 치고 '열정적으로 가르쳐주십니다', '문법 설명이 정확합니다', '최고의 선생님' 따위의 칭찬도 동그라미 쳐서 연결했다. 미주는 빨간색 줄이 가득한 강의평가지를 분쇄기에 밀어 넣었다.

"뭐야, 선생님 만점 받은 거야?"
1급 책임 강사 이도현의 목소리가 강사실에 울려 퍼졌다. 이도현은 평소에 어찌나 큰 소리로 떠들어대는지 책임강사실 안에서 하는 말이 밖에서도 들릴 정도였다. 미주와 친분이 있는 강사들은 모두 미주가 이도현을 싫어하는 것을 알았다.

"만점이 가능해? 야, 나 강의평가 만점 처음 봐."
"지난 학기에 학생 운이 좋았어요. 애들이 되게 착했거든요."
목소리에 웃음기가 가득 담긴 가은이 말했다.

그럼 그렇지. 미주는 혼자 고개를 끄덕였다. 가은을 아는 사람이라면 가은이 강의평가 만점을 받았다는 소식에 놀라지 않을 것이다. 쉬는 시간에 가은은 복도에서 학생들을 몰고 다녔다. 수업 후에는 학생들이 강사실 문을 두드리고 가은 선생님 자리가 어디냐고 묻고는 했다. 학생들 손에는 각 나라의 전통 과자 따위가 담겨 있을 쇼핑백이 들려 있었다.

"그렇게 강평이 잘 나오는 비결이 뭐야?"

"아유, 공개 고백도 받는데 강평 가지고 뭘 그래요."

가은을 졸졸 따라다니는 민혜선이 이도현의 말을 받아쳤고, 여러 강사가 웃었다.

지난 학기 초 가은은 수업 후에 커다란 꽃다발을 들고 강사실로 들어왔다. 미주가 한 번도 받아본 적 없는 크기의 꽃다발이었다. 가은은 학생한테 받은 거라고 말했고, 가은이 학생들로부터 선물을 받아 오는 것이 일상적인 일이라 다른 강사들은 그런가 보다 하고 넘어갔다. 그런데 그날 학생의 위챗에 가은의 동영상이 올라온 것을 강사 한 명이 보고는 이것 보라며 여기저기 알리고 다녔다.

동영상은 키가 크고 훤칠한 남학생이 상기된 얼굴로 커다란 꽃다발을 들고 있는 장면에서 시작했다. 곧이어 가은이 강의실에 들어서자 남학생은 무릎을 꿇고 꽃다발을 건넸다. 다른 학생들이 손뼉 치며 비명을 지르는 가운데 당황한 듯한 가은의 얼굴이 화면에 줌인되었다. 남학생은 번역기의 도움을 받았는지 완벽한 한국어로 "저는 선생님을 좋아합니다. 제 여자 친구가 되어주시겠습니까?"라고 말했고, 가은이 꽃다발을 받아 드는 데서 동영상은 끝이 났다. 댓글 창에는 한국어로 "선생님 예뻐요"가 줄줄이 달렸다.

"아이고, 선생님 왜 그러세요. 그냥 학생들이 장난친 거예요."

그제야 미주는 고개를 들어 가은을 보았다. 가은은 예쁜 얼굴로 생글생글 웃고 있었다. 누가 봐도 예쁜 얼굴에 저렇게 잘 웃으니 좋아할 수밖에. 이런 생각을 한 것이 미주만이 아니었는지 민혜선이 말했다.

"가은 샘이 예쁘고 친절하니까 당연한 거죠."

그럼 나는 못생기고 성격이 더러워서 강평이 이 모양인 건가? 미주는 조금 전까지 자신도 그렇게 생각했다는 것에 괜히 부아가 치밀어 올랐다. 그래서 "그 말은 제가 못생겨서 강평이 안 나온다는 뜻이에요?"라고 큰 소리로 말해버렸다. 미주의 말을 농담으로 들었는지 강사들 몇이 웃었다.

"그래, 혜선 샘. 이게 인기투표도 아니고 예쁘다고 잘 나오는 게 말이 돼? 가은 샘이 수업을 잘하니까 잘 나오는 거지."

이도현이 민혜선의 실수를 정정하듯이 말했는데 미주는 그 말에 더 화가 났다.

"선생님, 그건 아니죠. 그럼 강평 안 나오는 사람은 수업 못한다는 거예요? 학생들 강평으로 강사를 순위 매기는 제도 자체에 문제가 있다고 생각 안 해요?"

이번에는 웃는 사람이 없었다. 이도현과 민혜선은 서로 바라보며 아무 말도 하지 않았고, 강사실 분위기가 순식간에 싸늘해졌다. 평소에 미주가 나서면 "에이 샘, 왜 그래"라면서 말리던 정윤아도 입을 다물고 있었다. 미친개 또 시작이다, 이런 생각을 하고들 있을 것이다.

미주는 조금 전까지 깔깔거리던 강사들이 일제히 자기 책상에 머리를 처박고 자신의 시선을 피하는 모습에 짜증이 났다. 내 말이 맞으면 맞다고, 틀리면 틀리다고 말을 하던가. 미주는 그런 식의 애매

하고 소극적인 태도가 싫었다. 마음 같아서는 이도현과 민혜선을 세워놓고 정신 차리라고 한바탕 퍼부어주고 싶었지만 그렇게 하지 않았다. 그냥 가방을 챙겨서 일어났다. 강사실 유리문을 열고 나서는 자신의 뒤통수에 꽂히는 시선들을 느낄 수 있었다. 미주는 그런 시선들을 아주 잘 알았다.

2

미주가 아주 어렸을 때부터 사람들은 미주를 그렇게 바라보았다. 아유, 저걸 누가 말려. 그렇게. 너는 어쩜 그러니? 그렇게. 꼭 그렇게까지 해야겠니? 그렇게. 정말 질린다, 질려. 그렇게.

미주의 막내 고모는 요즘도 미주가 아기였을 때 얼마나 유난스러웠는지 이야기하고는 했다. 미주는 걷지도 못하면서 업혀 있는 것을 너무 싫어해서, 작은 몸을 이리저리 뒤틀어 꼭 묶어놓은 아기 띠를 다 흩트렸다고 했다. 미주가 세 살이 될 때까지 고모 셋이 번갈아 돌보았는데, 누구와 있든지 간에 집에 있을 때는 특별한 이유도 없이 울어댔고, 밖에 데리고 나갈 때까지 울음을 그치지 않았다. 들어주는 사람이 있으니까 그러는 거라는 말에 막내 고모는 우는 미주를 두고 밖에 나간 적도 있었다. 창밖에서 미주를 몰래 지켜봤는데 1시간이 다 되도록 미주는 계속해서 울었다. 그쯤이면 입에 거품을 물고 기절해도 이상하지 않을 것 같았는데, 그 작은 몸 어디에서 그런 힘이 나는지 계속 악을 쓰고 울었다.

미주는 그녀의 어린 시절을 묘사하는 막내 고모의 말이 매번 조금씩 바뀐다는 사실을 알고 있었고, 그러니까 1시간을 울었다는 말은 과장된 것이리라 생각했다. 어떻게 아기가 1시간을 울어. 그러나 아기를 낳아본 적 없는 미주로서는 아기가 1시간을 울 수 있는지 없는지 확인할 도리가 없었기에 막내 고모의 말에 별다른 반박을 하지 않았다. 사실 막내 고모의 말대로 자신이 1시간을 울었다고 해도 그다지 놀라지 않을 것이다. 그래서 막내 고모가 그 이야기를 꺼낼 때면 "그러게 왜 어린애를 두고 나가? 그거 아동학대 아냐?"라고 대꾸하고는 곧 잊어버렸다.

미주가 나가고 싶어서 악을 쓰고 울었던 집은 오류동에 있는 단독주택이었다. 도시의 무질서한 확장을 막겠다며 서울의 끝자락을 그린벨트로 묶어놓았을 때였다. 미주가 살던 동네 바로 옆에도 그린벨트가 보이지 않는 강처럼 놓여 있었다.

미주는 행정구역상으로 서울에 살면서도 산에 올라가서 흙을 파먹고, 동네 아저씨가 닭 대가리를 비틀어 죽이는 것을 보면서 자랐다. 동네 아이들을 모두 모아 공터에서 다방구를 했으며, 꼬맹이들에게 직접 자전거 타는 법을 가르쳐주었다. 때로는 새로 생긴 놀이터를 찾았다가 옆 동네 애들과 부딪히기도 했는데, 그럴 때마다 앞장서서 싸웠고, 그 무리의 대장이 울음을 터뜨릴 때까지 몰아세우곤 했다.

미주의 아버지는 한 달에 한두 번 집에 들렀는데, 들를 때마다 고모들에게서 미주가 벌인 또 다른 사고를 듣고 큰 소리로 웃고는 했다. 그리고 "너는 참 못됐다"라면서 미주의 머리를 쓰다듬었다. 미주는 아버지를 자주 보지 못했으므로 크게 좋아하지도, 미워하지도 않았다. 좋아하지 않았으니 기다리지 않았고, 기다리지 않았으니 미워하지도 않았다. 그래도 머리를 쓰다듬는 아버지의 커다란 손에서 전해지는 온기는 분명히 느낄 수 있었다. 고모들이 미주 흉을 볼 때마다 아버지가 "못됐으니까 혼자 씩씩하게 잘 사는 거야"라고 미주를 두둔해줄 때는 기분이 좋기도 했다.

미주는 요즘도 조카들을 만나면 "착한 건 아무 쓸모 없어"라거나 "그렇게 남의 말만 듣고 남의 생각만 하고 살면 네가 좋아하는 건 언제 할래?"라고 말했다. 그러면서 문득 그때 아버지의 목소리와 손길이 생각나기도 했다.

꾸준히 못되게 자란 미주는 친구들과 말다툼을 할 때도 있었지만 그럭저럭 원만한 교우관계를 유지했다. 고등학교 2학년 때는 3명의 친구와 중식과 석식을 같이 먹고 야자가 끝나면 하교도 같이하고는 했다. 그러나 종종 교문을 나서자마자 교실에 두고 온 게 있다는 핑계를 대고 혼자 학교로 돌아갔다.

처음에는 핑계가 아니었다. 어느 날, 교과서를 가지러 돌아갔는데 텅 빈 교실에서 미주의 앞자리 애가 앉아서 울고 있었다. 그 애가 같이 다니던 무리의 애들과 관계가 틀어져 혼자 밥을 먹는 것을 몇 번 본 적 있었기에, 혼자 하교를 하는 것이 서러워서 울고 있는 것이라 미주는 혼자 짐작했다. 그날 이후 일주일에 한두 번은 이런저런 핑계를 대고 혼자 하교했다. 앞자리 애처럼 되고 싶지 않았기 때문이었다. 친구와 싸울 수도 있고, 친구들이 나를 싫어할 수도 있지만, 그렇다고 저렇게 울고 싶지 않았다. 그게 뭐 별거라고.

혼자 하교하는 길은 편했다. 떼를 이루어 걷는 무리들 사이에서 혼자 걷는 것이 좋았다. 가장 좋았던 것은 자신이 혼자 걷기를 선택했다는 것이었다. 교실에 혼자 남아 울고 있던 애는 얼마 지나지 않아 다른 그룹에 끼어들었고, 눈치 보는 얼굴로 친구들을 따라다녔다. 미주는 그 애의 주눅 든 얼굴을 보는 것이 싫었다. 저런 얼굴이 그 애를 우스워 보이게 만들었고, 괴롭힘의 대상으로 만들었다. 그런 면에서 누구도 미주를 괴롭힐 수 없었다. 미주는 괴롭지 않을 테니까. 미주는 혼자여도 괜찮았고, 언제나 그럴 것이었다. 친구들이 당시 유행하던 편지장을 주고받자고 했을 때 단칼에 거절한 것도 그런 이유에서였다.

준비를 충분히 마쳤으므로 친구들이 자신을 두고 먼저 하교한 것을 알았을 때 미주는 울지 않을 수 있었다. 그날 오후 미주와 친구들 셋은 1층 매점에 가기 위해 복도를 걷고 있었다. 옆 반의 왕따가 미주의 무리 반대편에서 걸어왔다. 양 갈래로 땋은 머리를 허리까지 늘어뜨린 그 여자애는 쉬는 시간에도 배낭을 메고 다녔는데, 배낭에 엑스재팬 멤버들 사진을 붙이고 다녔다. 여자애 뒤편에서 걸어오던 한 무리가 그 배낭을 가리키고는 토하는 시늉을 하면서 킬킬거렸다. 그걸 본 미주의 친구들이 품 하고 웃음을 터뜨렸다. 여자애가 옆으로 지나갈 때 미주의 친구 중 한 명이 손으로 입을 막고 웃음을 참는 시늉을 했다.

미주는 계단을 반 층 내려와 걸음을 멈췄다. 그때까지 친구들은 킥킥대고 있었다.

"그만해."

미주는 친구들을 쏘아보면서 말했다. 친구들은 여전히 웃음기 띤 얼굴로 뭘 그만하냐고 물었다.

"그만 웃으라고. 걔보다 너네가 더 참기 힘드니까."

어이없어하는 친구들을 두고 미주는 다시 계단을 걸어 올라갔다.

그날부터 미주는 친구들과 밥을 같이 먹지도, 하교를 같이하지도 않았다. 친구들은 미주 뒤에서 "야, 웃지 마. 쟤가 못 참는다잖아"라는 식의 말을 하면서 셋이 몰려다녔다. 저런 애들과 같이 밥을 먹고 야자 시간에는 일부러 옆자리로 옮겨 공부를 했다는 것이 믿어지지 않았다. 이제는 상관없어진 것이 다행스럽게 여겨지기도 했다.

얼마 지나지 않아 옆 반의 엑스재팬 골수팬이 3반 왕따로 불리는 것처럼 미주도 공식적인 2반 왕따가 되었는데, 그러한 사실이 부끄럽거나 화나지 않았다. 자신이 여전히 '괜찮다'는 것이 자랑스럽게 여겨졌다. 쉬는 시간마다 자신에 대해 떠드는 소리를 듣지 않기 위해 책을 읽기 시작했고, 지리멸렬한 친구들과는 비교할 수도 없이 고결한 책 속 인물들에게 빠져들었다. 지긋지긋한 고2 생활이 끝나고 고3으로 진학하게 되었을 때, 미주는 이과에서 문과로 과를 바꿨고 희망 학과를 국어국문학과로 적어 냈다.

반자발적인 왕따 생활 덕에 예상보다 좋은 대학에 진학한 미주는 동아리 생활을 할 생각이 없었다. 무리에서 벗어나 성적을 올릴 수 있었던 만큼, 대학에서는 더더욱 적극적으로 혼자 다니며 학점 관리에 신경 쓸 계획이었다. 그런데 팀 프로젝트라는 걸림돌이 있었다. 미주는 어쩔 수 없이 학생 식당과 교내 카페에 무리 지어 앉아서 발표를 준비해야만 했다. 미주의 팀에는 재수강을 하는 선배 한 명이 끼어 있었는데, 그 선배와 미주가 PPT를 같이 만들어야 했다. 선배는 자신이 다른 날은 늦게까지 알바를 하니 토요일에 만나서 PPT를 만들자고 했다. 선배가 정한 약속 장소는 성신여대 입구였다. 토요일 오전에 그곳에서 알바를 한다고 했다.

"몇 번 출구로 나가면 돼요?"

약속 시간에 맞춰 역에 도착한 미주가 묻자 선배는 "아무 출구로 나오면 보일 거야"라는 이상한 대답을 했다. 미주는 1번 출구로 나갔고, 6차선과 4차선이 가로지르는 사거리를 가득 메운 깃발을 발견했다. 선배는 진한 보라색 바탕에 흰색 글씨로 'H대 강철 풍물패'라고 써 있는 깃발 아래서 미주에게 손을 흔들었다.

미주는 그날 구두를 신고 있었다. 굽이 높은 구두는 아니었지만, 횡단보도 신호가 바뀔 때마다 다음 횡단보도까지 단거리 육상을 하듯 뛰어서 도로를 점령해나가는 무리와 속도를 맞추기에는 무리였다. 미주는 구두를 벗고 뛰었다. 선배가 거리의 좌판대에서 양말을 사다 주었고, 미주는 이미 바닥이 다 찢어진 스타킹 위에 양말을 덧신고는 다시 뛰었다.

그날의 마무리 집회는 동대문에서 열렸다. 각 깃발 아래에 동그랗게 모였는데, 선배가 '맨발의 새내기'라며 미주를 원 안으로 밀어넣었다. 사람들이 손뼉을 쳤다. 미주는 더 참지 못하고 선배를 향해 돌아서서 "집회라고 말을 했어야지, 왜 사기 쳐요?"라고 소리쳤다. 순간 장내가 고요해졌다. 미주는 바닥이 새카매진 양말을 벗어 던지면서 정의를 위해서는 거짓말을 해도 되는 거냐고 쏘아붙였다.

"후배를 조직 대상이 아니라 하나의 인격체로 보았으면 이런 일은 있지 않았겠죠."

미주는 입을 벌린 채 아무 말도 못 하는 선배를 노려보면서 양손에 들고 있던 구두를 바닥에 떨구었다. 부은 발은 구두에 들어가지 않았다. 미주는 구두 뒤축을 접어 신고 원 밖으로 빠져나가 그대로 집으로 향했다. 누구도 미주를 붙잡지 않았다.

며칠 지나 선배가 사과 문자를 보냈을 때 미주는 조금 놀랐다. 선배가 자신의 잘못을 끝내 인정하지 않을 거라고 생각했었다. 그러나 선배는 미주의 말을 듣고 많이 반성했다고 했다. 미주가 아니었으면 몰랐을 관습의 문제에 대해 그날 집회에 참여한 사람들과 오래도록 대화했다고도 했다. 선배는 이제부터 정직하게 말하겠다면서 다음 주에 풍물패 모임이 있는데 나오겠냐고 물었다. 메이데이 교양이라며, 5월 1일 노동절 교육을 하는 거라고 설명했다. 그날처럼 박차고 나가도 되니까 우선 와보라는 선배의 말에 미주는 피식 웃음을 터뜨렸다. 미주는 메이데이 교양이 끝날 때까지 자리를 지

켰고, 그날 바로 풍물패에 가입했다.

선배는 자신이 미주에게 지은 죄가 있다고 말하면서 집회가 있을 때마다 미주를 챙겼다. 하루는 종로에서 집회를 하고 1차로 피맛골에서 막걸리를 마셨다. 2차에 가기로 했는데, 가진 돈을 모아보니 턱없이 부족했다. 그래서 다 같이 대학 동방까지 걸어가기로 했다. 따뜻한 여름밤이었다. 술에 취해 비척비척 걸으면서 민중가요를 불렀다. 선배가 멈춰 서서 손에 각을 세우고 문선을 하는 바람에 미주는 배를 잡고 웃었다.

동전까지 긁어모아 편의점에서 소주 열세 병을 샀고, 두 병씩 나눠 들고 언덕을 올랐다. 더는 못 가겠다고 미주가 주저앉자 선배가 미주의 팔을 잡아끌었다.

"혼자서 걸을 수 있어요."

미주는 선배의 손을 뿌리치고 벌떡 일어났고, 다른 선배들이 웃었다.

"쟤 뭐 시키려면 도와주면 돼. 도움 안 받으려고 정색하고 한다니까."

소주병을 각자 한 병씩 들고 마셨다. 미주는 반병도 다 못 마시고 한쪽 구석에서 잠이 들었다. 그리고 배를 더듬는 손길에 잠에서 깼다. 새벽녘이었다. 동방에는 예닐곱 명이 장구와 북, 빨간 천과 파란 천 사이에서 웅크리고 자고 있었다. 미주의 등에 누군가 바짝 붙어 있었고, 거친 손이 티셔츠 안으로 들어와 있었다. 손은 아주 천천히 미주의 가슴을 향해 올라갔다. 미주는 손을 잡아채고 소리를 질러야 한다고 생각했다. 그러나 몸이 굳은 듯이 꼼짝할 수가 없었다. 손이 가슴 아래에 닿았을 때 미주는 몸을 벌떡 일으켰다. 손이 빠르게 빠져나갔다. 선배였다. 선배가 자다가 몸을 뒤척이는 것처럼 몸을 반대로 돌렸다. 미주의 심장이 요동쳤다.

"일어나세요, 선배."

미주는 소리치지 않았지만, 그렇다고 작게 속삭이지도 않았다.

"안 자고 있는 거 알아요. 일어나세요."

선배는 여전히 등을 구부리고 누워서 꼼짝도 하지 않았다.

"선배, 일어나서 사과하세요."

명령하는 듯한 말투였지만, 미주는 사실 사정하는 마음이었다. 잘 못을 인정하고 반성하라고. 자신이 무지했고 폭력적이었다고 무릎을 꿇으라고. 그러나 끝내 선배는 일어나지 않았다. 동이 터오고 있었다. 미주는 일어나 동방을 나섰고, 풍물패 임원단 전원에게 단체 문자를 돌렸다.

저는 사과를 받고 싶습니다.

학술부장과 조직부장에게 전화가 왔다. 둘은 선배와 미리 통화를 한 듯했고, 선배가 술병이 나서 일어나지도 못한다고 대신 변명을 했다. 사흘 뒤 선배가 "만나서 이야기하자"는 문자를 보냈는데, 미주가 "만나고 싶지 않습니다. 사과하세요"라고 말하자 더 이상 답이 없었다. 사흘이 더 지난 후에 미주는 다시 동방을 찾았다. 전지를 두

개 이어 붙여서 공개 사과를 요구하는 대자보를 썼다. 미주가 대자보를 쓰는 동안 동기와 선배들이 옆에 둘러서서 말렸다.

"걔가 만나서 설명하려고 했는데 네가 싫다고 했다며. 우선 이야기를 들어봐야 하잖아."

"선배는 기억도 안 난대. 그냥 술 마시다 뻗었다는 거야."

미주는 아무런 말도 하지 않고 대자보를 둘둘 말아 청색 테이프를 들고 학관 앞으로 나갔다. 선배들과 동기가 미주를 따라나섰다.

"야, 아무리 그래도 걔가 우리 얼굴인데."

바로 이 말이 선배들이 하고 싶었던 이야기였다는 사실을 미주는 알고 있었다. 이제 동아리에 들어온 지 두 달이 채 안 되는 미주보다 선배가 훨씬 더 중요한 인물이었던 거다. 선배는 동아리 연합회 회장직을 맡고 있었고, 다음 총학 선거에 총학생회장 후보로 출마할 예정이었다.

미주는 대자보를 붙이고 나서 여전히 자신을 둘러싸고 있는 선배들과 동기의 눈을 한 명씩 맞추면서, 공개 사과 대자보가 옆에 붙기 전에는 자신의 대자보를 뗄 생각이 없다고 분명히 말했다. 옳다고 믿는 것을 위해 싸울 것. 포기하지 말 것. 그런 것들이 풍물패 활동을 하면서 배운 거라고 말했다. 풍물패에서 어떤 신념을 배우기에는 미주가 활동했던 기간이 너무 짧았다는 걸 지적하는 사람은 없었다.

미주가 대자보를 붙인 지 이틀이 지나서 동기 하나가 문자를 보내왔다. 선배가 동방에서 대자보를 쓰고 있다는 거였다. 미주가 학

교에 도착했을 때 선배는 미주의 대자보에서 멀찍이 떨어진 게시판
에 자신의 대자보를 붙이고 있었다.

동아리 연합회장직 사퇴의 변

대자보를 다 붙이고 돌아선 선배가 미주를 발견하고는 얼굴을 일
그러뜨렸다. 며칠간 수염을 제대로 깎지 않은 것처럼 보였다. 미주
는 그 자리에 서서 대자보를 읽었다. 다 읽고 나니 턱이 얼얼했다.
그제야 자신이 읽는 동안 이를 악물고 있었다는 것을 알았다.

3

　강사실에서 빠져나온 미주는 휴게실로 향했다. 휴게실에는 선이
가 학생과 함께 앉아 있었다.

　"선생님, 무슨 일 있어요?"

　"그냥…… 학생 상담 하는 거예요."

　선이는 테이블 위에 놓인 상담 일지에 시선을 고정한 채 말했다.
언제나처럼 하얀색 블라우스에 검은색 스커트를 입고 있었다. 뒤로
묶은 머리가 절반쯤 풀어져 목에 아무렇게나 드리워 있었다. 선이
앞에 앉은 학생의 쌍꺼풀 짙은 커다란 눈이 미주를 향해 껌뻑였다.

　베트남반 학생들의 집단 도주를 선이 탓으로 돌리는 강사들이 있
었다. 그들은 선이가 학생들이 도주할 때까지 밀어붙인 것처럼, 집
을 팔아서 한국에 온 어린 학생들을 궁지에 몰아넣은 것처럼 말했
다. 신규가 들어오자마자 사고를 쳤다고, 경찰에 신고해서 일을 크
게 벌였다고 떠들어댔다. 강사들이 그런 이야기를 할 때마다 미주
는 동의 없이 사진을 찍어서 공개된 장소에 게시하는 것은 범죄라

고, 범죄를 용인하는 기관에서 일하고 싶냐고 되물었다. 그러면 강사들은 "그냥 수업하는 사진이었다던데. 우리 그런 사진 많이 찍히잖아요"라거나 "그 학생도 착하고 성실한 애였대요. 사진도 바로 내렸다고 하고"라고 대답했다.

선이는 상담 일지에 연필을 찍어 누르고 있었다. 상담 일지 위로 연필심이 갈리는 것이 보였다. 문득 미주는 선이가 불안해 보이는 것이 지난 학기 사건 때문이 아니라 강의평가 때문일지도 모른다는 생각이 들었다. 신규라서 처음 받은 강평에 충격받았을 테다. 신규면 강의평가가 잘 나오기 어려운데, 학생을 쫓아낸 것처럼 전 학생의 원망을 받았으니 강평은 바닥을 깔았을 것이다. 거기다 원장이 하위권은 자르네 마네 했으니 더 걱정되었을 것이다.

H대 어학당에서 오래 일한 미주 역시 걱정이 안 된다고 말할 수 없었다. 미주의 강의평가는 최하위권이 틀림없었다. 미주는 딱딱하지는 않았지만 엄격한 선생이었다. 열심히 공부하려는 학생들에게는 전폭적인 지지를 받았지만, 그다지 공부에 관심 없는 학생들은 미주를 좋아하지 않았다. 그중에서도 유급한 학생들이 미주를 싫어했다. 학기 첫날 미주가 담임인 것을 알게 된 유급생들이 행정실에 찾아가 반을 옮겨달라고 요청하기도 했다. 미주가 유급생에게 유별날 정도로 엄격하다는 소문이 퍼졌기 때문이었다.

행정실에서는 학생들을 구슬려 보내면서 미주에게도 조금 살살해달라는 식의 말을 전하기도 했는데, 그때마다 미주는 몇 학기씩 유급하면서 수업 시간에 지각하고 게임을 하는 학생들에게는 관대

할 필요가 없다고 대꾸했다. 그런 학생들을 내버려둔다면 성실한 학생들이 피해를 받게 된다. 때로는 지나칠 정도로 면학 분위기 조성에 힘썼던 미주는 맡았던 반이 늘 시험에서 월등한 점수 차이로 1등을 했던 결과로 자신이 옳았음이 증명됐다고 믿었다.

그런 면에서 다른 강사들은 미주를 인정한다고 말하면서도, 미주 같은 강사는 절대 강의평가에서 좋은 점수를 받을 수 없다고 덧보탰다.

"그럼 어떻게 해야 하는데요? 수업이 시작하고 30분 지나서 들어오면서 이어폰 밖으로 흘러나오는 음악을 끄지도 않는데. 어서 오라고, 늦게라도 수업에 와줘서 고맙다고 인사하라는 거예요? 쓰기 시간에 게임을 하고, 듣기 시간에 메시지를 보내고, 말하기 시간에 자기네 나라말로 떠들어대는데도 혼내지 말라고 하면, 선생님들은 다른 방법이 있어요?"

미주는 잘릴 때 잘리더라도 그렇게 할 수 없다고 말했지만, 물론 잘리는 걸 바라지는 않았다. 벌써 8년을 일해온 직장이었다. 마음에 들지 않는 건 산더미 같았지만, 아직도 다 갚지 못한 석사 학자금 대출금과 월세, 각종 공과금을 생각하면 더 붙어 있어야 했다. 방학마다 여행을 다니느라 모아놓은 돈도 없었다. 그저 지금까지처럼 앞으로도 살 수 있을 거라 생각하고 살아왔는데, 이제부터는 그러지 못할 것 같았다. 그러면 어떻게 해야 하는 걸까? 미주는 문득 막막해졌다.

"선생님, 죄송한데 저 상담을 해야 해서요……."

선이가 여전히 미주를 보지 않고 말했다. 미주는 알겠다고 답하며 휴게실을 나섰다. 미주는 휴게실 창으로 선이가 학생에게 말을 거는 것을 보고는 몸을 돌렸다.

미주는 강의실로 향했다. 출석부에서 유급생 명단을 확인하고 싶었다. 이번 학기 미주가 배정된 경제관 5층의 강의실은 어학당 전용 강의실로 분류되어 다른 강의와 교실을 공유하지 않았고, 그래서 미주는 출석부와 책을 교탁 서랍에 넣어두고 나왔다.

임시 출석부에는 학생들의 이름과 국적, 지난 학기의 반이 써 있었다. 미주는 지난 학기에도 2급을 했던 학생을 찾았다. 니카. 벨라루스 국적으로 지난 학기 2D반이었다. 미주는 오늘 수업에서 보았던 니카를 떠올려보았다.

니카는 군인처럼 짧게 자른 머리와 짙은 눈썹, 높은 코에서 강한 인상을 풍겼지만 잘 들여다보면 속눈썹이 길고, 눈매가 살짝 아래로 처져서 부드러운 얼굴을 하고 있었다. 얇고 분홍빛이 도는 입술도 여성적인 느낌이 나서, 헐렁한 회색 반팔 티셔츠에 투박한 주머니가 달린 카키색 바지를 입고 있는데도 거칠어 보이기보다 섬세해 보였다. 미주가 니카의 얼굴을 이렇게 자세히 본 것은 다른 학생들이 유난을 떨어서였다. 니카가 1급을 이제 막 수료했다기에는 지나치게 유창한 한국어로 자기소개를 마치자 여학생 하나가 "잘생겼어요!"라고 소리를 지른 것이다.

그래, 잘생기긴 했네.

니카의 자기소개에 만족한 미주가 혼자 조용히 끄덕였다. 미주는 학생들이 자기소개를 마치면 어떤 식으로든 질문을 던졌는데, 니카에게는 "한국에서 뭐 하고 싶어요?"라고 물었다.

"클럽에 가고 싶어요. 클럽에서 술을 마시고 춤을 추고 싶어요."

그다지 재미있는 말도 아니었는데 학생들이 와아아 하고 웃었다. 미주는 니카의 완벽한 한국어에 감탄했다. 발음이 정확하고 유창해서 '한국 여자 친구가 있구나' 생각했다. '저렇게 잘생긴 백인 남자면, 뭐'라고 미주답지 않은 인종차별적인 생각도 잠깐 했다.

임시 출석부를 들여다보면서 미주는 니카가 출석 일수가 부족해서 유급한 것 같다고 생각했다. 아니면 숙제 내는 날을 잊었을 수도 있고, 시험에서 실수했을 수도 있지. 실력 때문은 아닐 거야. 미주는 컴퓨터를 켜서 시스템에 접속했다. 니카의 학적 기록을 보니 작년 가을 학기에 입학해서 레벨 테스트로 2급에 배치된 후 겨울 학기, 봄 학기까지 세 학기를 2급에서 머물렀다. 그리고 지금 미주의 반에서 네 번째 2급을 하는 거였다. 실수 때문에 유급을 한 건 아니라는 것이 확실해졌다.

"우리 반에 나보다 2급을 더 많이 한 사람이 있네."

미주는 혼잣말을 중얼거리고는 교탁 서랍을 열어 임시 출석부를 다시 넣었다.

니카는 다음 날부터 반 남학생들과 함께 매일 수업 후에 농구를 했다. 네다섯 명이 농구복을 입고 다니면서 쉬는 시간마다 농구 얘기를 했다. 그리고 니카만큼이나 키가 큰 프랑스 여학생과 가까이 지냈는데 둘은 서로 물건을 뺏겠다며 강의실 바닥을 구르기도 했다. 하루는 미주가 강의실에 들어섰을 때 둘은 얼굴이 빨개진 채 몸싸움을 하고 있었다. 미주는 괜히 민망해져서 "니카 씨, 여자 친구에게 그렇게 하지 마세요. 여자 친구 아파요"라고 말했다. 둘은 여전히 몸이 뒤엉킨 채 "여자 친구 아니에요!"라고 동시에 소리쳤다.

그 외에는 다른 학생들과 다를 것이 없었다. 니카는 분명 네 번째 듣는 건데도 처음 듣는 것처럼 끄덕이며 수업을 들었고, 필기도 열심히 했다. 책에 지난 학기의 필기가 없는 걸 보면 책을 새로 산 모양이었다. 미주는 니카의 필기가 틀린 것을 꼼꼼히 지적해주면서 도와주려고 했다. 이번에는 꼭 3급에 보내야지. 눈이 마주치면 마음속으로 그렇게 말하기도 했다.

'한국 생활'을 주제로 한 첫 번째 쓰기 과제를 공지할 때도 미주는 니카가 제출일을 제대로 받아 적었는지 따로 확인했다. 과제 제출일 전날에 메이트 강사에게 연락해 공지를 다시 한번 해달라고 부탁하기도 했다. 다행히 니카는 제날짜에 과제를 제출했다. 미주는 니카의 쓰기를 빠르게 눈으로 훑어 제시 분량인 열 문장을 채운 것을 확인했다.

미주는 그날 수업을 마친 후 제일 먼저 니카의 과제를 확인했다.

저는 한국을 아주 좋아합니다. 한국 사람이 친절합니다. 한국 음식이 맛있습니다. 한국에서 친구를 많이 만났습니다. 어제 반 친구와 같이 치킨을 먹었습니다. 맥주도 마셨습니다. 아주 재미있었습니다. 하지만 한국 친구가 없습니다. 한국 친구를 만나고 싶습니다. 계속 한국에서 살고 싶습니다.

틀린 것은 빨간색으로, 2급에서 배운 어휘와 문법은 파란색으로 표시하기 위해 삼색 볼펜을 들고 있었지만, 볼펜을 쓸 일이 없었다. 오류가 전혀 없는 완벽한 글이었다. 그러나 2급에서 새로 배운 것 역시 전혀 활용하지 않았다. 이런 경우 '과제를 내긴 냈다'에 그치는 기본 점수밖에 받을 수 없었다. 미주는 그제야 왜 유창한 한국어를 구사하고 성실한 니카가 세 번이나 유급했는지 깨달았다. 니카의 수준은 1급에 머물러 있었다. 아주 유창한 1급. 매우 이상적인 1급. 더할 나위 없이 완벽한 1급.

이틀 후 미주는 첨삭한 쓰기 과제를 학생들에게 돌려주었다. 학생들은 이런저런 기호가 가득한 자신의 과제물을 열심히 들여다보았다. 니카는 아무 표시가 되어 있지 않은 자신의 과제물을 보고 빙그레 웃음을 지었다. 미주는 화이트보드에 '1급 단어/문법=0점'이라고 썼다. 그리고 손뼉을 쳐서 학생들의 주의를 끌었다.
"자, 여러분은 2급이에요. 이제 1급이 아니에요. 2급 문법을 쓰세요. 1급 문법을 쓰면 점수가 없어요."
니카는 미주의 말을 듣고 옆자리의 학생과 자신의 과제물을 비교해보는 듯했다. 옆자리 학생의 과제에는 빨간색과 파란색이 가득했다. 그리고 아래에 미주의 글씨로 '2급 단어 6개, 2급 문법 7개, 잘했어요'라고 써 있었다. 니카의 과제에는 '2급 단어 0개, 2급 문법 0개'라고 써 있었다. '0점'이라고 써 있지는 않았지만 '잘했어요'라고 써 있지도 않았다.

니카가 손을 들었다.

"저는 안 틀렸어요. 다 맞아요. 하지만 왜 0점이에요?"

니카는 몰랐던 것이다. 쓰기 과제 점수는 공개하지 않는 것이 관례였으니까. 점수 없이 오류에 대한 첨삭이 없는 과제만 받다 보니 니카는 자신의 쓰기가 완벽하다고 착각했던 것이다. 그러다 쓰기 시험에서 0점에 가까운 점수를 받고 유급한 것이다. 미주는 잠시 고민을 했다. 아마 그전의 강사들은 따끔하게 이야기해주지 않았을 것이다. 열심히 하고, 또 잘하니까 칭찬해주었을지도 모른다. 그렇게 내버려둬서 니카가 세 번 유급을 했다. 지금 다시 지나간다면 니카는 네 번째 유급을 하게 될 것이다. 미주는 마음을 단단히 먹었다.

"맞아요. 니카 씨 쓰기는 안 틀렸어요. 말하기도 안 틀려요. 하지만 니카 씨는 2급을 많이 했어요. 한 번, 두 번, 세 번, 네 번."

미주는 손가락을 하나씩 펼치면서 천천히 말했다.

"왜 네 번 했어요? 우리는 2급이에요. 하지만 니카 씨는 계속 1급처럼 말하고 1급처럼 써요. 그럼 1급이에요. 1급에서는 100점이에요. 하지만 2급에서는 0점이에요."

학생 중 하나가 키득거렸다. 니카의 얼굴이 붉어졌다. 피부색이 하얘서 그런지 순식간에 딸기처럼 빨개져서 보기 민망할 정도였다. 니카는 잠시 자신의 과제물을 노려보다가 책상 아래로 집어 던졌다.

H대 어학당에서는 다른 여느 어학당과 같이 학생들의 책상을 ㄷ자로 배치했다. 교사와 학습자들 간의 쌍방향 소통을 중시한 배치였다. 교사가 학습자 모두에게 쉽게 접근하여 실수를 교정할 수 있는 것과 동시에 학습자들이 서로를 마주 보고 있어서 말하기 활동을 더 수월하게 했다. 그러나 지금 같은 경우에는 이러한 수평적인 책상 배치가 도움이 되지 않았다. 니카가 던진 과제물이 학생들의 시선이 모두 모이는 중앙에 떨어진 것이다.

"주우세요."

미주는 자신이 발휘할 수 있는 최대한의 인내를 끌어내 침착하게 말했다. 그러나 2급의 학생들은 '줍다'라는 말을 몰랐다. 미주는 때로 자신이 싸우는 대상이 무지라는 생각이 들었다. 텅 빈 공간에 대고 주먹질을 하는 기분이었다. 절대 이길 수 없는 싸움. 스스로만 우스꽝스러워지는 싸움.

"Pick up."

니카가 서양인이었기에 영어를 당연히 잘할 거라고 여긴 것은 아니었다. 그저 'pick up'과 같은 기초적인 영어는 누구나 할 수 있지 않을까 생각했던 거였다. 그러나 니카는 그 말을 알아듣지 못한 듯했다. 미주는 정말 모양이 빠진다고 생각하면서 손짓으로 과제를 주우라고 지시했다. 니카를 가리킨 후에 허리를 굽혀 바닥에 떨어진 과제물을 줍는 흉내를 냈고, 다시 니카를 가리켰다. 단호한 표정을 짓고 있었지만, 스스로가 광대처럼 느껴졌다.

"필요 없어요. 0점이에요. 쓰레기예요."

그제야 미주의 말을 알아들은 니카가 말했다.

"그래요, 니카 씨 쓰레기는 니카 씨가 버리세요."

유치했다. 그러나 그 외에는 다른 방법이 없었다. 학생들의 시선이 모두 바닥에 버려진 종이에 쏠려 있었다. 그걸 그 자리에 두고 수업을 진행할 수도 없었고, 그걸 미주가 줍는 것도 굴종적으로 여겨졌다.

"지금, 쓰레기통에."

미주는 강의실 뒤편의 쓰레기통을 가리켰다.

니카가 일어나 책상들을 빙 돌아서 바닥에 떨어진 과제물을 주웠다. 쓰레기통으로 가져가더니 미주를 노려보면서 종이를 박박 찢어 쓰레기통에 버렸다.

4

　중간시험을 보고 난 다음 주, 3교시 수업 중 사이렌 소리가 들렸다. 미주는 학생들이 말하기 연습하는 것을 지켜보면서 창밖을 슬쩍 내다보았다. 구급차였다. 곧이어 복도가 소란스러워졌다. 학생들이 복도 쪽으로 고개를 돌리고 옆자리 학생과 속삭였다. 미주는 학생들에게 집중하라고 손뼉을 쳤다. 아직 수업 시간이 30분이나 남아 있었다. 지금 문을 열어 무슨 일인지 확인했다가는 다음 시간에 연습 시간도 못 주고 문법 설명만 하게 될 것이다.

　쉬는 시간에 반 학생들이 우르르 복도로 몰려 나갔다. 미주는 학생들 사이에 섞여 구경하고 싶은 호기심을 누르고 교탁에 서서 밖에서 들리는 소음에 귀를 기울였다. 학생들은 4교시 시작 시각이 다 되어서야 교실에 돌아왔고, 선생님이 쓰러졌다고 말했다.

　"5급 선생님이에요."

　5급은 반이 4개였고, 그중 경제관에서 수업하는 건 한희가 틀림없었다. 미주는 동요하는 모습을 들키지 않기 위해 창밖으로 시선을 돌렸다. 구급차는 사라지고 없었다.

한희는 2년 전에 책임 강사로 H대 어학당에 들어왔다. 외부에 채용 공고를 냈지만, 그래도 H대 어학당 내부에서 책임 강사를 뽑을 줄 알았던 강사들은 배신감을 느꼈다. 기존 강사들은 번번이 H대 어학당이 어떻게 돌아가는지도 모르는 외부 사람이 무슨 관리를 할 수 있냐고 떠들었다. 그런 말들을 의식했는지 한희는 지나치게 열심히 했다. 가장 일찍 출근하고 가장 늦게 퇴근했다. 타 대학 출신이라는 핸디캡을 노동시간으로 메꾸려는 것처럼 보였다. 미주는 한희가 외부에서 왔건, 내부에서 뽑혔건 상관하지 않았다. 한희가 얼마나 일을 열심히 하는지는 더더욱 신경 쓰지 않았다. 한희는 책임이었고, 미주는 평강사였다. 각자의 자리에서 할 일을 하면 그만이었다. 그러나 한희는 자꾸 그 선을 넘었다.

한희가 미주의 책임 강사였을 때 둘은 거의 매주 싸웠다. 한희는 급 회의 때마다 최근에 화제가 된 신문기사와 동영상 따위를 가져왔다. 잘 편집해서 수업 자료로 쓰자는 거였다. 미주는 그런 건 상근인 책임 강사가 해야지 왜 시간강사한테 떠미느냐고 했고, 한희는 수업에 들어가면서 수업 준비를 안 하겠다는 거냐고 따졌다. 미주는 "제 수업은 제가 알아서 준비해요. 단지 학교에 귀속되는 급 전체 자료는 책임 강사가 해야죠. 그런 일 하라고 책임 강사가 있는 거잖아요?"라고 반박했다. 그런 식의 싸움이 매주 반복되었고, 늘 한희가 혼자 맡아서 하는 것으로 결론이 났다.

미주가 사라진 구급차를 찾아 여전히 창밖을 보고 있을 때 알람이 울렸다. 9시부터 12시까지 매시 정각에 맞춰놓은 수업 시작 알람이었다. 미주는 고개를 돌려 학생들을 바라보았다. 니카의 자리는 비어 있었다. 중간시험에서 니카는 쓰기 시험지를 백지로 내고는 그다음 날부터 일주일째 학교에 나오지 않고 있었다. 메이트가 니카에게 전화를 해보는 게 좋지 않겠냐고 물었고, 미주는 그럴 생각 없으니 선생님이 하시라고 잘라 말했다. 미주는 니카의 빈자리에서 눈을 돌리며 "자, 수업 시작합시다!"라고 외쳤다.

"한희 샘 쓰러져서 학교에 구급차 오고 난리였다는데, 들었어?"

정윤아가 미주의 자리에 앉아서 그녀를 기다리고 있었다. 강사실에서 미주는 정윤아를 찾아가는 일이 없었고, 정윤아의 자리가 어디인지도 정확히 몰랐다. 그런데도 정윤아는 서운해하지 않고 항상 미주의 자리에 찾아와 수다를 떨곤 했다.

"그래?"

미주는 모르는 척했다.

"샘 경제관에서 수업하지 않아? 한희 샘도 경영관에서 수업하다가 그랬다는데. 아무튼 임신 초기인데 무리했나 봐."

미주는 한희가 임신한 것을 알지 못했다. 그런 소문이 미주에게 늦게 들리는 것은 당연한 일이었다. 미주는 알고 싶지도 않았으니까.

"아주 학교에 뼈를 묻겠다는 거네."

미주의 말에 정윤아가 눈썹을 찡그렸다.

"계약만료 시점이 다 됐나 보지. 이번에 계약 연장하면 무기계약직 되는 거니까, 조직에 얼마나 몸 바치고 있는지를 보여주겠다 이 거지.”

“샘, 아무리 그래도 임신한 사람한테 무슨 말을 그렇게 해?”

“우리 걱정이나 해. 우리는 쓰러지면 바로 잘리는 거야.”

미주는 정윤아가 한희를 걱정할 때마다 정말 미련한 짓이라고 생각했다. 정윤아는 자신도 언젠가 한희처럼 책임 강사가 될 거라고 생각하는 듯했다. 그래서인지 한희의 편에서 이야기할 때가 종종 있었다. “책임 강사도 힘든 자리야”라든가 “따지고 보면 우리보다 시급이 훨씬 낮은 거야”라는 식의 말을 가끔 했다. 미주는 그때마다 3개월 계약직 시간강사가 누구를 걱정하냐고 면박을 주었다. 정윤아를 이해하지 못해서가 아니라, 반대로 너무나 잘 알아서 하는 말이었다. 미주도 정윤아처럼 희망을 품었을 때가 있었으니까.

미주가 H대에서 학사와 석사를 마치고 H대 어학당에 들어온 이후 처음 2년간은 주 8시간, 그 후 1년간은 지금처럼 주 12시간 일했다. 월급이라고 해봐야 대학생 때 했던 과외 아르바이트와 다르지 않았다. 몇 번이나 그만두려고 했지만 학교에서는 시수가 점차 늘어날 테니 기다리라고 했다. 4년 차가 되어서야 주 20시간 강의를 받았다. 월요일부터 금요일까지 5시간씩 매일 수업을 한 것이다. 미주는 안심했고, 앞으로도 그렇게 일할 수 있을 거라고 믿었다. 그때는 책임이 아니라 전임이 있었고, H대 선배들이 모두 전임 자리에 있었으므로 자신도 언젠가 전임이 되어 H대 어학당에 뼈를 묻을 줄

로만 알았다. 그런데 시간강사법이 제정되면서 다시 시수가 줄어들고 말았다. 주 15시간 이상 강의하면 정규직으로 전환해야 한다는 법을 정해놓으니 모두 주 15시간 이하를 받게 된 것이다. 하나의 어학당에 소속되어서 일하던 한국어 강사들이 그 후로는 2개의 대학을 병행하게 되었다.

미주 역시 P대 어학당에 지원해서 H대 월수금 12시간, P대 화목 8시간으로 2년간 일했다. P대는 H대와는 달리 선후배 사이의 위계를 강조했고, 신입이 어디 따박따박 말대꾸를 하냐는 식의 전근대적인 발언을 하기도 했다. 미주는 자신은 경력직으로 입사했으며, 시간강사에 선후배가 어디 있냐며 지지 않고 대들었다. 그리고 그런 인간들 때문에 그만두지 않겠다고 다짐했다.

책임 강사가 네트워크 시스템을 확인해서 미주에게 출력을 왜 그렇게 많이 하냐고 잔소리를 하는 것도, 회식 날 H대 수업이 있는 미주에게 참석하라는 문자를 보내는 것도 참았다. 그런데 신규 강사의 수업 방식에 학생들의 항의가 있었다는 이유로 학기 중에 강사를 잘랐을 때는 참을 수가 없었다.

미주는 잘린 강사와 별다른 친분이 없었음에도 행정실로 직접 계약서를 들고 찾아가 부당 해고라고 따졌다. 그러나 신규 강사는 복직되지 못했다. 그리고 다음 학기에 미주는 재계약 대상자에 오르지 못했다. 학생 수가 줄었다는 것이 그 이유였지만, 진짜 이유가 뭔지는 미주를 포함한 P대 어학당 강사 모두가 알고 있었다.

한 주가 더 지나고 니카가 다시 수업에 나오기 시작했다. 그러나 필기도 하지 않았고, 전혀 상관없는 페이지를 펼치고 있거나 책을 아예 덮고 있었다. 다른 학생에게 방해가 될 법한 소란스러운 행동은 하지 않았기에 미주는 니카를 내버려두고 수업을 진행했다. 그러나 말하기 수업에서는 그렇게 무시할 수만도 없었다. 그날 4교시에 있었던 말하기 활동에서는 더더욱 그랬다. 학생들이 한 명씩 번호를 뽑으면 강사가 그 번호에 해당하는 질문을 던지는 활동이었다. 니카가 뽑은 질문은 '어떤 남자/여자를 좋아해요?'라는 질문이었다.

　"어떤 여자를 좋아해요?"

　니카는 대답하지 않고 가만히 미주를 노려보았다. 미주는 니카와 신경전을 벌이고 싶지 않았고, 니카가 어떻게든 대답을 하게 한 후 빨리 다음 순서로 넘어갈 작정이었다.

　"대답하세요. 어떤 여자를 좋아해요?"

　미주는 몸을 돌려 마커를 들었다. 화이트보드에 목표 문법인 'A-(으)ㄴ'을 쓰고, 아래에 예시로 '키가 큰 여자', '똑똑한 여자', '착한 여자', '예쁜 여자'를 썼다. 예문의 수준이 한심하다고 생각했지만 2급 어휘 수준에서는 어쩔 수 없었다.

　미주가 다시 고개를 돌려 니카를 보았을 때 니카는 여전히 미주를 노려보고 있었다. 옆자리에 앉은 프랑스 여학생 마린이 니카의 얼굴을 안타깝게 바라보며 그의 팔을 쓰다듬었다. 니카가 마린 쪽으로 고개를 떨구면서 "괜찮아"라고 작게 속삭였다. 누가 봐도 상처

받은 연인의 모습이었기 때문에 미주는 헛웃음이 나왔다. 지랄하네. 미주는 뭐가 괜찮냐고, 빨리 대답이나 하라고 소리치고 싶었지만, 이번엔 마린이 울음이라도 터뜨릴까 봐 참았다.

니카의 대답을 재촉하지 않기 위해 창밖으로 고개를 돌렸다. 미주가 수업하는 경제관 건너편에는 학관이 있었는데, 두 건물 사이에 잔디밭과 주차장이 있었다. 여름방학이라 텅 빈 주차장과 잔디밭에 정오의 햇살이 가득 내려앉아 있었다. 미주는 눈을 가늘게 뜨고 학관에서 나오는 학생들을 보았다. 서로를 밀치면서 계단을 내려가는 학생들의 웃음소리가 미주가 있는 5층에까지 들리는 듯했다. 미주도 저 계단을 오르내릴 때가 있었다. 하루는 장구를 들어주겠다는 선배에게 필요 없다고 말하고 보란 듯이 장구 4개를 양어깨에 메고 걷다가 계단에서 굴렀었다. 그때 선배도, 미주도 눈물 나게 웃느라 한동안 계단에 주저앉아 일어나질 못했다.

순간 목뒤가 서늘했다. 니카가 아직도 자신을 노려보는 것 같았다. 미주는 순간 니카를 향한 증오가 타오르는 것을 느꼈다. 니카가 도대체 왜 자신을 미워하는지 알 수 없었다. 미주는 니카의 유창한 한국어를 듣고 감탄했던 것을, 니카의 필기에 잘못 쓴 것이 없는지 살피고, 과제를 가장 먼저 챙겼던 것을 떠올렸다. 그 모든 순간을 돌이켜 니카를 방임하고, 잘못된 필기를 비웃고, 과제물을 집어 던지고 싶었다. 니카가 그랬듯이. 미주는 주먹을 쥐었다. 손톱이 손바닥을 파고들도록 꽉 움켜쥐었다. 니카에게 잠시 품었던 선의의 마음, 기대감 같은 것이 주먹 안에 있어서 그것을 완전히 으깨버리려는 듯이.

5

월요일 오전에는 이상하게 차가 더 막히고, 버스에도 사람이 더 많았다. 미주는 타인과 몸이 닿는 것을 극도로 싫어했고, 그래서 월요일에는 새벽 시간에 집을 나섰다. 한 주를 시작하는 날에 새벽부터 학교로 향하는 것이 좋았다. 아직 잠에서 깨지 않은 캠퍼스의 적막이 좋았다. 학부 시절부터 벌써 14년째 H대에 다니고 있지만, 사실 미주는 H대를 그리 좋아하지 않았다. 어학당에서 일하게 된 후로는 더더욱 그랬다. 그저 동대 졸업생에게 가산점이 붙는다는 것을 알았기에 대학원에 지원했고, 같은 이유로 어학당에 지원한 것이 다였다. 그래서 모교에 애틋한 마음보다 지긋지긋한 마음이 더 컸다. 그러나 새벽의 캠퍼스는 언제나 좋았다. 커다란 몸집의 건물들이 겨울잠을 깨기 직전의 곰처럼 몸을 웅크리고 있는 모습이 좋았다. 이제 곧 밝아질 것이고 따뜻해질 것이고 시끄러워질 것이다. 그러면 곰들이 하나둘씩 몸을 뒤틀고 기지개를 켜고 또 한 주를 시작할 것이다. 미주는 그 직전의 순간을 좋아했다.

미주는 강사실 도어록의 비밀번호를 누르고 들어가서 불을 켰다. 주말 내내 고여 있던 공기에서 큼큼한 냄새가 났다. 미주의 책상에는 지난주 금요일에 걷은 학생들의 쓰기 숙제가 놓여 있었다. 네 번째 쓰기 과제였고, 주제는 여행이었다. 목표 문법은 '-아/어서'와 '-아/어 보다', '-(으)ㄴ 적이 있다'였고, 목표 단어는 '구경하다'와 '유명하다', '기념품', '해산물'과 같은 어휘들이었다.

미주는 상단의 이름을 훑으면서 니카의 이름이 없는 것을 확인했다. 니카는 첫 번째 과제 이후로 과제를 내지 않고 있었다. 보통 때였다면 미주는 학생을 불러다 자신의 앞에서 쓰기를 시켰을 것이다. 그러나 니카는 내버려두었다. 니카와 눈이 마주칠 때마다 느껴지는 적의에 빨리 이 학기가 끝나서 반이 바뀌기만을 바랐다.

미주는 맨 위에 놓여 있던 반장의 과제를 채점하기 시작했다.

저는 작년에 중국을 갔습니다.

미주는 손에 들고 있던 빨간색 펜을 이리저리 굴렸다. 지난 학기에 '-을/를 가다'를 허용할 것인지 초급 강사들 사이에서 논쟁이 있었다. 오류로 보아야 한다는 강사들은 수업 시간에 배우는 것은 '-에 가다'이고, 교재에서도 '-에 가다'만 노출하고 있다고 주장했다. 성취도평가를 하는 어학당의 성격을 고려할 때 오류로 채점하는 것이 형평성에 맞는다는 입장이었다. 오류가 아니라는 강사들의 주장은 보다 단순했다. 한국어 화자들이 많이 사용하는, 틀리지 않

111

은 표현이라는 거였다. "배우지 않은 것을 썼다고 해서 틀리다고 하는 건 말이 안 되지 않나요?" 미주는 그렇게 말했다. "틀리지 않은 걸 틀렸다고 할 수는 없잖아요." 미주에게는 매우 명확한 문제였으나, 대다수의 강사는 그렇게 생각하지 않았다. 결국 '-을/를 가다'는 조사 오류로 감점하고, '을/를'을 '에'로 수정해주라는 공지가 떴다.

저는 작년에 **중국을** 갔습니다.

−0.5 에

반장이 한국인 친구에게 쓰기 과제를 보여준다면 한국인 친구는 채점이 잘못되었다고 할 것이다. "나도 이렇게 말하는데?"라며 어깨를 으쓱해 보일 것이다. 반장이 미주를 찾아와 이게 왜 틀렸냐고 따진다면 분명 할 말이 없을 것이다. 학교가 그렇게 결정했다고 대답할 수는 없으니까.

중국에서 날씨가 추웠어서 코트를 샀습니다.

다음 문장에도 오류가 있었다. 이번에는 문법 오류였다. H대 어학당 2급에서 '-아/어서'를 가르칠 때 과거 형태소 '-았/었-'과 결합할 수 없다는 제약을 분명히 했다. 이와 관련된 시험 문제도 여럿 있었기 때문에 미주 역시 수업 시간에 반복해서 강조하곤 했다. 그런데도 미주는 반장의 문장을 선뜻 수정할 수 없었다. 그 문장을 여러 번 소리 내 읽어보았는데 점점 더 자연스럽게 들렸다. 미주는 휴대폰으로 인터넷에 '날씨가 추웠어서'를 검색해보았다. '날씨가 추웠어서'라고 쓴 한국인의 글이 끝도 없이 펼쳐졌다.

　　　요새 날씨가 추웠어서 그런지 감기 기운이 있는데요.

　　자연스럽게 들리지만 틀린 표현일 수 있다. 틀린 표현이 입말로 굳어진 경우가 많지 않은가. 한국인의 대다수가 틀린 표현을 쓴다고 해서 미주까지 틀린 표현을 가르칠 수는 없다. 실제로 미주는 '거에요'가 아니라 '거예요'라는 것을, '을께요'가 아니라 '을게요'라는 것을 강조했다. "한국 사람들은 '거에요', '거예요' 뭐가 맞아요, 몰라요. 하지만 여러분은 알아요. 여러분이 한국어를 더 잘해요"라는 식의 농담을 하고는 했다. '-았/었어서'도 그러한가? 미주는 확신하고 싶었다. 학생들에게 "한국 사람이 틀렸어요. 여러분이 맞아요. 여러분이 한국어를 더 잘해요"라고 말하고 싶었다. 미주는 뉴스를 클릭해보았다. '날씨가 추웠어서'라는 표현이 들어 있는 인터뷰가 여럿 떴다.

　　　어제 너무 추웠어서 오늘은 오히려 따뜻하게 느껴집니다.

　　아나운서의 인터뷰였다. 미주는 그 문장을 여러 번 반복해서 읽었고, 그것이 얼마나 단정하고 바르게 들리는지에 놀랐다. 미주는 휴대폰을 내려놓고 반장의 과제로 돌아왔다. 그리고 이번주 목요일에 중간시험이 있다는 사실을 스스로에게 인지시켰다. '매웠어서'를 틀린 것으로 골라내는 문항이 있었다는 것을 잊어서는 안 되었다.

중국에서 날씨가 ~~추었어서~~ 코트를 샀습니다.
−0.5 추워서

미주는 첨삭한 쓰기 과제를 돌려주면서 반장에게 이것이 왜 틀렸는지 설명해주리라 마음먹었다. 그것이 과연 옳은가, 라는 질문이 계속 머릿속에서 울렸지만 고개를 세차게 저어 떨쳐냈다.

6

간담회는 8주 차 수요일, 행정실이 있는 국제관 회의실에서 열렸다. 1급과 2급, 베트남 특별반 월수금 강사들이 그날 모이고, 3급부터 6급까지의 월수금 강사들은 이틀 후인 금요일에 모이는 것으로 되어 있었다. 화목 강사들은 전날인 화요일과 다음 날인 목요일로 나눠서 간담회를 하는 일정이었다.

미주는 정윤아와 함께 국제관을 향해 걷고 있었다. 인문관에서 국제관으로 가려면 정문으로 이어지는 커다란 길을 따라 걸을 수도 있지만, 뒤편의 샛길로 가는 것이 더 빨랐기 때문에 미주와 정윤아는 그편을 택했다. 뒷길 양쪽에는 벚꽃 나무가 있었는데 여름이라 푸른 잎들이 가득했다. 우거진 나무가 만들어낸 그늘을 걸어가는데도 날씨가 후텁지근해서 등에서 땀이 흘렀다. 길에는 미주와 정윤아뿐이었다. 정윤아가 자리로 찾아와 같이 가자고 한 후에도 미주는 한참을 미적거리다 간담회 시작 10분 전에야 강사실을 나섰다. 강사들 대부분은 이미 회의실에 있을 것이 틀림없었다.

"오늘 우리 반 애들이 왜 우리 반은 선물을 안 주냐고 하는 거야."

정윤아가 걸음을 재촉하면서 말했다.

"그게 무슨 말인지 몰라서 물어보니까 다른 반은 초콜릿이나 과자를 준다는 거 있지."

정윤아는 혹시 미주도 학생들에게 뭔가를 나눠 주는지 물었고, 미주가 그게 무슨 말도 안 되는 소리냐고 대꾸했을 때 안심하는 듯했다.

"옆 반에서는 시험 끝나면 선생님이 피자 사 준다고 애들이 난리야. 무슨 초등학교 반장 선거를 하는 것 같아."

길을 걷는 사람은 둘뿐이었는데도 정윤아는 목소리를 낮춰서 말했다.

"나도 강평 낮게 안 나오려면 뭐라도 돌려야 하나?"

정윤아의 말에 미주는 그날 아침 가은의 책상에 놓여 있던 케이크를 떠올렸다. 가은이 매 학기 학생들에게 생일 파티를 해준다는 건 알고 있었다. 유난스러워 보였지만 그저 본인이 좋아서 하는 거겠거니 하고 말았다. 그런데 오늘 아침은 그 케이크가 꼴 보기 싫었고, 생일 파티 주인공이라도 되는 듯 빨간색 원피스를 입은 가은 역시 볼썽사납다고 생각했다. 윤아의 말을 듣고 보니 이 모든 게 강평 때문이라 여겨졌다. 이렇게 강사들이 서로를 미워하게 하는 것이 강평으로 순위를 매기는 학교 측의 목적일 터였다. 미주는 원장에게 놀아난 것만 같았고, 기분이 매우 좋지 않았다.

회의실에 들어서니 행정실 직원들이 문 앞에 서 있다가 샌드위치와 커피 한 잔씩을 가져가라고 했다.

"원장님이 직접 주문하신 거예요."

행정실 직원의 말에 미주는 직원을 잠시 쳐다보고는 샌드위치도 커피도 챙기지 않은 채 자리로 향했다. 정윤아가 뒤에서 "감사합니다"라고 말하는 것이 들렸다.

회의실에는 책상이 ㅁ자로 배치되어 있었다. 교탁에 가까운 책상 열에 책임 강사들이 앉아 있었고, 나머지 책상들에 20명이 넘는 평강사들이 빙 둘러 앉았다. 강사들의 책상에는 이름표가 놓여 있었는데 미주는 자신의 이름표를 찾으면서 가은과 선이가 나란히 앉은 것을 발견했다. 빨간색 원피스를 입은 가은은 생긋 웃으면서 미주에게 눈인사를 했고, 그 옆에 앉은 선이는 하얀색 블라우스를 입고 고개를 숙이고 있었다.

2시 정각이 되자 원장은 빠른 걸음으로 들어와 책임 강사들 사이에 앉았다. 그리고 한쪽 입꼬리를 올리고 강사들을 둘러보았다. 어디 한번 덤벼보라는 듯한 저 미소. 미주는 눈을 피했다. 매 학기 수료식에 얼굴을 비추는 원장은 축사 따위를 할 때마다 몸을 앞으로 기울이고, 한쪽 입꼬리를 올리고 청중을 쏘아보았다. 그때마다 미주는 눈을 돌리고 원장에 대한 소문을 생각했다. 두드러지는 성과를 낸 대기업 재무부장을 총장이 어학원장 자리에 스카우트했다는 소문은 너무 허무맹랑해서 아무도 믿지 않았지만, 인문대 교수들이 원장 신임에 반대하는 성명을 발표하면서 사실로 밝혀졌다. 미주역시 처음 소문이 돌 때는 대학이 교육 경력이 전혀 없는 인사를 어학원장 자리에 앉힌다는 것을 믿지 않았다. 원장이 깡패를 시켜서 도망친 베트남 학생들을 잡아 온다는 말을 들었을 때도 설마 했다. 그러나 강평으로 인센티브를 준다는 편지를 받고는 그 모든 소문을 인정하지 않을 수 없었다.

책임 강사들은 원장을 비호라도 하듯이 원장의 양옆에 책상을 놓고 평강사들을 마주 보고 앉아 있었다. 한희가 원장에게 커피와 물을 건네는 것을 보고 미주는 정윤아에게 저것 보라고 속삭였다.

"걱정할 것 없다니까."

원장은 뜨거운 토론을 기대한다고 말문을 열었다.

"침묵하는 강사님들은 조직의 발전에 관심이 없는 것으로 간주하겠습니다. 우리 어디 한번 치열하게 싸워봅시다."

원장의 말에 책임 강사들이 웃고 다른 강사 몇몇도 따라 웃었다. 미주는 웃지 않았다. 원장의 말을 곧이곧대로 들을 사람은 없었다. 원장이 자신의 의견에 반대하는 사람을 싫어하고, 회의록을 작성하는 행정실 직원을 시켜 이름을 써놓는다는 건 모두에게 알려진 일이었다. 정윤아는 미주에게 오늘 아무 말도 하지 말라고 여러 번 주의를 주었다. "어제 원장한테 대든 선생님들 다 블랙리스트에 올랐대." 정윤아는 간담회에서 어차피 바뀌는 건 없다고, 그냥 반대하는 사람들을 색출하려는 것뿐이라고 했다. 그런 이야기를 전해 들었을 강사들은 모두 고개를 떨군 채 아무 말도 하지 않았다. 미주 역시 침묵하는 쪽을 택했다. 어차피 원장은 말이 안 통하는 사람이라고 되뇌었다. 소모적인 실랑이를 하느라 직장에서 잘릴 수는 없었다.

"아무래도 긴장이 되시겠죠. 그럼 돌아가면서 이야기하죠."

원장은 맨 끝에 앉아 있던 1급 강사 민혜선을 가리켰다. 민혜선은 한참 동안 책상을 만지작거리더니 워크북 검사를 모든 강사가 했으면 좋겠다고 말했다.

"지금은 모든 강사가 하지 않나요?"

"대부분 선생님들이 하시지만 안 하시는 분들도 있어서요. 모두 하는 것으로 학교에서 정해주시면 저희들도 더 편하고…….'"

그런 식의 이야기들이 이어졌다. 진도를 수정해달라, 시험 일정을 조정해달라는 식의, 급 회의에서 해도 될 이야기들. 행정실과는 아무 상관이 없는, 어쩌면 자기반성처럼 들리는 이야기들.

"저는 아무리 생각해봐도 건의드릴 것이 없습니다. 지난 학기에 들어와서 아직 잘 모르기도 하고요."

선이는 그렇게 말하고는 고개를 꾸벅 숙였다.

"죄송합니다."

"신규 선생님이면 당연히 그럴 수 있죠. 죄송할 게 뭐가 있나요."

원장이 미소를 띠고 말했다. 다음 차례는 가은이었다. 가은은 학생들을 위한 이벤트가 있으면 좋겠다고 말했다.

"숙제에 시험에 발표에 외국까지 와서 공부만 하니까 얼마나 재미없겠어요. 운동회나 말하기 경연 같은 이벤트가 있으면 훨씬 좋을 것 같아요."

원장은 가은의 말에 크게 끄덕였다. 회의록을 작성하는 직원에게 제대로 적었냐고 다시 묻기도 했다.

"저희 쪽에서 한번 준비를 잘 해보도록 하죠. 학생들이 즐거워야 다음 학기에도 등록을 할 테니까요."

미주의 차례가 왔다. 옆에서 정윤아가 긴장하는 것이 미주에게도 느껴졌다.

"유급생 관리가 필요할 것 같습니다."

미주는 최대한 차분한 말투로 이야기를 시작했다.

"다른 대학에서는 유급을 두 번 하면 재등록을 받지 않는 등 자격이 안 되는 학생이 수업 분위기를 해치는 것을 제한하고 있습니다. 그러나 우리 어학당에서는 유급의 제한이 없고, 실제로 저희 반에는 네 번째 2급을 하는 학생이 있습니다. 이 학생은 수업 활동에 전혀 참여하지 않아서 열심히 하려는 다른 학생들의 사기를 떨어뜨립니다."

"무슨 말인지 잘 알겠습니다. 백미주 선생님."

원장은 미주를 향해 몸을 기울이더니 한쪽 입꼬리를 올렸다.

"그런데 그건 어렵겠는데요. 우리 어학당에서 배우겠다고 온 학생을 내보낼 수는 없지 않겠습니까? 상점에서 손님을 쫓아내는 직원은 어디에도 없습니다."

미주는 여기가 상점이냐고 되묻고 싶었다. 교육기관으로 알고 있는데 아니냐며 비꼬고 싶었다. 그러나 그럴 수 없다는 것을 알고 있었다.

"다른 강사분들도 잘 들으시기 바랍니다. 교육도 서비스입니다. 학생들이 돈을 내고, 여러분은 그 돈으로 일자리가 보장된다는 것을 잊지 마세요. 학생이 갑이고 여러분이 을입니다. 학생이 없으면 여러분은 여기서 일할 수도 없어요."

미주는 안에서 치밀어 오르는 온갖 말을 간신히 삼켰다. 당신은 틀렸어. 우리는 정이야. 학생이 갑이고, 당신이 을이고, 바로 옆에 의기양양한 표정으로 앉아 있는 책임 강사들이 병이고, 나와 같은 평강사들은 정이야. 그러니까 당신이 강평으로 우리를 자르겠다고 위협하면서도 죄책감을 가지지 않는 거고, 여기 있는 강사들은 위협당하면 위협당하는 대로 당신 비위에 맞춰 멍청한 이야기만 하고 있는 거야. 나 역시 마찬가지고.

"그리고 학생 관리는 학생을 자르는 것이 아니라 상담을 통해서 하는 게 맞지요. 제가 학기 초에 드렸던 편지에서 말씀드렸다시피 상담을 강화할 예정입니다."

미주는 그 자리에 있는 30명 남짓한 강사들을 둘러보았다. 누구도 상담과 같은 시간 외 업무는 시간강사의 몫이 아니라는 걸 지적하지 않았다. 절반쯤은 원장을 향해 고개를 끄덕여 보이기까지 했다.

"자, 이제 다음 분 이야기를 들어볼까요?"

원장은 여전히 한쪽 입꼬리를 올린 채 미주의 옆자리에 앉은 정윤아를 가리켰다. 정윤아는 마커를 더 받을 수 있냐고 물었고, 원장은 얼마든지 지원해주겠다고 했다. 정윤아의 차례가 지나가고, 그녀는 작게 한숨을 쉬었다. 미주는 정윤아가 미웠지만 이해할 수 있었다. 그들은 모두 정이었으니까. 갑을병정의 정.

정윤아는 국제관 1층 카페로 미주를 이끌었다. 카페는 방학이라 한산했다. 정윤아는 진정이 필요하다면서 캐모마일 차를 주문했다.

"근데 원장 말도 틀린 것 없어. 이제는 진짜 학생이 갑이야."

미주는 정윤아가 캐모마일 차를 홀짝이며 종알대는 것을 지켜보았다.

"다른 학교 얘기들 못 들었어? 내가 일하는 D대는 강평으로 강사들 자른 지 꽤 됐잖아. 이제 학생들이 귀신같이 안다니까. 자기들이 강사를 자를 수 있다는 걸."

정윤아는 몇 번이나 했던 이야기를 다시 했다.

"지난 학기에 우리 반에 또라이 하나가 있었는데, 수업 시간에 얼마나 떠드는지 조용히 하라고 했더니, 걔가 가방에서 노트북을 꺼내는 거야. 그러더니 내가 보는 앞에서 내 강의평가를 하더라니까. 누가 갑인지를 보여주겠다는 거지."

미주는 원장이 했던 말을 다시 떠올렸다. 학생이 갑이고 강사가 을이다.

"이제 H대도 점점 더 그렇게 되겠지. D대 우리 반 애들은 요즘 수업 시간에 배스킨라빈스 아이스크림을 통으로 사다가 돌려 먹어. 내가 문법 설명하는데 대놓고 이어폰 끼고 음악 듣는 애도 있고."

"나는 그런 애들 다 내쫓을 거야. 절대 못 참아."

미주의 말에 정윤아가 황당하다는 표정을 지었다.

"우리가 먼저 내쫓기게 생겼는데 무슨 소리야?"

122

7

기말시험 전날 월요일, 미주는 언제나처럼 뽑기로 자리를 바꿨다. 학생들이 이번 주는 마지막 주니 안 바꾸면 안 되냐고 했지만, 미주는 그럴 수 없다고 자리를 뽑게 했다. 니카의 자리가 프랑스 여학생 마린의 옆자리가 되었다. 둘은 번호를 맞춰본 후에 환호하며 좋아했다. '떠들지만 않으면 된다'는 것이 미주가 니카에게 그어놓은 선이었는데 그날 니카는 종일 마린과 속삭여댔다. 보통 때 같았으면 진작에 주의를 주었겠지만, 미주도 니카와 말을 섞기 싫었고, 다른 학생들도 시험 관련해 미주에게 질문하기 바빠 둘이 속닥대는 것을 별로 신경 쓰지 않는 눈치였기에 내버려두었다.

3교시부터는 말하기 시험 대비 연습을 했다. 미주는 2명씩 짝을 지어주었다. 니카는 왼쪽에 앉은 학생과 짝이 되어 연습을 해야 했는데 오른쪽에 앉은 마린과만 떠들었다. 니카의 왼쪽에 앉은 학생과 마린의 오른쪽에 앉은 학생은 멍하니 책만 보고 있었다. 미주는 더 이상 참지 못하고 둘의 책상을 두드렸다.

"자리를 바꾸세요."

미주는 니카와 마린에게 각기 교실의 반대편 끝으로 자리를 옮기라고 했다.

"왜요?"

니카가 턱을 치켜들고 말했다.

"지금은 짝과 이야기해야 해요. 니카 씨와 마린 씨는 짝과 이야기하지 않아요. 옆 친구가 기다려요. 자리를 바꾸세요."

마린은 책과 필통을 가방에 넣어서 미주가 말한 자리로 옮겼다. 그러나 니카는 미주를 계속 노려보면서 그 자리에 있었다.

"마린 씨는 갔어요. 니카 씨도 가세요. 다른 친구들이 기다려요. 내일이 시험이에요. 지금 니카 씨 때문에 다른 학생들이 공부 못 해요. 빨리 일어나서 가세요."

미주는 차분하게, 그러나 단호하게 말했다. 니카는 책을 들고 마린의 반대편에 놓인 책상으로 갔다. 그러고는 책을 책상에 던졌다. 책이 떨어지면서 소리가 크게 났고, 그 소리에 미주는 자기도 모르게 잠시 멈칫했다. 놀라서 심장이 뛰었고, 얼굴이 뜨거워졌다.

나는 너와 같은 남자들을 안다. 폭력을 행사하는 남자들. 그렇게 해서 여자를 겁주는 남자들. 여선생을, 여의사를, 여직원을 다르게 분류하고 낮잡아보는 남자들. 모든 걸 신체적 힘의 관계로 만들어 버리는 남자들.

미주는 니카의 책상으로 걸어가 그의 책을 들어서 건넸다.

"다시 하세요."

니카는 미주에게서 책을 받아 들어 다시 책상 위에 던졌다. 아까보다 더 큰 소리가 났다. 미주는 이글거리는 니카의 눈을 똑바로 보면서 책을 다시 집어 들었다.

"다시 하세요."

니카는 주저하지 않고 책을 다시 받아 들고는 책상 위로 던졌다.

정적이 흘렀다. 숨소리도 들리지 않았다. 학생들이 모두 겁을 내고 있다는 것이 느껴졌다. 폭력과 공포. 그 어느 것에도 질 수 없다고 생각하면서 미주는 뒤돌아서 교탁으로 향했다. 교탁 서랍에서 출석부를 꺼내 들고 다시 니카의 책상에 갔다. 미주는 니카와 눈을 맞춘 채 책상에 출석부를 던졌다. 팔을 있는 힘껏 휘둘렀다. 출석부가 바람을 가르면서 미주의 머리가 흩날렸다.

"선생님도 니카 씨와 똑같이 할 거예요. 괜찮아요?"

니카는 말없이 계속 미주를 노려보았다. 미주는 출석부를 집어 들어서 다시 책상 위로 던졌다.

"대답하세요. 안 하면 계속합니다. 괜찮아요?"

니카의 얼굴이 빨갛게 달아올랐다.

"저는 선생님을 싫어요."

미주는 출석부를 집어 들고 칠판으로 갔다. 마커를 들고 니카를 향해 서서 말했다.

"선생님이."

미주는 칠판에 '선생님을 싫어요'라고 쓰고 옆에 'X'라고 썼다.

"'싫어요'는 형용사예요. 선생님을 아니고 선생님이."

니카는 빨개진 얼굴로 미주를 보고 있었다.

미주는 곧장 학생들이 짝을 지어 말하기 연습을 하도록 했지만, 다들 주눅이 들어 큰 소리로 말하지 못했다. 분위기가 엉망인 채로 수업이 끝났다. 미주는 니카에게 남으라고 했고, 다른 학생들은 앞다투어 강의실을 빠져나갔다.

"선생님이 싫어요?"

니카는 미주를 보지 않았다.

"선생님이 싫으면 학교에 나오지 마세요. 내일 시험이 끝나면 이제 나오지 마세요."

미주는 출석부를 펼쳐서 수요일에 니카를 출석으로 기입하고는 니카에게 보여주었다.

"이제 목요일에 수업 끝나요. 우리 만나지 맙시다."

니카는 미주에게 아무 말도 하지 않았다. 미주는 니카를 남겨두고 먼저 강의실을 떠났다.

"갑이 을이 싫다고 하면 을은 어떻게 되는 거야?"

정윤아는 미주의 이야기를 듣고는 호들갑을 떨었다.

"샘, 강평이 당장 내일모레인데 어쩌려고 그랬어?"

미주는 "강의평가 안 나오는 게 하루 이틀도 아니고"라면서 아무렇지 않은 척했지만, 줄곧 정윤아와 같은 생각을 하고 있었다. 그래서 니카에게 강의평가 날 나오지 말라고 한 거 아니냐고 정윤아가 묻는다면 아니라고 대답할 수 없었을 것이다.

기말시험 다음 날 수요일, 1교시 쉬는 시간에는 강의평가가 있었다. 니카의 자리는 비어 있었다. 미주는 반장에게 행정실에서 강의평가지를 받아 오라고 지시하고는 교실을 떠났다. 강의평가 중에는 강사가 교실에 있으면 안 되었다. 복도를 걷는데 누군가 뒤에서 뛰어오는 소리가 들렸다. 돌아보니 마린이었다.

"선생님, 니카 메시지 보냈어요."

미주는 고개를 저었다.

"마린 씨가 남자 친구에게 잘 이야기하세요."

마린의 얼굴이 굳었다.

"남자 친구 아니에요."

"알겠어요. 선생님은 니카 씨의 메시지를 보고 싶지 않아요. 그러니까……."

"선생님, 니카 씨는 정말 남자 친구 아니에요."

"알았어요, 선생님은 니카 씨와 마린 씨가 친하니까……."

"니카 씨는 여자예요."

미주는 마린의 얼굴을 빤히 바라보았다. 그게 무슨 말이냐고 되물어야 했는데 그러지 못했다. 마린은 같은 말을 반복했다. "니카는 여자예요." 미주는 출석부 파일 중 가장 뒤에 꽂혀 있는 학생 정보를 뒤졌다.

이름: 니카

국적: 벨라루스

생년월일: 1998년 4월 27일

성별: 여

…

　미주는 다시 고개를 들어 마린을 올려다보았다. 마린의 키가 이렇게 컸던가. 미주는 마린과 몸싸움을 하던 니카를 떠올렸다. 둘은 여자 친구가 아니라며 발끈했다. 미주는 자신이 왜 니카를 남자라고 생각했는지, 왜 한 번도 의심하지 않았는지 스스로에게 물었다. 짧은 스포츠머리 때문에? 다른 학생들이 잘생겼다고 소리를 질러서? 커다란 티셔츠를 입고 다녀서? 농구를 해서? 고작 그런 것들 때문에? 미주는 니카가 학기 초에는 반의 남자애들과 농구를 하다가 어느 순간부터 마린과만 어울렸다는 것을 깨달았다. 다들 알게 된 걸까? 미주만 몰랐던 걸까? 미주는 니카에게 어떤 여자를 좋아하냐고 물었다. 키가 큰 여자를 좋아하는지, 예쁜 여자를 좋아하는지 예시를 주며 대답하라고 했다. 니카가 힘을 행사하는 폭력적인 남자라고 생각했다. 여자를 얕잡아보고, 깔아뭉개려는 남자라고 여겼고, 지지 않으려고 했다. 그때도, 모두가 알았을까?
　"니카는 화가 났어요."
　마린이 손에 들고 있던 휴대폰을 미주에게 내밀었다. 휴대폰에는 번역기 화면이 띄워져 있었다.

그녀는 당신을 고소할 것이다.

미주는 복도에 서서 '그녀'라는 단어를 오래 바라보았다.

가을
학기

가을 학기 개강 전날, 가은은 술이 덜 깬 채로 일어났다. 전날 무리해서 마신 탓이었다. 휴대폰으로 시간을 확인했다. 9시. 아직 한참 더 자도 된다는 사실에 가은은 행복해졌다. 방학이 있으니 참 좋다. 가은은 절반쯤 잠에 빠져든 채로 생각했다. 1년에 네 번이나 방학이 있는 일을 하게 된 것은 행운이다. 12시쯤 다시 일어났을 때도 그런 생각을 하고 있었다. 자, 이제 새 베이비들을 만날 준비를 해볼까. 가은은 대충 세수하고 집을 나섰다.

아파트 앞에서 택시를 탄 가은은 기사에게 상냥하게 인사를 건넸다. 기사가 백미러로 가은을 보면서 미소를 지었다.

"머리색이 예쁘네, 아가씨."

가은의 머리는 밝은 분홍색이었다. 여름 학기 수료식 날 미용실에 들러 머리를 염색하고 온 가은을 보고 엄마는 미쳤다고 소리를 쳤다. "H대 강사가 어쩌려고 그래." 엄마에겐 가은이 H대에서 일하는 것이 가장 큰 자랑이었다. 보기 흉하다고 질색을 하는 엄마에게 가은은 "길에서 사람들이 막 예쁘다던데"라고 대꾸했다. "다 어이가 없어서 하는 소리지, 그걸 진짜 믿으면 안 돼." 엄마는 고개를 가로저으며 말했다. 그러나 지금 가은은 엄마가 했던 말은 까맣게 잊었고, 택시 기사가 하는 말을 조금도 의심하지 않았다.

"이제 다시 검은색으로 염색하러 가야 돼요. 너무 속상해요."

가은은 어린아이가 아빠한테 투정을 부리는 것처럼 말했다. 가은의 아버지는 그녀가 고등학생 때 돌아가셨고, 그래서 가은은 중년의 남자들에게 친절하고 다정했다.

가은이 미용실에 들어서니 디자이너 언니가 가위를 든 채로 "사랑하는 가은!"이라며 소리를 쳤다.

"아무리 봐도 색이 너무 잘 나왔어."

일주일 전에 분홍색을 다시 입힌 것이 아까워서 가은은 바깥쪽만 검은색으로 염색하기로 했다. 디자이너 언니는 수업이 끝나면 머리를 올리고 빨간 립스틱을 바르고 학교를 나서라고 했다. 그러면서 턱을 올리고 눈을 내리깔고 걷는 언니가 우스워서 가은은 깔깔 웃었다.

미용실 바로 옆에는 가은이 회원권을 끊어놓은 네일아트 숍이 있었다. 가은은 손톱에 붙어 있던 색색의 큐빅을 떼어내고 베이지색을 발랐다.

"이래도 예쁘네, 그렇지?"

"응, 이래도 예쁘다."

가은은 더할 나위 없이 깔끔한 손톱을 바라보면서 씩 웃었다.

집에 오니 가은의 엄마는 검은 머리가 훨씬 낫다고 소리쳤다.

"이제 다시 H대 강사님 같네."

엄마는 제육볶음을 해놨다고 상에 앉으라고 했고, 가은은 "나 술이 안 깨서 안 들어갈 것 같은데"라고 말하면서 식탁 의자를 끌어내 앉았다. 엄마는 술 좀 작작 마시라면서 얼른 콩나물을 꺼내 국을 끓였다. 가은은 엄마가 요리하는 동안 식탁에 앉아 엄마에게 미용실 디자이너 언니가 드디어 결혼한다고 재잘거렸다.

"신혼여행을 시드니로 간대. 좋겠지, 엄마."

엄마는 가은이 자주 가는 미용실 디자이너를 한 번도 본 적이 없지만, 디자이너가 고등학교 때 만난 남자를 15년 동안 사귄 것과 그가 올해 초 바람이 나서 헤어졌던 것과 그가 미용실까지 쫓아와 용서를 구해서 다시 화해한 것을 알고 있었다.

엄마의 콩나물국에 숙취가 한결 나아진 가은은 상쾌한 기분으로 방에 들어갔다. 엄마는 가은이 배부르다는데도 과일을 잔뜩 깎아 가은의 화장대에 올려놓았다. 가은은 사과 한 조각을 입에 물고 어제 택배로 받은 새 원피스를 입어보았다. 청록색 반소매 원피스는 몸에 과하지 않게 붙으면서 라인이 완벽하게 잡혀 있었다. 현관 신발장에서 하이힐도 꺼내 와서 신어보았다.

"너무 커 보여, 엄마?"

"아이고, 탤런트 같네, 우리 딸."

"너무 크냐니까."

가은은 샐쭉 웃으면서 거울로 몸을 돌려 칠판에 판서하는 흉내를 내며 팔을 올려보았다. 팔에 있는 문신이 살짝 보였다. 아슬아슬했다. 강사실에서는 조심해야지. 가은은 팔을 내리고 왼쪽으로 오른쪽으로 몸을 틀어 거울에 비친 자신을 보면서 입꼬리를 끌어 올렸다.

1

가은은 첫 수업을 마치고 긴장된 마음으로 강사실로 향했다. 강의평가지가 있을 것이다. 이런 식의 긴장이 나쁘지 않다고 가은은 생각했다. H대 어학당에서 일한 지 2년이 지났다. 처음 입사했을 때의 긴장이 사라지고 있었다.

첫 1년간은 수업 중에 학생들이 저지르는 실수들, 이를테면 선생님을 생선님이라고 부른다든지, 불고기에 양파가 아니라 양말을 넣었다고 말한다든지 하는 말들에 손뼉을 치며 웃었다. 자모도 읽지 못하던 학생이 고작 몇 주를 보내고 "한국어가 재미있어요"와 같은 말을 할 때 강의실이 환해지는 것을 느꼈다.

"엄마와 아빠 중에서 누구를 닮았어요?"

가은이 물었을 때, 자신은 옆집 아저씨를 닮았다는 학생의 짓궂은 대답의 의미를 뒤늦게 깨닫고 허리를 꺾으며 웃느라 수업을 잠시 멈추었던 적도 있었다.

매일의 수업이 발견이었고, 경탄이었다. 그래서 출근길이 늘 기대

되었다. 캠퍼스 언덕을 오를 때마다 학생들이 언덕이라는 말을 몰라서 "매일 등산해요"라고 불평하던 것을 떠올리고 혼자 웃기도 했다. 그러나 1년이 지나니 학생들이 하는 실수나 농담이 늘 반복된다는 것을 알게 되었다. 더해서 2년이나 1급을 하다 보니 아무런 준비 없이 수업을 할 수 있게 되었고, 어떤 식으로든 긴장이 사라질 수밖에 없었다. 그래서 강의평가를 받는다는 사실이 주는 긴장이 나쁘지 않았다. 그게 아니라면 너무 풀어져버리고 말 거야. 가은은 그렇게 생각했다. 물론 다른 강사들이 강의평가 때문에 매우 스트레스 받는다는 것을 알았고, 그래서 그런 말을 겉으로 하지는 않았지만, 속으로는 강사가 학생을 평가하는 것처럼 학생도 강사를 평가하는 게 평등하고 올바른 일이라고 여겼다. 학생들의 코멘트가 늦게 도착한 편지처럼 반갑게 느껴지기도 했다.

가은이 강사실에 도착했을 때는 강사 대부분이 돌아온 후였다. 강사실 맨 끝에 있는 자신의 자리로 가기 위해 벽을 따라 걷는데 정윤아의 목소리가 들렸다.

"이번 강평 어때?"

정윤아는 언제나처럼 미주의 자리에 서 있었다. 책임 강사들과 부딪히는 일이 잦고, 어딘지 모르게 강해 보이는 인상 때문에 미주는 친한 강사가 그리 많지 않았는데, 정윤아는 미주를 매우 좋아하는 듯했다.

"티칭 프로그램 받으라고 왔네."

미주는 아무렇지 않게 대답했다.

"강평 하위권이라 영상 찍고 평가받으라는 건가 봐."

미주가 딱히 큰 소리를 낸 것도 아닌데 순간 강사실이 조용해졌다. 지난 학기에 공지되었던 티칭 프로그램은 강의평가 하위 10퍼센트이면서 8점대가 받을 거라고 재공지된 바 있다. 9점대가 하위 10퍼센트라는 이유로 영상을 찍어야 하는 것은 공정하지 않다는 항의가 있었다고 했다. 어학당의 강의평가는 점수가 의미 없게 느껴질 정도로 강사의 90퍼센트 이상이 9점 이상을 받았기 때문에, 강사 중 몇몇은 9점을 받고도 하위 10퍼센트에 들었다.

"어머, 언제 찍으란 것도 왔어?"

강사실 모두가 미주의 대답을 기다리는 것이 느껴졌다. 가은은 걸음을 빨리 해서 미주와 정윤아에게서 멀어졌다. 미주가 대답하는 듯했으나 뚜렷하게 들리지 않았다. 여전히 강사실은 고요했고, 그 틈을 타 가은은 책상 위에 놓인 강의평가지를 확인했다. 1등이다. 가은은 기쁜 마음이 올라오려는 것을 서둘러 가라앉혔다.

어학당 강의평가는 학부와 비교했을 때 강사 개인의 역량이 크게 영향을 미치지 않았다. 수업 프로그램을 강사 개인이 짜는 것이 아니라 어학당에서 만들어놓은 프로그램을 같은 진도로 나가기 때문에 반마다 차이가 크지 않았다. 한 급의 모든 반이 같은 교재, 같은 PPT, 같은 연습지로 같은 활동을 했다. 모든 강사에게 지급되는 교안에는 문법에 따른 예문과 활동 제시 방법이 자세히 써 있었다. 활동에서 사용할 각종 카드 역시 공용 캐비닛 안에 반별로 잘 정리되어 있었다.

성적에 후한 강사가 강의평가가 잘 나온다는 것도 어학당에서는 통하지 않았다. 강의평가는 성적 발표 전에 있었다. 그리고 H대 어학당에서는 작년부터 감독과 채점의 객관성을 높인다는 이유로 시험 감독을 바꿔서 했고, 채점 역시 다른 반과 교차로 했기 때문에 학생들은 누가 자신의 시험을 채점했는지 알 수 없었다.

어학당 강의평가에 영향을 미치는 것은 다른 데 있었다. 학생들의 국적이 가장 중요했는데, 유럽권 학생들, 특히 독일 학생들은 기절할 만큼 강사를 좋아하지 않는 한 9점을 주지 않았다. 좋은 강사는 8점, 보통의 강사는 5점이나 6점, 발전이 필요한 강사는 3점이나 4점을 주었다. 어학당 강사로서 받아서는 안 되는 점수였다. 어학당 학습자 중 다수를 차지하는 중국 학생들이 질문을 읽지도 않고 10점으로 줄을 세우는 반면 일본 학생들은 꼼꼼하게 문항을 하나씩 읽고 신중하게 고민해서 점수를 매겼다. 강의평가의 올바른 예였지만 무조건 9점 이상을 받아야 하는 강사 입장에서는 분통 터지는 일이었다.

어느 급을 가르치느냐도 큰 영향을 미쳤다. 대부분의 한국어학당은 1급과 2급이 초급, 3급과 4급이 중급, 5급과 6급이 고급으로 나뉘어 수업을 진행하는데 대체로 고급 수업보다 초급 수업에서 강의평가가 잘 나왔다. 고급으로 올라갈수록 수업이 어려워지기 때문에 성취감을 느끼기 쉬운 초급에서 강사의 능력에 더 후한 점수를 주는 것이다.

그래서 가은의 강의평가 이유를 그녀가 계속 1급을 가르쳤던 데서 찾는 강사들이 많았다. 그런데도 가은이 1급의 다른 강사들보다 부침 없이, 월등하게 잘 나온다는 건 분명 무언가가 있는 것 같았다. 가은만이 가진 것이 무얼까? 몇몇 강사가 가은에게 물었고, 가은의 대답은 항상 정해져 있었다.

"저는 운이 좋은 것 같아요."

"비결을 안 가르쳐주려고 그러지."

강사들은 눈을 흘겼지만, 가은은 정말 운이라고 믿었다. 항상 좋은 학생들을 만났던 것이다. 가은이 하는 말에 까르르 웃고, 수업이 끝난 후에도 찾아와 수다 떠는 학생들을 만나왔다. 그걸 운이 아니면 뭐라고 설명하겠는가.

"선생님 이번에도 만점이에요?"

개강 회의가 있는 교실로 향하는 복도에서 민혜선이 가은의 옆에 딱 붙어 걸으면서 말했다. 민혜선은 1년째 1급을 같이하면서 친해졌는데, 가은보다 H대 어학당에서 더 오래 일했으면서도 1급 경력은 가은이 더 많다고 종종 가은을 선배라 부르곤 했다. 키가 작고 통통했는데, 하얗고 깨끗한 피부에 올망졸망한 눈코입 때문에 나이보다 열 살은 어려 보였다. 학생들과 같이 서 있으면 누가 강사인지 구별이 안 될 정도라서 나이가 들어 보이도록 옷을 입는다고 했는데, 가끔은 엄마 옷을 걸친 아이 같았다.

"아니에요. 저번 학기 딱 한 번이에요."

"뭐, 그래도 잘 나왔겠죠. 그렇죠?"

"그냥 저는 학생 운이 좋은 것 같아요."

"아, 부럽다. 나는 진짜 학생 운 없는데."

민혜선이 몸을 기울여 가은에게 살짝 기대며 말했다.

"지난 학기에는 정신병자도 있었잖아요. 오늘도 애들이 얼마나 반응이 없던지. 이번 학기도 암울해요."

가은은 양손으로 안고 있던 출석부와 교재를 한 손에 옮겨 들고 다른 손으로 민혜선을 살짝 끌어안고 팔을 톡톡 쳤다. 민혜선이 가은의 품에 기대 우는 흉내를 냈고, 둘은 이내 소리 내 웃었다.

회의에서 수다 떠는 것을 좋아하는 이도현이 1급 책임으로 있던 터라 1급 강사들은 매주 1시간씩 회의실에 앉아 있어야 했다. 오늘 개강 회의의 수다 주제는 가은의 반에 배정된 캐나다 학생, 타냐였다.

"지난 학기에 등록해서 1급 수업을 거의 다 들었는데, 기말시험 전에 본국에 돌아갔다가 이번에 다시 온 거예요. 시험을 안 봤으니까 1급을 다시 듣는 거에는 본인도 동의했는데 문제가 하나 있어요."

이도현은 가은을 바라보고 말을 이었다.

"우울증 진단서를 끊어 왔어요. 행정실에 제출했나 봐요. 타지에서 수업을 들으면서 심각한 스트레스를 받았다고 의사 소견서를 떼 왔네요."

진단서에는 무대 공포증이라는 병명이 같이 써 있다고 이도현은 가은에게 조심해달라고 말했다.

"요구 사항이 우선……."

이도현은 앞에 놓여 있던 종이를 들어 읽어 내려갔다.

"창문 쪽으로 자리를 배치해주세요. 시험과 같은 극도의 스트레스를 받는 상황에 취약하니 다른 학생들과 떨어져 독립된 공간에서 시험을 볼 수 있게 해주세요. 무대 공포증이 있으니 수업 시간에 전체 대상 말하기는 시키지 말아주세요. 발표 역시 수업 후에 따로 남아서 할 수 있도록 해주세요."

가은은 알겠다고 대답하면서 몇 시간 전에 만난 타냐를 떠올렸다. 하얀색으로 염색한 머리에는 밤색 머리가 새로 자라고 있었다. 옅은 갈색 눈에 안경을 쓰고 있었는데, 가은과 눈이 마주쳤을 때 수줍게 웃어서 귀엽다고 생각했던 게 떠올랐다.

"선생님, 걔가 걔예요!"

회의가 끝나고 민혜선이 가은의 팔을 때리면서 말했다.

"내가 말했던 지난 학기 우리 반 정신병자. 걔 갑자기 한밤에 전화해서 울고, 저 진짜 미칠 뻔했어요."

민혜선은 잔뜩 흥분해 있었다.

"영어 할 수 있다는 거 들키면 큰일 나요, 선생님. 캐나다에서 왔다길래 나도 어학연수 캐나다로 다녀왔다고 한마디 했다가 그 뒤로 매일 연락을 해대는 거예요."

"정말? 어떡해. 가은 샘 고생하겠다."

민혜선의 말에 다른 강사가 말을 보탰다. 어쩐지 즐거운 것 같은 얼굴이었지만 가은은 그런 것에 주의를 기울이는 편이 아니었다.

"괜찮아요. 오늘 봤는데 좋은 아이 같았어요. 우울증인데도 포기하지 않고 다시 온 게 기특하니까 더 잘해줘야죠."

가은은 생긋 웃었다.

"역시 가은 샘은 착해. 나는 우울증인데 어떻게 비행기 타고 여기까지 왔는지 그 생각 하고 있었는데."

그녀가 이번에는 왠지 찡그리는 것 같았지만, 가은은 착하다는 칭찬으로 받아들이는 것을 택했다. 그래서 아니라고 손을 저었다.

강사실에 돌아와 민혜선은 지난 학기 타냐의 상담 일지를 가져다주겠다며 종종걸음으로 자신의 자리로 향했다. 가은은 민혜선을 기다리며 출석부를 열어 타냐의 이름 옆에 하트를 그렸다.

2

이도현이 개강 첫날이니까 맛있는 걸 먹자고 했다. 몸집보다 작은 사이즈의 옷을 입고 빠르게 걷는 이도현을 보고 있으면 바삐 움직이는 오리를 보는 것 같았다. 민혜선 역시 걸음이 빠른 편이었으므로 가은은 둘 사이에 껴서 부지런히 걸었다.

파스타가 나오기 전에 피클을 씹어 먹던 민혜선이 문득 "이번 학기에 몇 명이나 잘린 거예요?"라고 물었다. 이번 학기에 잘린 사람이 있다는 것조차 몰랐던 가은은 민혜선의 말에 적잖이 놀랐는데, 이도현이 태연하게 "7명 정도?"라고 대답했을 때 더욱 놀랐다.

"다 신규들이라 샘들은 이름도 모를걸?"

가은은 선이를 떠올렸다. 선이를 오늘 봤던가? 기억나지 않았다. 그러나 자리가 바뀌어서 구석진 자리에 몸을 숙이고 있었다면 충분히 못 봤을 수도 있다.

"그런데 뭐 들어올 때부터 계약 연장 안 될 수 있다고 한희 샘이 다 말했대. 실제로 문제 제기하는 사람도 없었고."

"왜 잘린 거예요?"

"행정실에서는 강평 7점대를 잘라낸 거라고 하는데. 다른 책임들 말로는 베트남 신입생 수를 줄여서 그런 거라고 그러네. 그때 베트남 애들 집단 도주한 것 때문에 학교에서 몸 사리나 봐. 뭐, 원장 속을 누가 알겠어."

"베트남 특별반 맡았던 강사들이 잘렸다는 거죠? 일반반 강사들은 잘린 사람 없고?"

민혜선의 말에 가은은 더 참지 못하고 선이에 대해 물었다. 이도현은 정확하지는 않지만 그 선생님도 잘렸을 거라고 대답했다.

"경찰에 학생 신고한 선생님 맞지? 그러니까 강평이 잘 나왔겠어? 학생들이 원한 같은 게 있었겠지."

"그 일은 봄 학기였잖아요. 지난 학기도 아니고."

"두 학기 연달아 베트남 특별반을 맡으면 말이 달라지지. 우리 어학당 베트남 애들은 같은 지역에서 온 애들이라 다른 반 애들이랑도 다 알아. 애들 몇 명 잘리고 강사를 대하는 태도가 180도 달라져서 다들 엄청 고생했다던데."

가은은 선이가 인스타그램에 올라온 사진을 들고 자신을 찾아왔던 것을 떠올렸다. 그때 선이가 끊임없이 주변을 살피면서 어찌나 작은 목소리로 속삭이던지 가은은 선이 쪽으로 몸을 바짝 기울여야 했다. 여름 학기 내내 퇴근할 때면 책상에 머리를 처박고 있는 선이를 볼 수 있었다. 한번은 가은이 숙제 검사를 하느라 늦게까지 남아 있었는데, 검사를 다 끝내고 짐을 챙기며 둘러보니 강사실에 선

146

이와 자신뿐이었다. 가은은 가방을 들고 나가면서 선이에게 다가가 많이 바쁘냐고 물었다. 선이가 화들짝 놀라면서 가은을 올려다보았다. "아니에요. 저는 괜찮아요. 정말 괜찮아요." 선이는 강사실에 누가 남아 있는지 살피려는 듯 주위를 둘러보면서 말했다. "다 갔어요. 선생님도 얼른 가요." 가은은 책상에서 챙겨 온 초콜릿을 선이에게 주었다. 선이가 벌떡 일어나 두 손으로 초콜릿을 받으면서 "감사합니다"라고 말했다.

파스타가 나왔다. 이도현과 민혜선은 여러 각도에서 사진을 찍고는 서로의 사진을 비교해보았다. 가은도 평소라면 같이 사진을 찍었겠지만, 오늘은 그러고 싶지 않았다.

"그때 제 사진을 찍은 애도 있었고, 걔도 잘렸어요."

"샘은 운이 좋았어. 다른 반 애였잖아. 자기 반 담임이 친구 잘렸다고 생각해봐. 눈이 돌아가지."

그랬다. 운이 좋았던 거다. 그리고 다시 한번 운이 좋게도, 가은이 고른 크림파스타가 제일 맛있었다. 셋은 부지런히 파스타 접시를 옮겨가며 나눠 먹었다. 다음에는 크림파스타로 3개 주문하자고 떠들면서.

이틀이 지난 수요일, 가은은 반 학생들에게 회식을 하자고 했다. 개강이나 종강이라는 말이 어려워서 어학당에서는 개강 파티나 종강 파티라는 말 대신 회식이라고 했다. 어학당 강사 대부분은 회식에서도 언어 통제를 해야 한다며 수업의 연장이라고 꺼렸지만, 가은은 좋아했다. 학생들이 말하기 전에 먼저 나서서 제안하기도 했다. 특히 1급은 한국에 처음 온 학생들이니 친구를 만들어주는 게 중요하다고 생각했다. 학생들이 한국 생활을 즐겁게 하기를 바랐고, 소외되는 사람 없이 모두 친해져서 서로 도와가면서 공부하기를 바랐다.

보통 1급의 경우, 어느 정도 한국어를 익힌 후 회식을 했는데 이번 학기에는 타냐를 생각해서 서둘렀다. 가은은 캘린더를 스크린에 띄워놓고 학생들에게 물었다. 한 손으로 오케이 사인을 하고 여러 날짜를 바꿔가며 물었는데도, 타냐는 한 번도 손을 들지 않았다. 가은은 대충 날짜를 잡고, 타냐에게 수업이 끝난 후 따로 이야기하자고 했다. 타냐가 가은 앞에 놓인 의자에 앉으려는 걸 가은이 붙잡았다.

"아니요, 밖에 나가요."

가은은 오후의 햇빛이 쏟아지는 창밖을 가리켰다. 타냐가 가은의 얼굴과 창밖을 번갈아 보더니 끄덕였다.

가은은 도서관 앞 해가 잘 드는 벤치에 앉았다. 타냐가 창가 자리를 요구한 것을 보면 햇빛을 좋아한다고 생각해서였다. 우울증에는 햇빛이 좋지. 가은은 자신의 옆자리를 탁탁 쳤다. 타냐가 앉지 않고 선 채로 손차양을 만들면서 얼굴을 찌푸렸다. 둘은 커다란 플라타너스 나무 아래에 있는 벤치로 자리를 옮겼다. 나뭇잎이 바람에 흔들릴 때마다 타냐의 얼굴에, 어깨에, 짧은 치마 아래로 드러난 하얀

허벅지에 자리 잡은 얼룩덜룩한 그림자가 덩달아 흔들렸다. 타냐는 여전히 얼굴을 찡그리고 있었다.

"여기 괜찮아요?"

"네, 괜찮아요. 감사합니다."

타냐는 1급이 두 번째라 그런지 간단한 문장은 할 수 있었다.

"한국 생활 어때요?"

가은의 말에 타냐는 말없이 고개를 끄덕였다. 이해하지 못했나 싶어서 쉽게 질문하려는데 타냐가 대뜸 물었다.

"선생님, 남자 친구 있어요?"

가은은 흠칫 놀라면서 타냐가 뭘 알고 묻는 건지 얼굴을 살폈다. 다행히 아는 눈치는 아니었다.

"없어요. 타냐 씨는요?"

"저는 남자 친구 있어요. 캐나다에서 있어요. 보고 싶어요."

타냐가 말려 올라간 치마를 아래로 끌어 내렸다. 치마가 내려가지 않는데도 자꾸 잡아당기다가 갑자기 고개를 푹 숙였다. 눈물이 뚝뚝 떨어졌다. 가은이 왜 우냐고 묻자 타냐는 치마가 너무 짧아서 불편하고 해가 뜨겁다고 했다.

"캐나다 안 더워요. 한국 진짜 더워요. 이거 가을 아니에요."

타냐는 안경을 벗고 주먹으로 눈물을 훔치며 말했다. 가은은 타냐가 안쓰러워 손을 잡았는데, 타냐가 고개를 번쩍 들면서 손을 확 뺐다.

"Don't touch me, please."

가은이 당황해서 사과하자 타냐는 다시 고개를 푹 숙이고는 "미안해요"라고 작게 속삭였다.

"한국 치마 너무 짧아요."

가은은 무슨 말을 해야 할지 모르겠어서 고개를 들어 나뭇잎 사이로 하얗게 번지는 햇빛을 응시했다. 눈이 시렸다. 가은의 동생은 미국에서 유학 중이었다. 동생도 낯선 캠퍼스 어딘가에서 울고 있는 건 아닐까. 가은은 마음 한구석이 아렸다.

"우리 아이스크림 먹어요."

가은이 말했다. 동생은 아이스크림을 좋아했다. 가은이 가게 앞에 서서 폴라포 뚜껑을 따는 동안 동생은 눈을 반짝이며 기다렸다. 볼이 통통한 동생이 입을 꼭 다물고 폴라포를 뚫어지게 바라보는 것이 얼마나 귀엽던지 가은은 일부러 뚜껑이 잘 안 따지는 척을 했었다.

가은이 웃으면서 일어나자 타냐가 엉거주춤 따라 일어났다. 눈가가 여전히 젖어 있었다.

가은은 타냐와 보폭을 맞추어 걸으면서 교내에 맛있는 아이스크림을 파는 곳이 있는지 생각했다. 학교 밖까지 걸어가도 괜찮을 것이다. 제일 맛있는 아이스크림을 사 줄 것이고, 좋은 언니가 되어줄 거라고 가은은 다짐했다.

3

 3주 차 금요일 오후 2시에 한국어학당 전체 워크숍이 열렸다. 월수금 강사들은 물론 화목 강사들도 필수적으로 참석해달라는 문자를 받았다. 발신은 원장의 개인 휴대폰 번호였다. H대 서울 캠퍼스에서 워크숍이 열렸지만 지방 캠퍼스 어학당에서도 참석을 하기로 했다. 대학 소유의 셔틀버스가 1시 수업이 끝나자마자 지방 캠퍼스 강사들을 실어 나를 예정이었다.

 가은은 민혜선과 함께 점심도 거르고 워크숍이 열리는 국제관의 대형 강의실 맨 뒷좌석에 자리를 잡았다. 12시 반이 지나자 강사들이 하나둘씩 들어오더니 순식간에 강의실을 다 메웠다. 1시가 다 되어 지방 캠퍼스 강사 20여 명이 한꺼번에 들이닥쳤을 때는 자리가 없어서 띄엄띄엄 앉았던 강사들이 빈자리 없이 바짝 붙어 앉아야 했다. 그 바람에 두 자리를 비우고 가은의 옆에 앉아 있던 미주가 바로 옆으로 자리를 옮겼고, 가은은 먼저 인사를 건넸다. 미주는 인사를 받는 둥 마는 둥 자료집을 들춰 봤다. 가은 역시 머쓱해져서 자료집을 들춰 보았다. 'H어학당의 새로운 10년을 준비하며'라는 제목의 원장의 글을 시작으로 책임 강사들이 발표할 소논문들이 실려 있었다. 가은은 한희의 이름으로 실린 '한국어에는 미래시제가 없다'라는 제목의 소논문을 훑어보았다.

워크숍의 하이라이트는 인센티브 수여식이었다. 지난 1년간의 강의평가 점수를 평균 낸 결과라고 했다. 상위권 10명이 100만 원씩 받았는데 1급에서 6명이 나왔다. 사회를 보던 이도현이 수상자의 이름을 한 명씩 발표하면서 "또 1급이네요. 역시 저희 1급에는 유능한 선생님들이 많습니다"라고 웃었다. 따라 웃는 강사는 많지 않았다. 가은은 상위권 중에서도 1등이었고, 150만 원을 받기로 되어 있었다.

유난히 형광등 빛이 밝은 강의실이었다. 무대처럼 만들어진 교단에는 H대의 로고가 박힌 교탁이 있었고, 그 뒤로 커다란 스크린이 설치되어 있었다. 스크린에는 지난 학기 H어학당 수료식 단체 사진이 떠 있었다. 우습게도 가은은 그 사진 속에서 선이를 단번에 찾아낼 수 있었다. 선이는 딱딱한 얼굴로 구석에 앉아 있었다. 최우수 강사로 가은의 이름이 불렸다. 미주가 흘긋 가은의 얼굴을 보더니 자리를 비켜주었다. 강의실은 극장처럼 교단을 향해 경사졌기 때문에, 힐을 신은 가은이 앞으로 걸어 내려가는 동안 몸이 앞으로 기울어지면서 인사하는 모습이 되었다.

여러 강사가 축하 인사를 건넸다. 박수 소리가 강의실 안에 울렸다. 교단에 서 있던 원장이 교탁 옆으로 나와 크게 손뼉을 쳤다. 가은은 자신보다 작은 원장에게 상패를 받기 위해 몸을 구부려야 했다. 이도현이 나와 상패를 수여하는 사진을 찍었다.

"한턱 쏴야죠, 가은 샘."

워크숍이 끝나고 민혜선이 말했다.

"네, 제가 살게요. 같이 가요."

"정말? 아니에요. 뭘 또 진짜 얻어먹어. 내가 가은 샘한테 뭐 해준 것도 없는데."

"저는 뭐 해서 받은 건가요, 뭐."

"선생님이 잘해서 받은 거죠. 얻어먹기보다 축하해주고 싶은데 오늘은 선약이 있어서. 나중에 같이 먹어요."

민혜선이 살갑게 가은의 팔을 툭툭 치고 먼저 강의실을 나갔다.

가은은 평소에 친하게 지내던 몇몇 강사에게 밥을 사겠다고 했지만 다들 약속이 있다고 했다. 그러면서도 모두 축하의 말을 건넸으므로 가은은 감사하다 대답하고 별다른 생각을 하지 않았다. 원장을 따라 먼저 강의실을 나선 이도현에게도 문자를 보냈다. 사실 이도현은 가은의 대학 선배인데, 학교에서는 서로 친근하게 말은 해도 선후배 사이라는 것은 숨겼다. 꼭 어학당에서 만나서 친해진 것처럼. 이도현이 그러자고 했고, 가은은 알겠다고 했다. 이도현이 계속 1급에 데리고 있으면서 챙겨주는 것이 늘 고마웠던 가은은 이도현의 부탁이라면 거절할 이유가 없었다. "지방대 출신은 우리뿐일걸?" 이도현은 종종 그렇게 말했다.

"오늘 회식 있어."

이도현은 전화로 원장이 책임 강사들 한 명도 빠지지 말라고 했다면서 한숨을 쉬었다.

가은은 강사실로 돌아갔다. 안 그래도 퇴근을 빨리하는 금요일인데다 워크숍까지 했으니 강사들은 모두 퇴근한 후였다. 가은은 공용 컴퓨터로 크게 음악을 틀고는, 자리에 앉아 발을 책상 위에 올려놓고 머리를 뒤로 젖혔다. 그냥 집에 가고 싶지 않았다. 가은은 책상 위의 상자를 열어 초콜릿을 까먹으면서 친구들 몇 명에게 오늘 시간 있냐고 메시지를 보낸 후 인스타그램에 접속했다.

학생 하나가 수업 중인 가은의 사진을 올리고 태그를 걸어놓았다. 사진 찍히는 것도 몰랐는데. 가은은 학생에게 사진을 내려달라고 디엠을 보내려다가 멈칫했다. 한국어도 잘 모르는데 잘못 알아듣고 상처받으면 어쩌지. 그러다 나한테 반발감을 가질지도 모르지. 가은은 선이가 생각났다. 학생에게 오해받아서 수업도 못 하게 되다니 정말 안됐어. 경찰서에 신고만 안 했어도 좋았을 텐데. 가은은 충동적으로 강사 연락망을 뒤져 선이에게 메시지를 보냈다. "안녕하세요? 저는 H대 어학당에서 같이 수업했던 신가은이라고 하는데요"로 시작하는 긴 메시지였다. 선이가 답장을 할 거라고 기대하지 않았다. 자신이 잘린 학교의 강사에게서 느닷없이 연락 오는 것이 반가울 리 없을 테니까. 게다가 친하지도 않았는데 오늘 당장 보자는 연락에 응할 사람이 몇이나 될까. 그러나 선이는 바로 답장을 보내 선뜻 나오겠다고 했다.

가은은 이태원역에서 선이가 눈앞으로 다가와 인사할 때까지 그녀를 알아보지 못했다. 선이는 흰색 블라우스에 검은색 치마가 아니라 회색 후드티에 찢어진 청바지를 입고 있었다. 강사실에서처럼 가은에게 깊이 허리를 숙여 인사하거나, 주변을 두리번거리지 않았다. 가은은 선이가 나와준 것이 반갑고 고마워서 친한 사이가 아닌데도 덥석 끌어안았다. 선이에게 인센티브를 받은 사실은 말하지 않았지만, 선이가 가은을 축하해주러 나온 것만 같았다. 가은은 선이를 데리고 자신이 가본 클럽 중 가장 비싼 라운지 클럽으로 향했다.

라운지 클럽에서는 적당한 볼륨의 일렉트로닉 음악이 흘러나왔다. 신이 난 가은은 선이의 손을 잡고 안으로 이끌었다. 클럽의 입구에서부터 기다란 양초 수십 개가 늘어서 있었다. 천장에는 샹들리에가 머리 위로 바짝 내려와 있었는데, 보라색 조명이 비추어 신비스러운 분위기를 풍겼다.

가은은 테이블을 잡고 50만 원짜리 샴페인 세트를 시켰다. 햄과 치즈, 포도가 보기 좋게 쟁반에 담겨서 샴페인과 같이 나왔다. 샴페인을 터뜨리며 가은은 비명을 질렀다. 선이도 슬며시 웃는 듯했다. 샴페인을 따르려는데 남자들이 말을 걸어왔다. 샴페인을 따르고 잔을 부딪치려는데 또 다른 남자들이 말을 걸어왔다. 잔을 부딪치고 한 모금 마시고 나니 또 다른 남자들이 말을 걸어왔다. 마지막에 말을 건 남자 둘은 다짜고짜 가은과 선이의 옆자리에 앉았다. 가은은 옆에 앉은 남자가 잘생긴 데다 좋은 향기가 나길래 묻는 말에 대답을 해주기 시작했다. 그때 휴대폰이 울렸다. 확인해보니 앞자리에 앉은 선이가 메시지를 보낸 거였다.

저는 먼저 집에 가볼게요.

선이는 옆자리에 앉은 남자에게서 몸을 돌려 창밖을 보고 있었다. 가은은 황급히 남자들을 보내고 선이에게 사과했다.

"미안해요. 불편했어요?"

"아뇨, 그런 건 아닌데. 저 사실 술 마시면 안 돼요."

선이는 다 비운 샴페인 잔을 들고 말했다.

"왜요?"

"요즘 약을 먹고 있거든요."

"아, 한약 먹어요?"

"음, 얘기하자면 긴데……."

선이는 빈 잔을 톡톡 치면서 웃었다. 장난기가 어린 웃음이었다. 농담도 할 수 있는 사람이었구나, 가은은 그런 생각을 하며 선이의 빈 잔을 채워주었다. 선이는 술잔을 들어 한 번에 비우더니 정신과 약을 먹고 있다고 했다.

"H대에서 잘렸을 때 사실 크게 충격받지 않았어요. 그냥 바로 다른 학교를 알아봤어요. 정말 수십 군데에 이력서를 보냈어요. 한 학교에서는 시강을 동영상으로 찍어서 보내라고 하더라고요."

선이는 그새 술기운이 도는지 활기차게 떠들기 시작했다. 한 번도 보지 못한 모습이라 가은은 조금 당황했지만 이내 선이가 어떤

156

사람인지 전혀 모르고 있었다는 생각이 들었다. 처음으로 이야기를 나누고 있는 거였다. 가은은 다시 선이의 빈 잔에 샴페인을 따르며 이야기를 들었다.

"그래서 친구랑 동네 주민센터에 남는 회의실 같은 걸 하나 빌려서 동영상을 찍었어요. 저는 정장에 슬리퍼를 신고 시강을 했어요. 친구는 10분 동안 휴대폰을 들고 있느라 팔에 쥐가 날 뻔했고요. 그런데 다 찍고 보니 영상이 조금씩 기울어지더니 나중에는 제가 금방이라도 쓰러질 것처럼 화면에 대각선으로 서 있더라고요. 친구가 버티지를 못했던 거죠. 그래서 책상에 휴대폰을 고정시켰는데 영각이 안 나와서 결국 제가 엉거주춤 무릎을 구부리고 수업을 했어요. 화면에서 제가 위아래로 흔들리면서 엉금엉금 움직이는데 너무 바보 같아 보이는 거예요. 회의실 대여한 게 1시간이라, 결국 피사의 사탑처럼 나온 동영상을 쓰는 게 좋겠다고 친구와 결론을 내리고 집으로 왔죠."

선이는 술을 마시면 안 된다더니 벌써 네 잔째 샴페인을 비우고 있었다. 가은은 저렇게 마시다가 쓰러지는 건 아닌지 걱정을 하면서도, 선이가 술잔을 부딪칠 때마다 같이 마시는 바람에 벌써 취기가 올랐다.

"그날 밤 침대에 누웠는데 갑자기 삐 하는 소리가 들리는 거예요. 왜, 드라마를 보면 병원에서 사람이 죽을 때 기계에서 나는 소리 있잖아요. 그리고 모든 게 멈춘 거예요. 며칠을 누워만 있었어요. 면접 오라는 데도 못 가고. 병원에서는 우울증이래요. 우울하지는 않았는데. 그래도 우울증 약을 먹으니까 일어나서 여기저기 다닐 수 있겠더라고요. 그런데 지하철을 탔는데 갑자기 미치겠는 거예요. 이게 그러니까 숨이 잘 안 쉬어지고 심장이 너무 빨리 뛰고 곧 죽을 것 같아서 지하철에서 내렸거든요. 이건 또 공황장애라네요. 그래서 공황장애 약도 먹고 있어요."

"그러면 진짜 술 마시면 안 되는 거 아니에요?"

가은이 선이의 다섯 번째 잔을 채우면서 말했다.

"그런데 제 생각에는 이게 우울증도 공황장애도 아닌 것 같아요. 이렇게 말하면 의사 선생님이 미쳤다면서 정신병원에 넣을 것 같아서 말을 안 했는데, 온몸에 나쁜 기운이 들어찬 것 같아요. 귀신이니 악마니 그런 게 아니라 뭐가 몸에 꽉 들어차 있는데, 그게 잔뜩 부푼 풍선 속 공기처럼 꽉 들어차 있으니까 숨도 안 쉬어지고 곧 죽을 것 같은 거예요. 저는 그게 분명히 느껴져요. 그래서 그걸 빼내려고 온몸을 치고 팔다리를 쓸어내리는데 안 돼요. 뭔지 아시겠어요?"

가은은 고개를 가로저었다. 남자 둘이 다시 다가와 말을 걸었고, 가은이 꺼지라고 소리를 질러서 주변이 잠시 조용해졌다. 그러나 곧 사람들은 모두 고개를 돌리고 다시 각자 시끄럽게 떠들기 시작했다.

"계속해보세요."

"사실 저도 잘 모르겠어요, 이게 뭔지. 그런데 진짜로 잘 모르겠는 건 뭔지 아세요? 왜 이렇게 된 건지 모르겠다는 거예요."

"학교에서 잘린 게 스트레스가 컸나 봐요. 이해해요. 저도 그럴 것 같아요."

"아뇨, 제 말은 왜 잘린지 모르겠다는 거예요. 뽑힐 때는 이유가 분명했거든요. 베트남 학생들이 들어와서 강사가 더 필요했던 거. 그런데 잘릴 때는 이유를 모르겠더라고요. 나는 정말 열심히 했는데. 학생들도 정말 좋아했는데. 왜 강의평가가 나빴던 거죠? 어떻게 7점이 나올 수 있죠? 저는 정말 최선을 다했던 것밖에 없는데요. 제가 더 뭘 할 수 있었던 거죠?"

가은은 자신의 머리끝이 샴페인 잔에 들어가 있는 것을 발견하고는 머리카락을 뒤로 쓸어 넘겼다. 샴페인이 여기저기 튀었다.

"아이고, 미안해요."

가은은 테이블에 점점이 뿌려진 샴페인을 손으로 닦아 바닥에 털었다.

"계속하세요."

"선생님, 그거 아세요? 저 신고 안 했어요. 신규 선생님들 다 신고할 때 저는 안 하고 학교 처분을 기다렸다고요. 선생님이 한희 샘한테 말해줬잖아요. 그래서 애들 자른 거잖아요. 그러니까 저는 신고도 안 하고, 애들을 자르지도 않은 거예요. 이걸 누구한테 말하는 게 좋을까요?"

거기까지가 가은이 기억하는 전부였다. 가은은 술자리가 어떻게 끝났는지, 집에 어떻게 왔는지 도저히 기억나지 않았다. 다음 날 가은은 선이에게 메시지를 보내 필름이 끊겼다고 고백하고 실수한 것이 없는지 물었다.

없었어요. 선생님은 운이 좋다고 저한테 좀 나눠 주고 싶다고 우셨어요.

가은은 뭐라고 답장을 보내야 할지 몰라서 한참을 휴대폰만 보고 있었다. 선이가 좋은 하루 보내라며 귀여운 이모티콘을 보내왔다.

4

중간시험 다음 날은 문화 수업이었다. 1급은 롯데월드에 간다고 공지했을 때 학생들은 환호성을 질렀다. 가은도 함께 소리를 지르 며 춤을 추는 시늉을 해 보였다. 참가 인원 조사를 하는데 타냐가 가 지 않겠다고 손을 들었다. 가은은 타냐를 설득하려 했지만 타냐는 단호했다.

타냐를 제외한 전원이 분수대 앞에 모였다. 자주 지각하던 학생 들도 모두 제시간에 왔길래 가은은 웃음을 터뜨렸다. 명색이 문화 수업이니 민속박물관을 먼저 구경해야 했는데, 학생들은 의외로 박 물관을 재미있어했다. 공룡을 보고도 까르르 웃었고, 한 명씩 돌아 가면서 지게를 지고 절구 찧는 흉내를 내며 사진을 찍었다.

가은은 롯데월드에 들어가서 회전목마를 배경으로 단체 사진을 찍은 후 자유시간을 주었다. 학생들은 와아아 소리를 지르면서 흩 어졌다. 가은이 음료수를 하나 사려고 매점을 찾아 메뉴를 보고 있 는데 뒤에서 누가 등을 쳤다. 이도현이었다. 가은은 딸기맛과 블루

베리맛 슬러시를 사서 이도현에게 내밀었다. 이도현은 파란색 블루베리맛 슬러시를 집어 들었다.

둘은 바이킹 앞 벤치에 앉았다. 바이킹 대기 줄에 가은의 학생들이 달려들었다. 평일 이른 시간이라 기다리는 사람이 많이 없었다. 학생들이 가은을 발견하고는 뒤돌아 손을 흔들면서 깔깔 웃었다. 가은도 같이 손을 흔들면서, 참 귀엽기도 하지, 이런 생각을 했다.

이도현은 파란색 슬러시를 한 모금 빨고는 맛있다고 했다.

"원래 몸에 안 좋은 게 맛있잖아요."

가은도 분홍색 슬러시를 마셨다. 맛있었다. 달달하고 시원한 슬러시보다 더 좋은 게 있을까?

"백미주 선생님 학생한테 내용증명 받은 거 알아?"

이도현이 이제 움직이기 시작한 바이킹을 바라보면서 말했다.

"학생이 모욕죄로 고소하겠다고 했나 봐. 지금 행정실에서 그거 막으려고 난리야. 그렇게 나대더니 언제 그런 일이 터질 줄 알았지."

이도현은 칫 하고 웃었다. 가은은 조금 더 물어보고 싶었지만 그래서는 안 될 것 같았다. 가은은 미주가 자신을 좋아하지 않는다는 것을 알았다. 자신의 인사를 받아주지 않았고, 때로는 서늘한 눈길로 바라보다가 눈이 마주치면 시선을 피하기도 했다. 그러나 가은은 미주를 싫어하지 않았고, 굳이 따지자면 좋아하는 쪽에 가까웠다. 미주의 반은 늘 시험에서 1등을 했기 때문에 경탄하는 마음이 컸다. 미주가 강평이 잘 안 나오는 것은 엄격하게 잘 가르쳐서라고 생각하고 있었다. 그런 미주가 모욕죄로 고소를 당한다면, 왠지 모르지만 학생의 잘못일 것 같았다. 공부를 하지 않는 학생을 호되게 혼낸 것이 아닐까? 가은은 미주와 대화를 나눌 일은 없겠지만 그럴 기회가 생긴다면 힘내라고 말해야겠다고 다짐했다.

"아, 그리고 너한테 곧 공문이 갈 거야. 비디오 찍으라고."

이도현이 말했다.

"네?"

"너 1등 했잖아. 좋은 수업 영상을 만들어서 나중에 강사 교육에 쓰시겠단다."

"누가요?"

"원장이. 원장이 너 엄청 좋아해. 책임 강사 시키려는 것 같은데."

"에이, 제가 무슨 책임 강사를 해요. 이제 경력 2년인데."

"강평만 보겠다는 거지. 뭐, 원장은 다른 걸 뭘 봐야 되는지도 모르니까. 책임 강사 생각 있어?"

"아뇨, 아시잖아요. 저는 그냥 시간강사 하면서 사는 게 좋아요."

"조금 일하고 많이 놀면서 살겠다 이거지? 다들 정규직되려고 목숨 거는데, 너 그런 얘기 어디 가서 하지 마라."

"네."

가은은 웃으면서 학생들이 바이킹에 자리 잡는 것을 보았다. 맨 뒷자리에 타면서 서로를 밀쳐대고 벌써 비명을 지르고 난리였다. 가은은 손을 흔들어 보였지만 학생들은 가은 쪽을 보지 않았다.

"그럼 누가 책임 강사를 하나. 외부 사람은 싫은데."

"책임 강사 더 뽑아요? 6급에 베트남 특별반까지 7명이면 된다고 하지 않았어요?"

"지금 책임 강사 하나가 강평 안 나온다고 잘릴 판이야."

"누가요? 선배는 아니죠?"

"나야 강평 잘 나오지. 아무튼, 확정은 아니니까 어디 가서 말하지 말고."

이도현은 슬러시를 계속 빨면서 "그리고 이건 혹시나 해서 묻는 건데"라면서 말을 꺼냈다.

"강사가 학생이랑 연애를 한다는데, 너는 아니지?"

슬러시가 목을 타고 흐르는 느낌이 차고 시렸다. 가은은 최대한 담담하게 아니라고 대답했다.

"딴 게 아니라, 봄 학기에 너한테 고백한 남자애 있었잖아."

이도현의 입에서 유토의 이름이 나왔다. 유토가 봄 학기 기말고사에 성적이 급격하게 오른 일이 회의에서 말이 나왔다고 했다.

"지난 학기에 백미주 샘이 간담회에서 유급생들 잘라야 된다고 했잖아. 그때 원장이 빡쳐서 유급생 현황 조사해서 가져오라고 했나 봐. 1년 치 유급 기록을 보겠다고 했대. 간담회에서 학생 관리니 뭐니 했지만, 유급생이 뭔지도 정확히 몰랐던 거지. 아무튼, 그때 유토가 원장 눈에 들어온 거야. 다섯 번을 유급하고 우수한 성적으로 2급에 올라간 모범 사례로. 그러면서 어제 회식에서 그 얘기를 하는데 다른 책임 강사들 분위기가 묘하더라고."

가은은 어떻게 대답해야 할까 고민했다. 그게 뭐가 문제냐고 되물을까? 유급생이 진급하면 선생하고 사귀는 거냐고 깔깔 웃을까?

"유토, 진짜 열심히 했어요. 여섯 번 유급하면 안 된다고 질문도 매일 하고. 그래서 점수 올린 건데……."

"그래, 원래 학생 때 선생님 좋아하면 열심히 공부하잖아. 그렇게 내가 둘러댔어."

이도현은 가은의 얼굴을 슬쩍 보고는 슬러시를 쭉 빨아 마셨다. 이도현의 볼이 쏙 들어갔다가 다시 나왔다.

"그래도 조심은 하는 게 좋을 거야. 말이 많거든. 알잖아, 이 바닥 엄청 좁고 엄청 말 많은 거. 다른 학교까지 소문 퍼지는 거 순식간이다."

이도현의 입술이 파랗게 변해 있었다. 가은은 슬러시를 더 마시지 못하고 빨대를 젓기만 했다. 플라스틱 컵 바깥으로 차가운 물방울이 뚝뚝 흘러서 가은의 손을 적셨다. 바이킹은 이제 절정을 향해 달려가는 듯이 몸을 바짝 기울이고 있었다. 학생들은 앉은 쪽이 위로 올라갈 때마다 팔을 올리고 소리를 질렀다. 바이킹이 높이, 더 높이 올라갔다. 저렇게 높이 올라가면 안 되지 않나 싶을 정도로 높이.

이도현이 자리를 뜬 후 가은은 이도현이 사라진 방향과 반대로 걸으면서 유토에게 문자를 보냈다.

오늘 못 만나요. 일이 있어요. 미안해요.

유토와 가은은 한국어로 이야기했는데, 1급 수준이었으므로 모든 문장이 단순하고 동시에 단호해졌다. 만나기 힘들 것 같다고 돌려 말할 수 없었고, 갑자기 급한 일이 생겼다고 설명할 수도 없었다. 1급을 오래 가르치면서 가은은 이렇게 단순하고 명료한 문장을 좋아해왔는데 오늘은 그 단순한 문장이 서늘하게 느껴졌다. 유토에게도 차갑게 들리면 안 될 텐데.

유토에게서 바로 답장이 왔다.

저는 슬픕니다. 하지만 괜찮습니다.

유토는 격식체를 쓰면 가은을 존중하는 마음이 표현된다고 믿는 것인지 늘 '-(스)ㅂ니다'체로 문자를 했다.

내일 시간 있습니까?

얼굴을 보고 대화하면서도 '-(스)ㅂ니다'체를 쓰는 유토가 군인 같다고 웃었던 적이 있었다. 여름 학기 초 퇴근길에 우연히 만나서 언덕길을 같이 걸어 내려갔을 때였다. 그 후로 월요일, 수요일, 금요일을 한 번도 안 거르고 우연히 만나는 게 신기하다고 생각했지만, 가은의 성격상 깊이 생각하지 않았다. 그저 매번 반갑게 인사를 하고 지하철역까지 같이 걸었다. 유토와 걷다가 다른 강사를 만나면 가은이 먼저 인사를 건넸다. "누구야? 남친?" 그런 질문을 받으면, "아니요, 지난 학기에 가르치던 학생인데 우연히 만났어요. 이제

166

2급 갔다고 대화가 좀 되네요" 유토의 커다란 등을 두드리면서 그렇게 답했다. H대 어학당 강사들은 가은이 학생들과 살갑게 지내는 것을 알았고, 대수롭지 않게 생각하는 듯했다.

그런 일이 2주간 반복되다 시험 채점을 하고 점수 입력까지 마치느라 8시가 다 되어 퇴근했을 때가 있었다. 해가 저물어서 캠퍼스가 어둑어둑해지고 있었다. 유토는 인문관 앞에서 웅크리고 앉아 있다가 가은을 보고 벌떡 일어나 반갑게 손을 흔들었다. 다리가 저렸는지 몇 번 다리를 흔들면서 웃는데 까무잡잡한 얼굴에 보조개가 움푹 파였다. 가은은 손목시계를 다시 확인했다. 7시 52분이었다. 가은은 유토가 자신을 기다렸다는 것을, 지난 2주간 계속 그래 왔다는 것을 알았다. 그러나 불쾌하거나 부담스럽지 않았다. 그날은 시험지 오류로 문법 과목 채점을 두 번이나 해야 해서 매우 피곤했고, 누군가가 같이 걸어주는 것이 고맙고 위로가 되었다. 그 후로는 유토가 오래 기다리지 않도록 빨리 퇴근하기 위해 애썼다.

따로 연락을 하게 된 건 여름 학기가 끝나고 4주간의 방학을 맞이했을 때였다.

보고 싶습니다.

메시지를 보고 가은은 유토가 속쌍커풀이 진 기다란 눈을 가늘게 뜨고 싱그럽게 웃는 것을 떠올렸다. 짧게 자른 머리. 하하 소리 내어 웃을 때 보조개가 쏙 들어가는 얼굴. 크고 단단해 보이는 몸.

나도 보고 싶어요.

가은은 답장을 했고, 둘은 데이트를 시작했다.

미안해요. 잘 모르겠어요. 제가 다시 연락해요.

가은은 메시지를 보내면서 걷느라 앞에서 무언가 다가오는 것을 알아채지 못했다. 뭔가가 앞을 가로막은 것을 느끼고 고개를 들었는데, 커다란 광대가 가은을 내려다보면서 웃고 있었다. 다리가 가은의 키보다 큰 광대는 자주색과 연두색 줄무늬 옷을 입고 노란색 모자를 쓰고 있었다. 가은은 자기도 모르게 비명을 질렀고, 곧이어 죄송하다고 몇 번이나 사과를 했다. 광대는 죄송하면 번호를 달라고 했다. 농담인 것이 분명했는데 가은은 웃지도 못하고 제대로 대답도 못 하고 그 자리에서 도망쳐버렸다.

가은은 유토를 만나는 대신 학교로 돌아가 기숙사에 사는 타냐에게 메시지를 보냈다. 처음에는 문화 수업에 안 온 것이 신경 쓰여서 안부를 묻는 것뿐이라고 생각했지만, 타냐가 나오겠다고 하자 자신이 누군가를 찾고 있었다는 것을 알게 되었다. 같이 학교를 거닐 수 있는 안전한 누군가를.
기숙사는 산을 면하고 있었다. 산을 빙 둘러 산책길이 조성되어 있었는데, 타냐가 묵는 B동에서 시작해 한국어 강사실이 있는 인문관에서 끝이 났다. 타냐는 수업이 끝난 후 그 길로 기숙사에 돌아간 다고 했다.

가은과 타냐는 말없이 산책길을 걸었다. 아직 푸른 은행잎이 하 늘을 빽빽하게 채우고 있었다. 얼마 지나지 않아 잎들은 노랗게 변 할 것이고, 길에는 부드러운 카펫처럼 은행잎이 소복이 깔릴 것이 다. 가은은 그때 유토와 이 길을 걸을 수 있을까 잠시 생각했다.

"선생님 괜찮아요?"

"네, 괜찮아요. 그냥 걷고 싶어요."

가은은 집게손가락과 가운뎃손가락을 아래로 하고 움직여서 걷 는 모양을 만들었다.

"거짓말!"

타냐가 소리쳤고, 가은은 잠시 놀랐다가 이내 소리 내 웃었다. '거 짓말'은 가은이 학기 초에 학생들에게 가르쳐주는 단어였다. 학생 들을 웃기기 좋은 말이었다. 숙제를 안 해온 학생이 내일 가져오겠 다고 하면 "거짓말!"이라고 소리쳤다. 시험공부 열심히 하고 있냐고 묻고는 학생들이 그렇다고 대답하면 "거짓말!"이라고 응수했다. 그 러면 학생들은 깔깔 웃었다. 언어 수준이 낮아지면 그만큼 너그러 워지고 순수해지는 부분이 있어서 가은도 학생들도 별거 아닌 것으 로 자주 웃었다.

"네, 선생님은 거짓말했어요."

"저는 다 알아요. 저는 똑똑해요."

타냐와 가은은 다시 웃었다. 가은은 마음이 조금씩 가벼워지는 것을 느꼈다. 타냐를 부르길 잘했다. 타냐와 걷길 잘했다.

"선생님은 또 거짓말했어요."

가은의 말에 타냐가 여전히 장난기 어린 얼굴을 하고 가은을 바라보았다.

"선생님도 남자 친구 있어요. 저번에 남자 친구 없어요, 말했어요. 미안해요."

"미안하지 마세요."

둘은 계속 숲길을 걸었다. 인문관 앞으로 빠져나왔을 때는 다시 마음이 무거워져 있었다. 도대체 왜? 날은 선선했고, 캠퍼스는 언제나처럼 아름다웠다. 인문관 앞에는 산책길에서 이어져 나온 것처럼 은행나무들이 빽빽하게 서 있었다. 이제 막 해가 지려는 찰나였고, 노을이 초록 잎들에 조금씩 묻어났다. 가은이 이 아름다운 캠퍼스에서 일하고 있다는 것과 학생들에게 사랑과 지지를 받고 있다는 것은 변함이 없었다. 당장 지금만 해도 학생과 이렇게 아름다운 길을 걸으며 같이 웃지 않았나? 가은은 이 생소한 감정에 대해 자문했다. 그때 휴대폰이 울렸다. 유토였다. 가은이 전화를 받지 않자 타냐가 "휴대폰 하세요"라고 말해주었다. 가은은 타냐에게 아니라고, 괜찮다고 말하면서 언제나처럼 친절하게 웃으려 했지만 잘 웃어지지 않았다.

'왜 이렇게 된 건지 모르겠어요.'

선이의 목소리가 귀에 울렸다.

가은에게 영상을 만들어달라고 학교에서 요청한 문법은 '-느라고'였다. '-느라고'는 제약이 많아서 가르치기에도, 배우기에도 까다로운 문법이었다. H대 어학당처럼 2급에서 '-느라고'를 가르친다면 더욱 그러했다. 학생들은 제약은커녕 다른 이유 문법들과의 의미 변별조차 어려워했다.

가은은 H대에 오기 전 잠시 일했던 K대에서 '-느라고'를 가르친 경험을 떠올렸다. 칠판에 '이유'라고 적자마자 학생들은 모두 앓는 소리를 냈다. 이미 '-아/어서'와 '-(으)니까', '-기 때문에'까지 배웠는데 또 이유라니.

그때 가은은 학생들을 달랠 셈으로 한국어 이유 문법을 모두 화이트보드에 적었다.

'-아/어서'

'-(으)니까'

'-더니'

'-(으)므로'

'-길래'

'-느라고'

'-(으)니'

'-(으)니만큼'

'-기 때문에'

'-는 바람에'

'-는 통에'

'-(으)ㄴ/는 탓에'

'-아/어 가지고'

'-아/어'

자그마치 14개였다.

"우리는 지금 4개 배웠어요. 앞으로 10개 더 배울 거예요."

학생들은 비명을 질렀다.

"선생님, 왜 한국어 이유 많아요?"

총명해서 질문이 많던 학생이 손을 번쩍 들고 물었다.

"한국 사람이 이유를 좋아해서? 이유를 좋아하니까? 이유를 좋아하기 때문에? 하지만 '이유를 좋아하느라고'는 안 돼요. 왜 안 돼요?"

가은은 학생들을 다시 수업 주제로 집중시키기 위해 마커를 집어 칠판에 '-느라고'의 제약을 써나가기 시작했다. 학생들은 책상을 두드리면서 소리를 질렀고, 가은은 같이 칠판을 두드리면서 판서를 멈추지 않았다.

한국어에는 왜 이유 문법이 많을까? 가은도 생각해본 적이 있었다. 한국 사람들은 아주 오래전부터 이유를 아주 중요하게 생각했던 것 같다고 가은은 생각했다. 왜? 도대체 왜? 왜 그렇게 된 거야? 이유가 뭐야? 이유가 있을 거 아냐? 결과가 있으니 원인이 있는 게 당연하잖아? 끊임없이 묻고 대답하다 보니 이렇게나 많은 이유 표현이 생겨난 거 아닐까.

결과 표현은 '-(으)ㄴ 결과', '-(으)ㄴ 끝에', '-(으)ㄴ 나머지' 정도로 적은 걸 보면 정작 결과에는 크게 관심이 없었던 것 같다. 결과는 하늘에 맡기겠다는 건가. 이미 벌어진 일에는 순응하면서도, 그 일의 이유는 끝까지 파고들어야 직성이 풀리는 언어.

가은은 이유 문법을 그다지 좋아하지 않았다. 학생들이 배우기 힘들겠다고 생각하는 것도 있지만, 가은이 이유를 그다지 묻지 않으며 살아왔기 때문이기도 했다. 아주 오랫동안 가은은 자신이 굉장히 운이 좋다고 생각했는데, 그 이유를 묻지 않았다. 이유를 물을 수 없었다는 것이 더 정확한 표현일 것이다. 그것은 가은에게 사람들이 이유 없이 베푸는 호의와 같았다. 어느 날 주어진 것. 하늘에서 툭, 떨어진 것.

선이와 만났을 때 대답하지 못했던 것도 그래서였다. 선이가 왜 잘렸을까? 자신은 왜 잘리지 않았을까? 미주는 왜 비디오를 찍고,

자신은 또 왜 비디오를 찍을까? 가은은 그 모든 질문의 답을 전혀 알 수 없었다. 이유 표현이 저렇게나 많은데도 하나도 쓸 수가 없었다. 한국 사람들은 어떻게 그렇게 자신만만할까. 이유를 열네 가지로 표현할 수 있다고 믿었던 걸까. 아니면 어떤 말로도 설명할 수 없어서 자꾸만 새로운 표현을 만들었던 걸까.

영상 수업을 준비하는 동안 유토에게 계속 연락이 왔다. 가은은 휴대폰을 무음으로 바꾸고 뒤집어버렸다. 문화 수업 이후 유토의 연락을 피하고 있었다. 지난 주말에 만나기로 약속했으나 금요일에 민혜선이 "혹시나 해서 묻는 건데 전에 고백한 남학생이랑 사귀어요?"라고 물었을 때 그마저도 취소해버렸다. 유토는 지치지 않고 매일 연락했다. 바쁘다고, 몸이 안 좋다고, 친구와 약속이 있다고, 가은이 이런저런 핑계를 대면, 유토는 바로 "괜찮습니다. 선생님 괜찮습니까?"라고 답장을 했다.

아니요, 유토 씨 나는 괜찮지 않아요.

가은은 유토에게 자신이 왜 괜찮지 않은지 설명하고 싶어졌다. 왜 유토의 연락을 받지 않는지. 왜 앞으로 유토를 보지 못할 것만 같은지. 왜 꼭 자신이 함정에 빠진 것 같은지. 이렇게 답답하고 슬픈데 유토에게는 왜 아무 말도 할 수 없는지.

가은은 연필을 들어 노트에 이유를 써나가기 시작했다.

나는 운이 너무 좋길래.

내가 너무 순진했기 때문에.

세상은 그렇게 만만하지 않으니까.

유토 씨가 나를 보고 웃는 바람에.

하필이면 시험 날에 유토 씨가 나를 기다린 탓에.

전화가 계속 울려대는 통에.

이제 모두가 알아버려가지고.

나는 너무 겁이 나서.

더 이상 자신이 없으므로.

　가은은 거기까지 쓰고 모두 죽죽 줄을 그었다. 유토에게는 오늘
도 답장을 보내지 못할 것이다. 알 수 없었으므로. 어떻게 답을 해야
할지, 뭐가 잘못된 건지, 왜 이렇게 되어버린 건지. 도저히 알 수 없
었기 때문에.

6

가은의 동생은 어렸을 때 "왜?"라고 묻는 것을 좋아했다. 여섯 살 어린 동생을 어디든지 데리고 다녔던 가은은 동생이 왜냐고 물을 때마다 열심히 고민해서 대답해주곤 했다.

"왜 버스를 타?"

"버스를 타야 아빠한테 갈 수 있거든."

"왜 아빠한테 가?"

"일요일인데 아빠가 집에 안 오니까 데리러 가는 거야."

"아빠가 왜 집에 안 와?"

"아빠가 바쁜가 봐."

"아빠가 왜 바빠?"

"아빠가 게임을 한대."

다섯 살이었던 동생은 잠시 질문을 멈추고 가은의 얼굴을 빤히 보았다.

"무슨 게임?"

가은은 동생과 놀아주면서 같이했던 수많은 게임을 떠올렸다. 둘은 숨바꼭질을 했고, 술래잡기를 했고, 땅따먹기를 했고, 가위바위보를 했고, 모래성을 쌓았다. 동생의 머릿속에서 아빠도 숨바꼭질을 하고, 술래잡기를 하고, 땅따먹기를 하고, 가위바위보를 하고, 모래성을 쌓고 있는 듯했다. 그런 게임이 아니라고 대답해주고 싶었지만, 가은 역시 아빠가 무슨 게임을 하는지 몰랐다.

그날 오후 가은은 엄마에게 아빠가 어디 있냐고 물었다. 그전에도 아빠를 보지 못하고 잠든 날이 많았는데, 그때마다 엄마는 아빠가 우리를 위해 늦게까지 일한다고 했다. 그러나 그날 엄마의 대답은 달랐다. 아빠가 공장에서 게임을 하고 있다는 거였다. 엄마의 목소리는 퉁명스러웠다. 가은과 눈을 마주치지 않은 채 바닥 걸레질을 계속했는데 기분이 아주 안 좋아 보였다. 가은은 엄마를 기쁘게 해주고 싶었다. 벌써 며칠간 보지 못한 아빠가 보고 싶기도 했다. 그래서 엄마에게 동네 놀이터에 가겠다고 말하고 동생과 집을 나섰다. 엄마와 함께 여러 번 아빠의 공장에 가봐서 길은 잘 알았다. 가은은 동생의 손을 잡고 걸으면서 아빠와 함께 돌아와 현관문을 열었을 때 엄마가 놀라는 표정을 상상했다.

"응? 아빠가 무슨 게임 해?"

동생이 다시 물었다. 이제 다다음 정류장이면 내려야 했다. 가은은 창밖을 살폈다. 논이 펼쳐져 있었다. 분명히 몇 번 와봤는데도 창밖 풍경이 낯설었다. 가은은 덜컥 겁이 났다.

"글쎄, 이제 가면 알 수 있겠지?"

"그럼 우리도 같이 게임하는 거야?"

코너를 급하게 돌면서 버스가 심하게 기울었다. 가은은 동생이 혹시라도 바닥으로 굴러떨어질까 봐 손을 더 꼭 잡았다.

"그래, 아빠가 허락하면 우리도 같이 게임하자."

동생의 얼굴이 환해졌다.

가은의 아빠는 카드 게임을 하고 있었다. 가은의 집에도 몇 번 온 적 있던 아빠 친구 한 명과 모르는 얼굴의 아저씨 둘이 거기 있었다. 공장 뒤편 부지에 있는 간이 건물이었다. 문이 없어서 천막을 젖히고 들어가니 아빠가 담배를 입에 문 채 카드를 들고 있었다. 다른 아저씨들도 모두 담배를 피우고 있었다. 전선에 매달린 알전구 하나가 이리저리 움직이는 담배 연기를 비추었다.

"아빠 딱 열 판만 더 하고 갈게."

아빠가 언제나처럼 가은의 긴 머리를 다정하게 쓰다듬으며 말했다. 가은은 아빠가 긴 머리를 좋아해서 허리까지 치렁치렁 머리를 기르고 있었다. 엄마는 빗질하기 힘들다고 자르고 싶어 했지만, 아빠는 완강했다. 술에 취해 들어오면 가은의 눈이 위로 쭉 올라가도록 머리를 묶어주고는 "우리 이쁜이"라면서 숨이 막히게 끌어안았다.

가은은 동생과 간이 건물 밖으로 나와 천막 앞에 서서 기다렸다.

"열 판이 얼마나 걸릴까?"

이번에는 가은이 동생에게 물었다. 동생은 작은 손가락을 접어가면서 계산에 몰두하더니 "열 밤!"이라고 소리쳤다.

열 밤 만큼의 시간이 흐르고 가은은 다시 건물 안으로 들어갔다.

"아빠 진짜 딱 열 판만 더 하고 같이 가자."

아빠가 가은의 얼굴에 볼을 비비면서 말했다. 술 냄새가 풍겼다. 가은은 얼른 얼굴을 뗐다.

"진짜 열 판만 더 하고 가는 거지?"

"응, 진짜 딱 열 판만 더. 아빠 지금 돈 따고 있어. 조금만 더 따서 아이스크림 사 줄게."

그 후로 가은은 해가 지고 완전히 어두워질 때까지 세 번을 더 아빠에게 물었다. 아빠는 카드를 손에서 내려놓지도, 담배를 입에서 뺄지도 않고 같은 말을 계속했다. 가은은 동생의 손을 잡고 아빠의 공장을 돌아 큰길로 나왔다. 공장 앞 가로등은 고장이 났는지 불이 들어오지 않았다. 깜깜했다. 가은은 자신이 울면 동생이 따라 울까 봐 이를 악물고 빨리 걸었다.

"우리 어디 가?"

"버스 타고 집에 갈 거야."

"왜 집에 가?"

"밤이니까."

"밤인데 아빠는 왜 집에 안 가?"

"아빠가 우리를 버렸으니까."

가은은 그렇게 말했다. 그 말이 무슨 뜻인지 잘 모르면서도 그렇게 말했다. 동생이 왜 아빠가 우리를 버렸냐고 되물을 거라고 생각했고, 가은은 그 답을 고민하고 있었다. 왜 아빠가 우리를 버렸을까.

왜 아빠가 나와 동생을 버렸을까. 우리는 말썽 부린 적도 없는데. 우리는 아빠 말을 잘 듣는데. 그러나 동생은 더 묻지 않았다. 그리고 가은의 손에서 자기 손을 빼더니 울기 시작했다. 아기처럼 울지 말라고 말하다가 가은도 울어버리고 말았다. 동생에게는 어른인 척했지만, 고작 열한 살이었다. 가은은 동생의 손을 다시 잡고 끌듯이 버스 정류장으로 향했다.

집에 드문드문 들어오던 아버지가 아예 발길을 끊은 것은 가은이 중학교에 입학할 무렵이었다. 고등학생이 되었을 때 집으로 독촉장이 날아왔다. 아버지의 빚을 갚으라는 거였다. 아버지는 은행 빚부터, 제3금융권, 사채까지 다채롭게 빚을 지고 있었다. 가은의 엄마는 그제야 아버지를 실종 신고하고 여기저기 알아보러 다녔다. 어느 날 엄마가 도박 빚은 갚을 필요 없다고 희망찬 목소리로 말했지만, 빚쟁이들은 그런 것에 연연하지 않았다. 엄마는 빚쟁이들을 피해 직장을 옮기고, 야반도주하듯 간단한 살림살이만 챙겨서 이사했다. 그리고 고등학교 2학년 말, 수능 대비반이 만들어질 무렵 담임 선생님이 야자 중인 가은을 불러냈다. 선생님은 얼굴을 일그러뜨리고 가은에게 속삭였다. 복도에 둘만 있는데도 어찌나 작게 이야기하는지 가은은 되물어야 했다.

"선생님, 죄송한데 안 들려요."

"미안하다."

"뭐라고 하신 거예요?"

"아버지가 돌아가셨대."

가은의 담임 선생님은 자신의 아버지가 돌아가신 것 같은 얼굴을 하고 있었다.

아버지는 화재를 당했다고 했다. 비닐하우스를 개조해서 만든 집이 불에 타는 동안 아버지는 그 안에서 잠든 채로 나오지 못했다고 했다. 비닐에 불이 붙으면서 유독가스가 나왔고, 그로 인한 가스중독으로 사망한 것으로 보인다고 경찰이 말했다. 그날 아버지의 집에서 함께 술을 마신 지인들의 증언에 따르면 아버지는 술에 취해 먼저 잠들었다고 했다. 평소에도 술에 취해 잠들면 옆에서 아무리 잡아 흔들고 고함을 쳐도 일어나지 않았다고 했다. 화상을 입은 곳이 손이나 발이 아니고 등인 것을 보아 아버지는 불이 상당히 번질 때까지 바로 누워 있었던 것 같다고 했다. 그러니까 아버지는 술에 취해 불이 난 것도 모르고 계속 잠을 잤다는 것이다. 등에 불이 붙을 때까지도 몸 한 번 뒤집지 않고. 자면서 죽는 것이 제일 운 좋은 죽음이라는데. 아버지는 호상인 건가.

"너무 걱정 마세요."

부검을 하지 않겠다는 가은과 엄마에게 형사가 위로의 말을 건넸다. 무슨 걱정을 하지 말라는 것인지 되묻지 않았다. 왜 비닐하우스에 불이 난 건지, 왜 소방차가 늦게 도착했는지, 같이 술을 마신 사람들은 살았는데 왜 아버지만 죽은 건지도 묻지 않았다. 형사 역시 애써 설명하려고 하지 않았다. 가은과 동생은 입관에 참여하지 않았다. 등뿐이라고는 해도 불탄 시체를 보지 말라는 엄마의 결정이었다. 가은은 별말 없이 끄덕였다. 불타지 않았다고 해도 들어가지 않았을 거라는 말은 하지 않았다.

장례식장에서 열두 살 동생이 상주 역할을 했다. 병원에서 아동용 검은색 정장을 빌려주었다. 가은은 특대 사이즈의 검은색 한복을 빌렸다. 교회에서 권사로 있는 친할머니의 뜻에 따라 기독교장으로 치러졌고, 장례식장에는 내내 찬송가가 울려 퍼졌다.

'황무지가 장미꽃같이 피는 것을 볼 때에 구속함의 노래 부르며 거룩한 길 다니리. 거기 거룩한 그 길에 검은 구름 없으니 낮과 같이 맑고 밝은 거룩한 길 다니리.'

가은은 친척들이 자리를 비울 때마다 이어폰을 귀에 꽂았다. 문상객들은 가은과 동생의 손을 붙잡고 기도를 했다. 혼자 남겨진 어린 영혼들을 위한 기도였다. 가은은 눈을 뜨고 국화에 둘러싸인 아버지 얼굴을 바라보았다. 사진 속 아버지는 그대로였다. 집을 나가기 전에 찍은 사진을 영정 사진으로 썼으니 당연했다. 가은은 사실 아버지가 몇 년 전에 죽었는데 지금에서야 발견되어 저 사진 뒤에 누워 있는 거라고 생각했다. 그러니까 지금 울고 슬퍼하는 사람들은 아주 바보 같은 거라고. 뒷북을 치는 거라고.

그래서 가은은 울지 않았다. 발인에서 동생이 아버지의 영정 사진을 들고 걷는 것을 보기 전까지는. 아버지를 닮아서 키가 큰 가은과 달리 동생은 엄마를 닮아서 키가 작고 몸도 가늘었다. 아직도 초등학교 저학년으로밖에 안 보였다. 그런 동생에게, 언제라도 픽 쓰러질 것 같은 동생에게 저렇게 검고 커다란 액자를 들게 하다니. 가은은 화가 났다. 그러나 아버지의 장례식에서 화를 낼 수는 없었고, 대신 울음을 터뜨리고 말았다.

아버지가 들어놓은 생명보험이 있었다. 빚을 지면서도 꼬박꼬박 돈을 부은 모양이었다. 엄마는 이사 갈 집을 알아보았고, 가은에게 입시학원을 끊어줬으며, 똑똑한 동생이 후에 유학을 갈 수 있도록 동생의 이름으로 적금통장을 하나 만들었다.

보험금이 들어오던 날, 엄마는 은행 유리문 앞에 선 채로 울었다. 비가 오고 있었다. 가은이 받쳐 든 우산 아래에서 엄마가 통장을 끌어안고 소리 내 울었다. 길을 오가는 사람들이 엄마를 흘긋거렸다. 무슨 일 있냐고 은행 경비가 달려 나와 물었다. 엄마는 고개를 가로저으며 더 크게 울었다. 장례식장에서는 전혀 울지 않아 친가 식구들에게 핀잔을 들은 엄마였다. 가은은 엄마를 꼭 안았다. 가은은 이미 엄마보다 키가 컸다. 엄마가 얼마나 작고 왜소한지 가은은 마음을 강하게 먹었다.

"엄마 맛있는 거 사 먹자. 나 갈비 먹고 싶어."

가은은 밝은 목소리로 말했다.

"갈비 먹고 냉면 먹고 돈까스도 먹자. 나 진짜 엄청 엄청 배고파."

가은이 우산을 다른 손으로 옮겨 들면서 엄마를 잡아끌다가 보도블럭에 발이 걸려서 중심을 잃었다. 우산을 놓치지 않으려 애를 쓰면서 넘어지지 않기 위해 크게 겅중겅중 뛰었는데, 그걸 보고 엄마가 웃음을 터뜨렸다. 아빠의 장례식 후에 엄마의 웃음을 보는 건 처음이었다. 엄마는 웃음기를 띤 얼굴로 우산을 그만 접으라고 했다.

"이제 비도 다 그친 것 같네."

가은은 손을 앞으로 내밀어보았다. 빗줄기가 많이 잦아들어 있었다. 가은은 우산을 접어 겨드랑이에 끼고 걸었다. 얼마 지나지 않아 햇빛이 엄마와 가은의 얼굴에 부드럽게 내려앉았다.

"신기하게 금방 해가 나네."

엄마가 파랗게 갠 하늘을 올려다보며 말했다.

"그러게."

가은은 엄마의 팔짱을 꼈다.

"엄마, 우리는 참 운이 좋다. 그렇지?"

엄마가 다시 웃음을 터뜨렸다.

7

기말시험을 이틀 앞둔 월요일 아침, 가은은 출근하자마자 문자를
받았다. 영어로 된 문자였다. H대에 교환학생으로 와 있는데, 어렵
게 번호를 구해서 연락하는 거라고 했다. 여기까지는 가은도 미소
지으면서 읽었다. 이렇게 연락하는 남자들이 꽤 많았다. 어렵게 인
스타 주소를 알아냈다고 비공개 계정으로 디엠을 보내는 사람, 어
렵게 지인을 졸라서 번호를 받았다고 딱 한 번만 만나보자고 연락
하는 사람. 학생 중에도 가끔 이런 식의 문자를 보내는 경우가 있었
다. 그래서 상대가 상처받지 않게 거절해야겠다고 생각하고 있었다.
그다음 문장을 읽기 전까지.

I saw your video.

가은은 얼마 전에 찍은 수업 동영상을 떠올렸다. 그게 학생들에
게 공개되었던가? 아니면 학생들이 또 몰래 찍어서 올렸나?

It wasn't only me that watched the sex video, so please be careful. I contacted you to only tell you to be careful. Lots of students are talking about you.

가은은 단번에 문자를 이해하지 못했다. 가은은 여러 번 문자를 다시 읽었다. 반복해서 읽을수록 더욱 이해되지 않았다. 가은의 머릿속에서 글자들이 이리저리 흩어지고 여러 가지로 뻗어나갔다. 문자가 목소리가 되어 가은의 귀에 울렸다.

네 섹스 동영상을 봤지. 조심해라. 네 알몸이 떠다닌다. 학생들이 모두 보았어. 다 네 이야기를 하고 있어. 조심해. 이건 경고야. 협박이야. 그러나 네가 뭘 할 수 있을까? 조심했어야지. 진작에 조심했어야지. 학생과 자면서 그런 각오가 없었니? 이런 일이 벌어질 줄 몰랐어? 학생들은 모두 선생과 자고 싶어 하지. 그리고 그것을 떠들어댄단다. 네가 고개를 뒤로 젖히는 것을, 네가 그의 허리에 다리를 휘감는 것을 우리는 모두 보았어. 너의 교성을 들었고, 그가 네 목에 머리를 파묻는 것을 보았어. 다 같이 보고, 다 같이 웃고, 다 같이 떠들었지. 조심해. 모두가 보았어. 조심해. 모두가 알고 있단다. 조심해.

가은은 강사실을 둘러보았다. 몇몇 강사가 눈이 마주치자 웃어 보였다. 왜 웃는 걸까? 동영상을 보았기 때문에? 몇몇 강사가 가은의 눈을 피했다. 왜 눈을 피하는 걸까? 알아버렸기 때문에? 수군거리는 소리가 들렸다. 나에 대해서 이야기하는 걸까?

186

교실에 들어가니 학생들이 "선생님 예뻐요!"라고 소리쳤다. 가은은 타이트한 겨자색 니트에 갈색 체크무늬 스커트를 입고 있었다. 니트 색에 맞추어 노란색과 빨간색이 섞인 스카프도 두르고 있었는데, 순간 스카프가 답답하게 느껴졌다. 가은은 얼른 스카프를 풀어서 교탁에 집어 던졌다. 이번에는 니트가 몸을 죄었고, 가은은 니트를 잡아 늘리면서 창가로 걸어갔다. 창문을 여니 늦가을의 찬 바람이 밀어닥쳤다. 가은은 창문을 모두 열었다.

"추워요, 선생님!"

학생들이 소리치면서 웃었다.

왜 웃을까? 추운 게 웃긴가? 추운 건 고통스러운 것이 아닌가? 추운데 왜 킬킬대는 걸까? 나를 비웃는 건가? 내 알몸을 떠올리고 있는 걸까? 가은은 창문 아래를 내려다보았다. 은행나무 잎은 다 떨어지고 없었다. 가은은 초록빛의 은행나무 아래를 걷던 기억을 떠올렸다. 언제 노랗게 단풍이 들었고, 언제 모두 떨어져버렸지? 기억나지 않았다. 가은은 창밖으로 몸을 더 빼내어 바닥에 떨어진 은행잎을 찾았다. 길에는 단 하나의 은행잎도 떨어져 있지 않았다. 누군가가 은행잎을 모두 훔쳐가버렸고, 누군가가 계절을 송두리째 앗아가버렸다. 가은은 순간 자신의 등을 미는 손을 느끼고 비명을 질렀다. 누군가가 자신을 창밖으로 밀어버리려 하고 있었다. 창틀을 붙잡고 뒤돌아보니 창가에 앉아 있던 타냐가 손을 들고 놀란 눈을 하고 있었다.

수업을 마치고 강사실에 돌아오니 유토에게 메시지가 와 있었다.

　　오늘 우리는 데이트합니까?

　가은은 순간 자신의 눈앞에서 거대한 산이 와르르 무너지는 것을 보았다. 가은의 앞으로 커다란 바위가, 뿌리째 뽑힌 나무가, 새빨간 흙이 쏟아져 내렸다. 가은은 눈을 질끈 감았다. 꼭 감은 눈꺼풀 안에서 산사태가 계속되고 있었다. 흙이 파도처럼 가은을 덮치고, 꺾인 나뭇가지가 가은의 얼굴을 할퀴고, 바위가 끊임없이 굴러와 가은을 짓뭉갰다. 가은은 온몸이 뒤틀리고, 머리에서 피가 흐르고, 다리가 꺾이고, 목이 부러졌다. 그러고도 산사태는 멈추지 않았다. 가은을 완전히 부숴버리기 전에는 그만둘 생각이 없다는 듯이.

　　저는 꽃을 삽니다. 선생님은 꽃처럼 예쁩니다.

　눈을 뜨니 유토에게서 다시 문자가 와 있었다. 가은은 무너지듯 휴대폰 위로 머리를 떨구었다. 왜, 도대체 왜. 계속해서 물었지만 알 수 없었다.

　가은은 경찰서로 향했다. 경찰서 앞에서 아침에 받았던 메시지에 답장을 보냈다. 영어로 썼다가 지우고 한국어로 바꿔 썼다. 알아듣지 못해도 상관없었다.

저 지금 경찰서 앞입니다. 신고하려고 합니다. 참고인으로 연락이 갈 수도 있습니다.

바로 메시지가 도착했다.

잠깐만요.

한국어 메시지. 가은은 메시지를 노려보았다. 외국 학생이 아니었다는 말인가? 그럼 누구지? 그때 민혜선의 번호로 전화가 왔다. 가은은 민혜선의 전화를 밝은 목소리로 받을 자신이 없었다. 내일 다시 전화를 걸어야겠다. 아니, 모레 학교에 가서 인사를 해야지. 아무렇지 않은 얼굴로. 요즘 휴대폰이 말썽이라고 웃어 보여야지. 그래, 모레면 그럴 수 있을 것이다. 오늘 집에 가서 엄마와 밥을 먹고 잘 자고 내일까지 푹 쉬고 나면 모든 일이 아무렇지 않게 느껴질 것이다. 다시 좋은 나날이 계속될 것이다. 전화벨이 멈추고, 곧바로 "잠깐만요"에 이어 메시지가 왔다.

저예요. 선생님. 제발 전화 받아주세요.

다시 민혜선의 번호로 전화가 울렸다. 가은은 받지 않았다.

선생님, 제가 다 설명할게요. 저는 최대한 조용히 마무리하려고 했던 거

189

예요. 선생님을 돕고 싶어서요. 우리 전화로 이야기해요.

이번에는 민혜선의 번호로 문자가 왔다.

신고하지 마세요. 비디오 같은 거 없어요.

또다시 민혜선의 번호로 전화가 울렸다. 가은은 받지 않았다.

저도 타냐한테 듣고 놀라서 그랬어요. 선생님한테 물어도 아니라고 했잖
아요. 다른 방법이 없었어요. 저는 그저 선생님한테 조심하라고 말하고 싶
었을 뿐이에요.

순간, 삐 하는 기계음이 들렸다. 가은은 계속해서 울리는 휴대폰
을 손에 든 채 주위를 둘러보았다. 여기가 어디인지, 왜 자신이 거기
있는 건지 도무지 알 수 없다는 얼굴로.

겨 울
학 기

겨울 학기 1주 차 월요일. 한희는 언제나처럼 6시 10분에 일어났다. 잠이 단번에 깼지만 한희는 일부러 8시가 될 때까지 침대에 누워 있었다. 8시에 제이콥의 알람이 울렸다. 제이콥은 알람을 끄고는 다시 잠들었다. 제이콥의 고른 숨소리를 들으면서 한희는 그를 깨울까 생각했다. 5분 간격으로 알람이 세 번 울리자 제이콥이 잠시 뒤척이다 몸을 일으켰다. 그는 잠이 덜 깬 얼굴로 한희를 보고는 미간을 찌푸렸다가 이내 고개를 끄덕였다.

"굿모닝."

제이콥은 모로 누워 있는 한희의 볼에 입을 맞추고 침대에서 몸을 일으켰다.

한희는 제이콥이 일어난 후에도 침대에 계속 누워 있었다. 제이콥이 커피를 내려 마시고, 샤워를 하고, 옷을 챙겨 입고, 현관을 나선 후에야 몸을 일으켰다. 몸이 하루가 다르게 무거워졌다. 한희는 침대를 짚고 일어나서 허리에 손을 대고 천천히 걸었다. 한희가 제이콥과 2년째 살고 있는 창동의 21평 아파트는 아침 해가 거실 가득 들었다. 한희는 거실 안쪽의 작은 고무나무 화분을 들어 햇빛 안으로 옮겼다. 그리고 고무나무의 초록색 잎이 햇살을 받아 반짝이는 것을 보면서 루이보스 차를 마셨다. 8시 반이 되자 휴대폰이 울리기 시작했다. 한희는 소파에 몸을 깊이 파묻고 책임 강사 단톡방을 확인했다.

개강 첫날 아침에는 학생 분반 명단이 게시용과 임시 출석부로 각기 준비되어야 했고, 대략적인 진도 계획과 문화 수업, 시험 날짜가 들어 있는 일정표가 출석부에 끼워져 각 반에 전달되어야 했다. 일정표야 방학 기간에 여유 있게 준비할 수 있었지만 학생 분반 명단이 늘 말썽이었다. 개강 전주에 신입생들 레벨 테스트를 치르고, 채점과 분반 역시 미리 마치지만 항상 개강 당일에 변수가 생겼다. 오늘 오전에는 2급과 3급, 5급의 유급생들이 환불 요청을 했고, 방학 동안 고향에 갔다가 지난 주말 비행기로 돌아올 예정이던 2급과 4급, 6급 학생이 개인적인 사정으로 입국을 못 해 총 12명의 등록 취소가 있었다. 수정 명단이 올라오고 채 5분도 지나지 않아 각 급의 누락 명단이 단톡방을 채웠다. 급하게 수정을 하면서 누락된 이름들이 언뜻 봐도 30여 명이 넘는 듯했다. 2차 수정 명단에 이어 각 급 책임 강사들의 '확인했습니다. 이상 없습니다'가 줄줄이 올라온 후에 OT용 최종 명단이 올라왔다. 9시 30분이었다.

OT까지는 30분이 남았고, 이제 대부분의 강사들이 출근을 해서 임시 출석부를 달라고 책임강사실 문을 두드릴 것이다. 학생들도 상당한 숫자가 복도를 어슬렁거리며 분반 명단을 찾을 것이다. 책임 강사들 두어 명은 A3에 출력한 분반 명단을 복도에 붙이고, 나머지는 임시 출석부를 출력해 파일에 껴 넣고 있을 것이다. 한 명 정도는 책임강사실 밖으로 나가 잠시만 기다려달라고 강사들에게 아쉬운 소리를 하고 있을 것이다.

한희는 그 모든 소동을 잠옷 차림으로 확인했다. 책임 강사들이 행정실과 끊임없이 통화하고 눈에 익지 않는 외국 이름들을 타이핑하고 확인하면서 복사기에 들러붙어 있을 것이 눈에 훤했다. 한희는 미지근해진 차를 버리고 전기포트에 물을 올렸다. 물이 끓는 동안 조금 더 깊이 들어온 아침 햇살이 발에 닿았다. 한희는 발가락을 꼼지락거렸다.

10시, 단톡방이 잠잠해졌다. 어떤 난리를 쳐도 OT는 늘 제시간에 시작된다. 한희는 잠옷으로 입고 있던 커다란 티셔츠 위에 니트를 겹쳐 입었다. 허리 고무줄이 다 늘어난 잠옷 바지를 벗고 기모 레깅스로 갈아 입었다. 두툼한 패딩을 꺼내 입고 목도리까지 칭칭 감고서야 아주 천천히 집 밖으로 나섰다.

아웃렛 1층에서 만삭에 입을 만한 옷들이 세일 중이었다. 한희는 임신부들에게 둘러싸여 커다란 원피스를 뒤적거렸다. 마음에 드는 옷이 하나도 없었다. 습관적으로 여성복 층에 오른 한희는 자신이 좋아하는 브랜드가 반값 할인하는 것을 발견했다. 베이지색과 올리브색 같은 차분한 색에 기본적인 디자인의 터틀넥과 슬랙스가 매대에 올려져 있었다. 학교에서 수업할 때 무난하게 입기 좋은 옷들이었다. 한희는 아이보리색 터틀넥을 하나 집어 들었다가 내려놓고 남성복 매장으로 올라갔다. 제이콥이 영어 유치원에서 일할 때 입기 좋은 도톰한 겨울 셔츠를 하나 샀다. 한 층 더 올라가 신생아복 매장을 찾았다. 우주복을 2개, 작은 비니를 1개 샀다.

쇼핑백을 여러 개 들고 집에 돌아오니 거실을 가득 채우고 있던 햇빛이 사라져 있었다. 한희는 그늘 안에 덩그러니 놓인 화분을 들어 거실 안쪽으로 옮겼다. 화분의 넓적한 잎에서 서늘한 냉기가 스며 나왔다.

1

한희가 학교를 다시 찾은 건 파인애플 케이크 때문이었다. 가을 학기에 대만 학생에게 선물 받은 거였는데, 한희는 빵 종류를 좋아하지 않아서 책임 강사들에게 1개씩 돌리고 서랍에 처박아놓았었다. 그런데 그날 아침 눈을 떴을 때 파인애플 케이크가 먹고 싶었다. 딱딱하고 무거운 케이크 안에 들어 있는 파인애플 잼의 단맛이 입안에 맴돌았다. 한희는 동네 마트를 찾았지만 파인애플 케이크를 찾을 수 없었다. 빵집에서도 마찬가지였다. 대신 애플 쿠키와 롤 케이크를 사 왔지만 봉투째로 식탁 위에 올려놓고 건드리지도 않았다. 결국 점심시간을 훌쩍 넘긴 후에 한희는 학교로 향했다.

오후 4시, 강사실은 텅 비어 있었다. 책임강사실도 이제 퇴근을 준비하고 있을 시간이었지만, 이상하게 소란스러웠다. 이도현의 목소리가 문 밖으로 흘러나왔다. 한희는 잠시 망설이다가 문을 두드렸다. 분명히 한희의 책상이 그대로 놓여 있고, 책임 강사 계약이 끝난 것도 아닌데 한희는 와서는 안 될 곳에 온 것만 같았다.

"신기하네, 우리 한희 샘 이야기하고 있었는데."

한희가 문을 열고 들어가자 이도현이 정말로 한희를 기다렸다는 듯이 말했다.

"뭐 좀 가져가려고요."

한희는 자기 책상에 앉아서 서랍을 열었다.

"샘, 이번 학기 쉬길 잘했어요. 지금 완전 비상이에요."

이도현은 베트남 학생 200여 명이 결석했다고 말했다. 개강 첫날부터 나흘간 결석생들이 모두 짠 것처럼 연락이 안 된다는 거였다. 이번 학기 베트남 특별반 책임은 이도현이었다.

"없는 번호라고 나오는 애들도 많아요. 다 도망간 거라고 봐야죠."

"에이전시 쪽에는 연락해봤어요?"

한희가 서랍을 열어놓은 채로 물었다.

"한두 명이라야 잡아 오든지 하죠. 200명을 어디 가서 찾아요. 첫 학기에 애들 몇십 명 도망갔을 때 에이전시에서 애들 여권을 다 걷어서 가지고 있었나 봐요. 도망갈까 봐. 그런데도 도망간 거니까 그쪽에서도 더 할 수 있는 게 없겠죠."

"그럼 출국 정지 이런 거 시킬 수 있는 거 아니에요?"

"에이, 걔네가 범법자도 아니고, 사실 학교 결석 중인 것뿐인데 어떻게 출국 정지를 해요. 학비 내고 비자 받은 거니까 이번 학기에는 합법적으로 한국에 있는 거잖아요. 다음 학기에는 비자 발급이 어렵겠지만, 그전에 여권 다시 만들어서 본국에 돌아가도 되고, 아님 더 작정하고 숨겠죠."

"전부 300명이에요. 그전에 조금씩 빠진 애들까지 합치면."

다른 책임 강사가 말을 보탰다.

"더 늘어날 수도 있죠. 남아 있는 애들도 언제 도망갈지 모르니까."

학교 내선 전화가 울렸다. 이도현이 "네"를 반복하며 전화를 받더니 끊고 나서 아아악 하고 소리를 질렀다.

"지금 행정실에서 우리 보고 결석생들 지난 학기 상담 일지 정리해서 내놓으래요. 반이 바뀌었는데 이걸 언제 다 찾아? 한 명 한 명 학적 정보 뒤지라는 소리잖아. 안 그래도 어제 전화번호 말소시킨 결석생들 엑셀로 정리해서 보내라 그래서 그 짓 하고 있었는데."

"아니, 그런데 우리가 뭘 어떡해? 자기들도 못 하는걸."

다들 한바탕 욕을 하더니 컴퓨터로 몸을 돌리고 일을 시작했다. 한희도 상담 일지를 뒤지고 학적 정보를 엑셀에 옮겨 붙이고 싶었다. 잘할 수 있는데. 밤을 새워서라도 완벽하게 정리할 수 있는데. 한희가 서랍을 닫고 자리에서 일어나는 것을 옆자리의 도현이 흘긋 보았다.

"가요, 샘? 좋겠다. 나도 집에 가고 싶다."

"네, 먼저 들어가볼게요."

"이렇게 될 줄 알고 쉬겠다고 한 거 아니에요?"

이도현이 웃음기 띤 목소리로 말했다.

"행정실 최 계장이 미리 말해준 거죠?"

"그럴 리가요."

한희는 별다른 인사말 없이 책임강사실을 나왔다. 모두가 있는 강사실을 가장 먼저 나서는 것은 처음이었다. 한희는 정문으로 내려가다가 행정실이 있는 국제관 건물 앞에서 멈추었다.

행정실에서 일하는 한희의 대학 동기, 최유진이 미리 말해준 건 그게 아니었다. 겨울 학기가 시작하기 일주일 전 한희는 최유진으로부터 전화를 받았다.

"너 이번 학기도 강평 8점대야."

한희는 그 말이 무슨 뜻인지 알았다. 잘린다는 것이다.

여름 학기에 8점대를 받아서 가을 학기에 티칭 프로그램을 받았다. 수업 영상을 찍고, 강의평가 1등인 가은의 수업 영상도 받아서 보았다. 가은의 수업과 자신의 수업을 비교하는 리포트를 작성하기도 했다. 그랬는데도 가을 학기에 다시 8점대를 받은 것이다. 원장이 강의평가를 얼마나 중시하는지 한희는 잘 알았다. 이것이 얼마나 좋은 핑계가 될지도 잘 알았다.

책임 강사로 2년을 일했고, 겨울 학기 이후 재계약을 앞두고 있었다. 이번에 계약 연장을 한다는 건 무기계약직이 된다는 거였다. 학교에서는 계약 연장을 안 하려고 할 것이다. 그리고 자신은 학교 측에 아주 좋은 핑계를 준 것이다.

한희는 바로 행정실 이 과장에게 전화를 걸었다.

"제가 이번 학기에 수업을 하기 어려운데, 선생님께 말씀드리면 되는 거지요?"

이 과장은 한희가 전화할 줄 알았다는 듯 이유도 묻지 않았다. 한희는 끊기 전에 얼른 말을 덧붙였다.

"병원에서 조산 위험이 있다네요. 2월 출산 예정이니까 여름 학기에 다시 인사드릴게요."

"들어가세요."

이 과장은 그렇게 전화를 끊었다.

최유진은 한희를 보고 반가운 얼굴을 지었다. 까무잡잡한 피부에 이목구비가 작은 최유진은 털털한 성격이라 친구가 많았다. 대학 시절 사람들과 어울리는 것을 좋아하지 않았던 한희까지 친구로 포섭해 어울려 다니는 것을 보고 다들 대단하다고 했다. 최유진은 작은 입을 오물거리며 밥도 많이 먹고 말도 많이 했다. 친구들의 가정사, 연애사, 학점, 최근에 바뀐 진로 계획까지 빠삭했다. 그래서 한희는 최유진에게 모두가 알게 되어도 괜찮은 것들만 말했다. 최유진은 교양 교수 흉을 보다가도 불쑥 부모님은 잘 지내시냐고 물었고, 그때 그 선배 괜찮았는데 잘해볼 생각 없냐고 묻다가도 취업과 면접으로 난데없이 주제를 바꿨다. 말이 많은 최유진이 H대 어학당 행정실에 취직한 이후 한희는 최유진에게 종종 전화해서 안부를 물었다. 그러면 최유진은 동기 모임에 나갔던 이야기를 하다가도 H대 어학당에서 책임 강사를 뽑을 건데 외부 강사에게도 열려 있다는 식의 이야기를 늘어놓고는 했다. 오늘도 한희는 먼저 물을 필요가 없었다. 최유진이 한희를 보자마자 학교가 난리 났다며 이 야기를 시작했다. 둘은 복도에 놓인 플라스틱 벤치에 앉았다.

최유진은 한희가 알고 있는 이야기에서 시작했다. 베트남 학생들 누적 300여 명이 집단 도주를 했다는 것. 이는 곧 학교가 300여 명 의 불법체류자를 양산한 셈이 되는 거라고 했다.

"그런데 요즘 시기가 안 좋거든. 법무부가 뭘 하려는 것 같아."

최유진의 말로는 법무부가 대학 어학당이 무분별하게 비자를 발 급해서 공공연하게 편법 취업 통로가 되고 있다고 여기는 것 같다 고 했다. 그래서 지난 가을 학기 중에 외국인 어학연수생 50명 이상 인 전국 대학 소속 어학당을 대상으로 불법체류 전수조사에 나섰다 는 거였다. H대는 그때 처벌 대상이 아니었다. 그러나 지금 벌어진 집단 도주 사태가 외부에 알려진다면 상황은 완전히 달라질 것이 다. 법무부에서는 불법체류자가 전체 등록 인원의 10퍼센트가 넘을 경우 1년간 비자 발급 권한을 박탈한다고 공지한 바 있었다.

"우리 연인원이 1000명쯤 아냐?"

"그래, 지금 300명 도망갔으니까 자그마치 30퍼센트야. 얘네들 못 잡아 오면 1년간 어학당 문을 닫게 생겼어."

최유진은 이도현과 똑같이 말했다. 이번 학기 쉬기를 잘했다고. 한희는 그 말이 무슨 뜻인지 도무지 알 수 없었다.

"쉬니까 좋지?"

최유진의 말에 한희는 끄덕였다.

"남편은 잘 있고?"

최유진은 언제나처럼 난데없이 주제를 바꿨다. 한희는 다시 한번 끄덕이면서 웃어 보였다.

한희는 제이콥과 결혼하지 않았지만, 학교에는 영국에서 결혼했다고 말해놓은 상태였다. 그걸 전해 들은 최유진이 동기 모임에서 떠들어대는 바람에 한희는 대학 동기들에게 어떻게 결혼하면서 연락도 안 하느냐고 원망 어린 연락을 받아야 했다. 사실 학교에서 집에 찾아올 것도 아니고 굳이 거짓말할 필요는 없었다. 그러나 외국인 연인이 있다는 사실을 숨기고 싶지 않았고, 직업 특성상 외국인 연인을 사귀면 학생과 연애하는 것처럼 오해하는 경우가 종종 있었기에 분명히 해두고 싶었다.

한희의 경우는 영국인 남편이 한희의 영어 실력을 증명해주는 도구가 되기도 했다. H대 어학당 책임 강사 면접에서 국문과 교수는 한희의 남편이 영국인이라고 하자 "영어는 잘하겠네"라고 반색했다. 한희는 제이콥과 한국어로 대화한다는 것은 말하지 않았다.

한희는 토익 점수 정도로만 생각했던 기혼이라는 조건이 어떤 강사들에게는 한국어 강사를 하는 데 가장 중요한 조건으로 여겨지는 듯했다. 한희가 결혼을 했다고 하면 "결혼했으니까 한국어 강사를 하지"라고 말했다. 시수를 단축할 때도 기혼 강사들에게는 크게 미안해하지 않는 분위기였다.

"남편이 버는데, 뭐."

"아기를 키우려면 짧게 일하는 게 더 좋잖아?"

이런 말들을 아무렇지 않게 했다. 생활비는 남편이 벌고, 아내는 대학에서 일한다는 그럴듯한 명함을 위해 잠깐 나오는 것. 가사와 양육이 주이고, 한국어 강사 일은 서브로 하는 것. 그러나 한희는 단 한 번도 이 일을 서브라 생각해본 적이 없었다. 이 일을 해서 월세와 공과금을 냈다. 잘리지 않기 위해 전력을 다했고, 이 일에 뼈를 묻을 생각이었다. 한희가 H대에 책임 강사로 뽑히기 전, E대에서 일할 때는 전임도 아니면서 전임보다 더 늦게 퇴근한다고 놀림받고는 했다.

"결혼했는데 왜 그렇게 일을 열심히 해?"

여자가 열심히 일하는 것은 돈을 잘 못 버는 못난 남편을 두었다는 증거라는 듯이. 남편이 돈을 잘 번다면 여자는 일을 할 필요가 없다는 듯이.

"자아실현을 위해 하는 거죠."

그런 질문을 받을 때마다 가장 좋은 대답은 이런 식의 뜬구름 잡는 이야기였다. 사실 한희는 돈을 위해 했다. 당연한 얘기였다. 돈을 벌려고 일하지, 자아를 실현하고 싶었으면 연구를 계속했을 것이다. 생존이 걸려 있으니까 열심히 일했다.

가끔 한희는 궁금해지기도 했다. 한희처럼 가짜가 아니라 정말로 결혼을 하면 일을 취미로 하게 되는 것인가. 한희는 결혼했는데 왜 그렇게 열심히 일하냐고 물었던 기혼 강사를 유심히 지켜봤다. 학생 수가 줄어서 시수가 줄 거라는 소문이 돌자 그 강사는 안 그래도 쉬고 싶었는데 명분이 생겨서 잘됐다고 말했다. 그리고 그 학기가 끝나기 전에 다른 학교 어학당에 일을 구했다. 하루 8시간 연강을 하느라 점심도 못 먹는다고 했다.

왜 그렇게까지 일을 하세요, 남편이 있는데.

한희는 되갚아주고 싶었지만 그러지 않았다. 다만 더 열심히 해야겠다고 생각했다. 점심도 못 먹고 일하는 사람도 있는데, 시간이 없다느니 힘들다느니 하는 건 다 핑계라고.

그러나 한희는 정말 시간이 없었고, 정말 힘이 들었다. E대에서는 수업을 하면서 박사과정을 들었다. 수업을 한 후 버스에서 김밥을 먹으면서 수업을 들으러 갔다. 왜 그렇게 열심히 일을 하냐고 물었던 사람들은 한희가 박사과정을 시작하자 박사까지 해서 뭘 하려는 거냐고 물었다. 그때도 한희는 자아실현 같은 말도 안 되는 핑계를 댔지만, 여기서 살아남으려면 박사학위가 필요하다는 것을 알았다. H대 어학당만 봐도 50대 한국어 강사는 없었다. 박사학위와 책임 강사 경력으로 교수가 되어야 했다. 그게 아니면 아웃이다.

H대에서 책임 강사로 뽑힌 후에도 정말 열심히 했다. 없는 일도 만들어서 했다. 기존에 서로 알아서 하던 일들을 모두 매뉴얼로 만들었고, 급마다 다른 형식으로 만들어져 있었던 교안도 모두 같은 형식으로 정리했다. 급을 새로 맡으면 자료부터 시험지까지 모두 새로 만들었고, 매주 업데이트했다. 한희가 일을 잘하는 것은 누구나 알았다. 최유진은 원장이 네가 만든 매뉴얼을 보고 좋아하더라고 했다. 한희가 하는 일들이 인정받고 있었다. 모든 게 순조로웠다. 그러다 임신을 했다.

임신을 하고 나니 조금씩, 빠르게, 많은 것이 바뀌었다. 초기에는 음식 냄새만 맡아도 토해서 거의 굶다시피 하고 수업을 했다. 여름 학기였고, 에어컨이 고장 나서 한나절 창문을 열고 수업을 하다가 쓰러졌다. 일어났을 때는 병원이었다. 의사는 영양 상태가 좋지 않고, 철분 수치가 심각하게 낮다고 했다. "잘 드셔야 합니다. 아기를 생각하셔야죠." 의사의 말에 한희는 사흘 대강을 부탁하고 집에서 먹고 토하기를 반복했다. 베이커리에서 종류별로 산 빵과 갖가지 과일을 일렬로 두고 먹을 수 있는 음식을 찾을 때까지 계속했다. 다시 학교에 돌아갔을 때는 고작 나흘만이었는데도 많은 것이 바뀐 느낌이었다. 공지해야 할 것들, 시험에 항상 나와서 중요한 것들을 자꾸 잊어버렸다. 진도를 잘못 나가는 일도 있었다. 전에는 한 번도 없던 일이었다.

최유진이 서너 번 주제를 바꾸어가며 실컷 수다를 떨고 나서 다시 행정실로 들어간 후에도 한희는 의자에 한참 앉아 있었다. 제이콥에게 전화가 왔다.

"어, 지금 학교야."

"왜 학교에 갔어?"

"응, 잠깐. 물건을 가지러……."

한희는 그제야 자신이 서랍에서 파인애플 케이크를 꺼내 오지 않았다는 것을, 수업도 안 하는데 수업 자료만 가져왔다는 것을 깨달았다. 이게 다 임신을 해서 그래. 임신을 해서 멍청해져서 그래. 한희는 어깨에 메고 있던 가방을 의자에 소리 나게 내려놓았다.

제이콥은 오늘도 원장에게 그만두겠다고 했으나 원장이 붙잡았다는 이야기를 늘어놓았다. 나는 임신을 해서 잘리게 생겼는데 매일같이 그만두겠다는 소리나 하고. 한희는 울컥 화가 났다. 영어 유치원에서 몇 달째 월급을 늦게 주거나 일부만 준다는 것을 알고 있었다. 그래도 어떻게든 남아서 악착같이 돈을 받아낼 생각을 해야지 그만둘 생각부터 하다니. 제이콥은 늘 이렇게 즉흥적이고 대책이 없다.

그만두면. 그 후에는 어쩌려고.

제이콥도 한희도 일을 하지 않는다면 둘은 어떻게 되는 것인가. 아니, 이제는 셋인데. 한희는 제이콥과 더 말하고 싶지 않아 집에서 보자 하고 전화를 끊었다. 전화를 끊자마자 그렇게 끊어버린 것이 후회가 됐다. 제이콥은 한희가 화가 났다는 것을 알았을 것이다. 한희는 제법 나온 배를 쓰다듬었다.

"아냐, 엄마는 화난 거 아냐."

한희는 중얼거리고는 부른 배 위로 패딩 지퍼를 올렸다.

2

　제이콥을 처음 만난 건 Y대에서 열린 국제언어학회에서였다. 박사과정 2학기 차였던 한희는 문법 분과의 발표를 맡아 첫째 날 오후 2시에 일정이 잡혀 있었고, 제이콥은 같은 날 오후 4시에 문학 분과에서 발표하기로 되어 있었다. 한희는 자리에 앉아 발표문을 읽는 전형적인 형식의 학술대회 발표를 했는데, 한희의 앞뒤로 발표한 사람들이 지나치게 밝은색 옷을 걸치고 강의하듯이 발표를 해서 더 많은 호응과 질문을 끌어낸 것이 불만스러웠다. 그래서 문학 분과 발표에서 제이콥이 주황색과 파란색이 요란하게 섞인 티셔츠를 입고 발표자 책상에 앉았을 때, 한희는 얼굴을 찌푸렸다. 한국에 대한 이해가 너무 부족한 거 아냐? 티셔츠가 말이 돼? 한희는 혼자 혀를 찼다.

　제이콥은 영국의 대학교에서 한국어를 가르치고 있다고 자신을 소개했다.

　"한국의 학회에서 발표하게 되어 영광입니다."

영광이라니. 너무 영어적인 표현이 아닌가. 제이콥이 유창한 한국어로 영어권 학습자를 대상으로 한 토론 중심 문학 수업에 대해 발표하는 동안 한희는 외국인의 억양, 외국인의 어순, 한국인이라면 사용하지 않았을 표현들을 찾아내려 애썼다.

그날 저녁에는 발표자들을 위한 만찬이 준비되어 있었다. 하얀색 천이 씌워진 탁자를 오가며 자신의 이름표를 찾던 한희는 요란한 색의 티셔츠 바로 옆에서 자신의 이름을 발견했다. 저녁을 먹는 동안 제이콥이 친근하게 말을 걸 때마다 예의 바르게 대답했지만, 그를 향해 몸을 돌리거나 먼저 말을 걸지는 않았다. 그러나 자신의 발표가 인상적이었다는 그의 말에 포크를 내려놓고 고개를 돌렸다. 그와 처음으로 눈이 마주쳤다. 시릴 정도로 투명한 파란색 눈.

"특히 시제를 뒤집어서 분석한 부분이 아름다웠어요. 선생님의 발표에서 영감을 얻었습니다."

이 역시 영어적인 표현이었지만 한희는 도리어 그것이 마음에 들었다. 아름답다, 영감을 얻다, 따위의 단어를 직접 자신의 귀로 들은 것이 처음이었고, 그런 표현이 말 그대로 아름다웠고 한희에게 영감을 주었다. 한희 역시 제이콥의 발표가 아름다웠고, 영감을 줬다고 말했다. 그건 사실이었다. 제이콥이 발표를 마칠 즈음에는 더 이상 외국인의 억양과 어색한 표현이 그다지 거슬리지 않을 정도로 흥미로웠다. 그는 현대문학에서 시의적인 주제를 추출해 찬반 토론 수업으로 활용하는 방식에 대해 이야기했다. 보통 한국어 수업에서 토론 수업의 재료로 많이 쓰이는 신문 기사나 동영상 클립이 아니라 문학이라니 신선했고, 한희 역시 고급 수업에서 한 번쯤 활용해 보고 싶다고 생각했다. 둘은 만찬 이후에도 자리를 옮겨서 서로의 발표에 대한 이야기를 이어갔고, 그다음 날 학회가 끝나고도 같이 저녁을 먹었다. 제이콥은 서울에서 일주일간 더 머무를 예정이었고, 그동안 그는 매일 한희의 학교에 찾아왔다.

"제가 이렇게 찾아오는 것이 꺼려진다면 자유롭게 말해주세요."

영어식의 정중한 표현에 한희는 "괜찮다마다요"라는 식으로 대꾸했고, 둘은 그렇게 둘만의 언어를 개발하면서 연인이 되었다.

제이콥은 영국에 돌아가 한 학기 수업을 마치고는 바로 한국으로 들어왔다. 일을 그만두는 것은 신중하게 생각해볼 필요가 있다고 한희가 말렸지만, 제이콥은 강경했다.

"너에 대한 생각을 멈출 수가 없어."

제이콥은 팝송의 가사처럼 한희에게 사랑을 고백했다. 한희는 그때마다 자신도 팝송의 방식으로 제이콥에게 대답해야 할 것만 같았다. "한국에서는 외국인이 취직하기가 어려워" 대신에 "그 어떤 것도 우리의 사랑을 막아설 수 없어"라고. "한국 물가가 싼 것 같아도 비정규직 월급으로는 월세와 생활비를 감당하기 어려울 거야" 대신에 "나는 너와 함께 날아오를 준비가 되어 있어"라고. 그러나 한희는 뉴스에 오르는 숫자를 들어 한국의 현실을 말했다. 한희는 제이콥이 한국에 오면 안 되는 이유를 수십 가지 들 수 있었다.

제이콥은 한희의 말은 듣는 둥 마는 둥 한희의 눈이 얼마나 아름다운지, 한희의 달콤한 몸이 얼마나 그리운지 이야기했다. 때때로 한희는 둘 사이에 어마어마한 강이 놓여 있는 것처럼 느꼈고 종종 절망했다. 그러나 제이콥이 그때마다 보인 태도, 그 강을 기꺼이 헤엄쳐 오겠다는 태도 때문에 자신도 조심스레 신발을 벗고 강에 발을 담글 수 있었다. 강물은 차갑고 금방이라도 한희를 넘어뜨릴 것처럼 물살이 거셌지만, 제이콥이 같이 서 있다는 것이 안심이 되었다. 팝송 가사처럼 한희는 '제이콥과 함께라면' 식의 생각을 했다.

그날은 한희가 일반 강사들은 물론이고 전임들마저 모두 퇴근한 강사실에 혼자 남아 시험지 수정을 할 때였다. 다들 그렇게까지 꼼꼼히 볼 필요 없다고 했지만 한희는 그렇게까지 꼼꼼히 보았다. 수정을 다 마치면 몹시 뿌듯할 거라고 생각했는데, 정작 다 끝내고 나니 엄청난 피로가 몰려와서 아무 생각을 할 수가 없었다. 한희는 빨리 집에 가고 싶었지만, 걸음을 재촉할 힘이 남아 있지 않았다. 그래서 바닥을 보면서 느리게 걷던 한희 앞에 누군가 나타났을 때도 놀랄 힘이 없었다.

"서프라이즈!"

제이콥은 머리 위까지 올라오는 배낭을 메고 한희를 향해 양팔을 벌렸다. 한희가 아무 반응이 없자 그는 한희의 눈앞에 자신의 파란 눈을 바짝 갖다 대었다.

"놀랐지?"

돌이켜보면 무척 반갑고 놀라웠다. 그러나 그 당시에는 그걸 표현할 만큼의 에너지가 남아 있지 않았다. 제이콥이 한희를 꼭 끌어 안으면서 너무 보고 싶었다고 말했다. 한희는 "나도"라고 말해야 했 으나 "숙소는 예약했어?"라고 물었다.

"정말 일을 그만두고 온 건 아니지?"

한희는 제이콥이 메고 있는 배낭을 흘긋거리며 말했다.

"그만뒀어. 나 한국에서 살 거야."

제이콥은 한희를 안았던 팔을 풀고 한희의 손을 잡고 걸었다. 그 는 13시간 비행을 한 사람답지 않게 쉴 새 없이 재잘거렸다.

"돌아가는 비행기표는 있어?"

"나 한국에서 살 거라고 말했잖아."

제이콥은 한희가 원하는 대답은 단 한 가지도 가지고 있지 않았 다. 한희는 우선 학교 앞 카페로 들어가 장기 숙박이 가능한 숙소를 알아보았고, 관광비자가 만료되는 3개월 이후까지 일을 구하지 못 하면 돌아가기로 약속을 받아냈다.

제이콥은 한희가 다듬어준 이력서로 여러 한국어학당에 지원했 지만 한 곳에서도 연락이 오지 않았다. 한국의 어학당에서는 한국 어가 모국어가 아닌 사람을 강사로 둘 이유가 없었다. 결국 제이콥 은 비자가 만료되기 직전 영어학원에 취직을 했다. 그 편은 정말 쉬 웠다. 1년 비자에 연장이 가능하고 월세 지원에 퇴직금까지 계약서 에 명시되어 있었다. 한희는 매우 좋은 조건이라고 했지만, 제이콥 은 일시적인 일일 뿐이라고 선을 그었다.

제이콥은 학원에서 한국어를 사용하지 못하게 한다고 불평을 했다. 한희는 자신 역시 수업 시간에 한국어 이외의 언어는 사용할 수 없다고 말하며 달랬다.

"한국어학당에서는 어떻게 지냈냐는 질문도 못 알아듣는 학생들한테 세계 경제 동향에 대한 신문 기사를 읽으라고 하지는 않잖아."

제이콥은 학생들과 대화를 하고 싶어 했는데, 학생들은 영어로 말하는 것을 부끄러워했다. 학생들은 제이콥도 잘 모르는 단어를 밑줄 긋고 외웠다. 제이콥은 일에 여러 불만이 있었지만, 여전히 한희는 넘치게 사랑했다. 제이콥이 한희에게 쏟아붓는 언어들이 모두 생소한 것이었으므로 한희는 때로 그가 부모보다 자신을 더 사랑한다고 느끼기도 했다. 누가 그녀를 햇살이라고 부를까. 누가 그녀의 머리에 입을 맞출까. 누가 그녀의 눈꺼풀을 어루만지며 그것이 한글의 모음을 닮았다고 말할까.

한희는 책임 강사 자리를 얻었고, 제이콥 역시 더 나은 조건의 영어 유치원으로 자리를 옮겼다. 유명 대학의 이름을 단 영어 유치원이었고, 제이콥도 영어학원보다 만족하는 듯했다. 한희는 무주택자로 서울시 보증금 지원을 받았고, 제이콥은 월급과 별도로 월세를 받았으므로 역에서 거리가 멀지만 아침 해가 잘 드는 아파트를 얻을 수 있었다. 주말에 제이콥과 같이 소파에 누워 아침 햇살을 느끼다가 한희는 그가 자신의 가족이라는 것을 새삼스레 느꼈다. 결혼과는 상관없이 제이콥은 한희의 가장 가까운 가족이었다.

결혼을 하지 않는 것도, 아기를 가지는 것도 모두 그의 바람이었다. 제이콥이 자신의 부모도 결혼하지 않고 40년을 살았노라고 했을 때 한희는 수긍했다. 어차피 결혼에 대한 환상 같은 것은 처음부터 없었다. 그러나 아기는 가지고 싶다는 제이콥의 말에는 쉽게 동의할 수 없었다. 한희는 책임 강사 자리를 지키고 싶었고, 그러려면 자리를 비우지 않고 계속 일해야 했다. 그래서 제이콥이 그녀의 눈을 닮은 아이를 가지고 싶다고 할 때마다 고개를 저었다.

"나는 출산휴가도 없어. 그냥 계약 연장이 안 되는 거야. 그게 끝이라고."

제이콥은 그녀가 얼마나 능력 있는 여자인지 열정적으로 말했다. 그녀 정도라면 한국 어느 대학에서건 일을 다시 구할 수 있을 것이고, 영국 대학에서 일하고 싶다면 자신이 적극 도와줄 거라고 말했다. 영국 대학에서 일할 수 있게 도와준다는 말은, 그가 현재 한국의 영어학원과 영어 유치원에서 4년째 일하고 있다는 사실을 고려하면 허무맹랑하기 짝이 없었는데도, 한희는 그 말에 마음이 흔들렸다.

죽자 살자 일하고 있지만 한국에서 한희의 미래는 불투명했다. H대에서 책임 강사를 몇 년 하다가 지방대의 신설 어학당에 총괄책임으로 가는 것이 가장 좋은 미래였다. 그런데 그마저도 60대의 책임 강사는 찾아보기 어려웠다. 외국 대학에서 전임 자리만 얻을 수 있다면, 그보다 더 나은 것은 없을 거였다. 어쩌면, 정말 어쩌면, 외국 대학에서 제이콥과 함께 안정적으로 일하면서 가족을 꾸릴 수도 있을 것이다. 당장 다음 달 생계가 막막해질 수 있다는 공포 없이,

216

불안 없이 살 수도 있을 것이다.

아기는 배 속에서 무럭무럭 자랐다. 제이콥은 배 속 아기에게만큼은 영어로 이야기했다. 그들이 영국에 갈 것이니 영어를 배워야 한다고 한희가 주장했다. 한희는 자신이 시킨 일인데도 영어로 이야기하는 제이콥이 낯설었다. 목소리 톤이 조금 더 낮았고, 말이 더 빨랐으며, 무성의하게 들렸다. 때로는 제이콥이 아기에게 하는 말의 토막을 정확히 이해하지 못할 때도 있었다. 그럴 때 한희는 여전히 차갑고 물살이 센 강에 발을 담그고 있는 것만 같았다. 아기 역시 그녀가 이해하지 못하는 언어를 하게 될 것이다. 그들은 한희와 다른 방식으로 웃고, 다른 방식으로 경탄하고, 다른 방식으로 사랑하는 사람들의 나라에서 살아갈 것이다.

3

　휴강을 한 지 2주가 넘었지만 한희는 여전히 6시 10분에 일어났고, 책임 강사 단톡방에 올라오는 메시지들을 실시간으로 확인했다. 베트남 결석생들은 한 명도 돌아오지 않았고, 남아 있는 학생들을 대상으로 한 상담 업무가 매일같이 이어지고 있었다. 한희는 매일 단톡방에 메시지를 썼다 지우기를 반복했다. '상담 일지를 반별로 분류할 것이 아니라 학번과 이름으로 정리해두면 학기가 바뀔 때마다 학적 정보를 뒤지는 수고를 덜 수 있습니다.' '학기 초 강사들에게 지급된 엑셀 파일 서식에 문제가 있습니다.' '이제 슬슬 중간시험지 준비를 시작하는 게 좋지 않을까요?' 그러나 메시지를 보내서는 안 된다는 걸 알고 있었다. 자신은 일을 쉬고 있었다. 쉬어야 했다.

　한희는 몇 달간 손놓고 있었던 소논문을 다시 꺼냈다. 가을 학기 워크숍에서 발표했던 초안으로, '한국어에는 미래시제가 없다'라는 제목의 소논문이었다. 살을 붙이고 문장을 다듬은 후 그럴듯한 제목을 붙여 학회지에 보낼 생각이었다.

주제는 시제였다. 한국어 교육에서는 한국어를 과거와 현재, 미래의 3시제로 가르치고 있다. 그러나 한국어 시제를 과거와 비과거로 봐야 한다는 이론도 있었다. 한희 역시 그렇게 생각했고, 한국어 교육 현장에서 이를 어떻게 활용할지에 대한 논문을 쓰고 있었다.

한국어 교육에서 미래시제로 분류하는 대표 문법인 '-(으)ㄹ 것이다'와 '-겠-'은 이미 추측 양태와 의지 양태로 가르치고 있었다. 1급에서는 '-(으)ㄹ 것이다'를 의지로 노출하고, 2급에서 추측으로 제시하는 교재가 많았다.

  가: 저는 내일 학교에 갈 거예요.
  나: 내일 날씨가 따뜻할 거예요.

1급에서는 (가)를 예문으로 들어 의지를 가르친다. 동사를 사용하여 1인칭의 의지를 표현하고 2인칭의 의지에 대해 질문할 수 있도록 한다. 2급에서는 (나)를 예문으로 들어 추측을 가르친다. 이 경우 동사와 형용사를 모두 사용할 수 있으며, 3인칭과 사물에 대해서도 추측해보도록 지도한다. 이러한 방식으로 1급과 2급을 가르치면서 한희는 이미 한국어 교육에서 미래를 가르치지 않는다고 보았다. 한국어에서 미래는 의지로, 추측으로 존재한다. (가)에서 '저'의 의지가 바뀌어 학교에 가지 않는다면 (가)는 사라져버린다. 날씨 예보가 틀려서 찬 바람이 분다면 (나) 역시 사라져버린다. 한국어의 미래는 시간을 말하고 있지 않다. 미래는 한없이 개인적인 의지에 기생해 존재하고, 언제나 틀릴 가능성을 포함한 추측 속에서 떠돈다.

　가: 내일 제가 청소를 하겠습니다.
　나: 내일 눈이 오겠습니다.

　'-겠-' 역시 마찬가지다. 단지 의지와 추측의 정도가 크다. '-(으)ㄹ 것이다'보다 더 강하게 의지를 내보이며 약속하고, 더 믿을 만한 근거로 예상한다. 그러나 약속이라는 것이, 예상이라는 것이 얼마나 쉽게 뒤집힐 수 있는지 알아차린다면 누구도 미래를 단언할 수 없을 거라고 한희는 생각했다. 아무리 굳게 의지를 다지고, 모든 상황이 하나의 추측만을 가리킨다고 해도 그렇다. 약속은 깨지고, 예상은 비껴나간다.

　나는 내일 떠난다.

　한국어 문법은 때로 예정된 미래, 혹은 확실한 미래를 현재형으로 표현한다. 너무나 확실하기에 현재로 표현하는 것이다. 그러나 현재처럼 선명한 미래라고 해도, 절대로 바뀔 리 없는 예정이라고 해도, 이 역시 부서져버릴 수 있다. 오늘 밤 '나'의 어머니가 돌아가신다면 '나'는 내일 떠나지 않을 것이다. 태풍으로 비행기가 결항되면 '나'는 내일 떠날 수 없을 것이다. 공항으로 가는 길에 교통사고가 나서 '나'가 죽는다면, '나'에 관련된 모든 미래의 문장은 증발해 버리고 만다.

결국 언어가 표현할 수 있는 유일한 시간은 과거뿐이다. 한희는 그렇게 믿었다. 과거 형태소 '-았/었-'은 다른 어떤 의미도 없이 과거라는 시간만을 표현한다.

어제 학교에 갔습니다.

위의 문장은 과거의 사실 이외에는 아무것도 담고 있지 않다. 조금의 의심도 없고, 후회나 기쁨 같은 감정도 없다. 이 문장이 한번 발화되는 순간, 쓰이는 순간, 그 이후로 이 문장은 바뀌지 않는다. 과거라는 시간이 문장의 형태를 만들어내고, 과거라는 시간이 하나의 의미로 자리 잡힌다. 그것은 단단한 사실이다. 과거라는 시간 자체가 그 무엇에도 흔들리지 않는 사실이 되는 것이다.

한희의 삶도 마찬가지였다. 한희에게 유일하게 존재하는 시간은 과거였다. 미래를 생각하면 눈앞이 캄캄해지는 느낌이었다. 내가 무엇을 하겠다고 말할 수 있었다. 반드시 그렇게 될 거라고 말할 수 있었다. '그렇게 된다'라고 현재를 끌어와서까지 미래를 확신할 수도 있었다. 그러나 미래는 전혀 다른 모습으로 나타나고, 한희의 의지와 예상은 늘 배반당했다.

한국어 강사 일을 하면서 한희는 언제나 "열심히 하겠다"고 다짐했고, "잘될 것이다"라고 생각했다. 그러나 상황은 점점 더 나빠지기만 했다. "교수가 되겠다" 생각하고 있었고, "H대에 남을 것이다"
라고 선언했지만, 그것이 얼마나 공허한 말인지 누구보다 한희가
더 잘 알았다. H대에서 잘린 것도 붙어 있는 것도 아닌 지금 이 순
간이 한희에게는 그 무엇보다 두려운 현재였다. 한희에게 분명하게
남아 있는 것은 H대 어학당에서 책임 강사로 일했다는 과거의 경력
뿐이었다. 현재는 계약이 연장되지도 파기되지도 않은 상태였고, 미
래는 그 누구도 알 수 없었다.

그러나 아기를 가지면서 한희의 시제가 모두 뒤바뀌었다. 한희의
배 속에 무언가가 살고 있었다. 지금은 한희가 볼 수 없지만, 분명히
존재하는 그 무언가가 언젠가 숨을 쉬고 울음을 터뜨리면서 세상에
나올 거라는 미래가 생겨났다. 아기가 만들어내는 미래라는 시간이
한희에게 새로운 시제를 주었고, 그 시제가 얼마나 불완전한 것인
지를 아는 한희는 매일이 불안하기만 했다.

아기가 태어날 것이다.
작은 손으로 한희의 손가락을 움켜쥘 것이다.
벽을 짚고 일어나 혼자 힘으로 걸을 것이다.

이 모든 문장이 사실이 아니라 추측이라는 것이 한희를 두렵게
했다. 그 문장들이 얼마나 쉽게 뒤집혀버릴 수 있는지.

아기가 태어나지 않을 것이다.

작은 손으로 한희의 손가락을 움켜쥐지 않을 것이다.

벽을 짚고 일어나 혼자 힘으로 걷지 않을 것이다.

이제 한희에게는 미래시제가 필요했다. 온전한 미래가 필요했다. 의지에도, 추측에도 기대지 않는 하나의 완전한 사실로 존재하는 미래가 필요해졌다.

한희는 과거와 비과거로 나누어 가르쳐야 한다는 소논문의 주제를 완전히 바꾸어버렸다. '한국어의 미래시제 교수법'이 새로운 주제가 될 것이다. 한희는 의지 양태도 추측 양태도 아닌 시간으로 미래를 가르치는 방법을 연구할 것이다.

나는 아이와 함께 살아남을 것이다.

4

3주 차 목요일이었다. 한희는 아직도 아침에 일어나면 어학원 학사 일정으로 그날을 가늠하고는 했다. 아, 오늘은 1주 차 금요일이니까 반장 장학금 신청서를 마감해야겠네, 오늘은 2주 차 수요일이니까 발표 시험 주제를 공지해야 하는데, 이런 식으로. 그날 아침에는 시험지 검토를 위해 메일을 돌려야 한다고 생각했다. 오후까지 책임 강사 단톡방에 시험지 검토 언급이 없으면 이번에는 자신이 나서서 지적해야겠다고 마음먹었다. 그러나 9시 50분, 1교시 쉬는 시간에 단톡방에 올라온 것은 전혀 다른 메시지였다.

TF 회의. 2시 본관 304호. 행정실 직원 및 책임 강사 전원 필수 참석 요망.

한희는 메시지 수신인에 자신이 포함되지 않을 거라는 의심을 하지 않았고, 회의 시간에 맞춰 학교로 향했다. 그러나 한희가 회의실에 들어가자 다들 놀라는 눈치였다.

"아, 선생님도 아직 책임 강사 단톡방에 계신 줄 몰랐네요."

이도현이 죄송하다는 말을 덧붙였다. 한희는 괜찮다고 대답한 후 자리에 앉았다. 건너편에 앉아 있던 최유진이 볼펜을 흔들어 인사를 대신했다.

한희를 포함한 책임 강사 7명과 행정실 직원 5명이 서로를 마주 보고 앉아 있었는데, 아무도 말을 하지 않았다. 2시 정각에 반듯한 정장에 넥타이를 맨 남자 둘이 회의실로 들어왔다. 처음 보는 얼굴이었는데, 모두가 벌떡 일어나 인사를 하길래 한희도 따라서 했다. 남자 둘은 고개를 살짝 숙이고는 앞자리에 앉아서 양옆으로 앉은 강사들과 직원들을 둘러보았다.

"다 오신 거죠? 회의 시작할까요?"

남자는 두꺼운 파일을 책상 위에 내려놓고 말했다. 한희는 고개를 돌려 닫힌 문을 보았다. 원장이 오지 않았다. 그러나 행정실 이 과장이 "행정실 다 왔습니다"라고 대답했고, 이도현이 이어서 "책임 강사들도 다 왔습니다"라고 대답했으므로 한희는 아무 말도 하지 않았다.

정장을 입은 남자들은 자신을 TF팀이라고 소개했다. 둘 중에 붉은색 줄무늬 넥타이를 맨 남자가 주로 이야기했고, 민무늬 남색 넥타이를 맨 남자가 말을 한마디씩 보탰다. "아직 그건 확정 전입니다"라거나 "다음 주까지 정리된다고 했습니다"라는 식이었다.

"지금 어학당이 심각한 위기 상황이라는 것을 모두 아시리라 믿습니다."

남자는 본부에서 철저한 진상규명으로 책임을 물을 계획이라고 했다. 한희는 그제야 원장이 그 자리에 왜 오지 않았는지 알게 되었다. 오지 못한 것이다. 그는 조사를 받고 있을 것이다. 한희는 주변을 돌아보았다. 책임 강사들 모두가 몸을 잔뜩 웅크리고 있었다.

"한 가지 짚고 넘어갈 것은, 본부에서는 어학당이 문을 닫는 것에 신경 쓰지 않는다는 겁니다."

남자가 회의실에 모인 사람들을 획 둘러보면서 말했다.

"다만 처벌 범위가 어학당을 넘어서는 것 때문에 TF가 꾸려진 것입니다. 징계 대상이 되면 학교에서 교환학생을 받을 수도, 보낼 수도 없게 됩니다. H대와 교환학생 교류를 맺은 학교가 어디인지 아십니까?"

남자의 입에서 하버드대학교, 베이징대학교, 파리제7대학교, 시드니대학교와 같은 이름이 줄줄 흘러나왔다.

"H대에 입학한다는 건 이러한 대학교에서 공부할 수 있는 자격이 주어진다는 뜻입니다. 자그마치 87개국 762개 대학입니다. 이게 H대가 글로벌 리딩 대학으로 불리기 위해 애써온 결과입니다."

남자는 볼펜으로 책상을 두드렸다. 볼펜이 책상에 부딪혀 만들어내는 소음이 회의실에 울려 퍼졌다.

"그러므로 H대 어학당이 처벌 대상이 되는 일은 없습니다. 절대로."

그러나 어떻게? 한희는 자문했다. 도망친 학생들은 깡패들도 잡아 올 수 없다고 했다. 이미 깊숙한 시골의 공장으로 숨어버린 학생들을 본부에서 무슨 수로 불러온단 말인가.

"저희 TF팀은 모수를 늘릴 것입니다."

남자가 하고 있는 말은 도망친 300명을 어찌할 수 없으니, 도망친 300명을 10퍼센트 이하로 만들기 위해 어학당 규모를 3000명으로 늘린다는 거였다. 3000명. 현재 H대 어학당 규모는 연인원 1000명이었다. 그것도 원장이 무리하게 베트남 학생들을 데려와서 만든 숫자였다. 무리한 학생 유입이 집단 도주의 원인이라는 것은 본부에서 조사하지 않고도 알 수 있는 사실이었다. 그런데 어디서 어떻게 2000명을 데려온다는 말인가. 그들이 도망가지 않을 거라는 보장이 있는가. 막무가내로 2000명을 데려왔다가 다시 다 도망가면 그때는 만 명을 데려오기라도 하겠다는 건가.

"검증되지 않은 학생들을 에이전시를 통해 비자로 꼬드겨 데려오는 방식을 반복하지 않을 겁니다."

남자가 한희의 생각을 읽은 것처럼 말했다.

"우리는 양질의 학생을 데려올 것입니다. 우리는 이미 베이징대와 칭화대를 비롯한 유수의 중국 대학들과 접촉하고 있습니다. 성적이 우수한 학생들을 뽑아서 한국 단기 캠프 특전을 주는 것입니다. 비행기표 값만 내면 될 수 있도록 어학당의 단기 과정 학비를 면제해주고, 숙박 역시 기숙사에서 무료로 지낼 수 있게 해줄 것입니다. 해당 기간 동안 사용할 수 있는 학생 식당 식권도 제공하는 것으로 이야기하고 있습니다. 비행기표도 단체 구입으로 할인가를 적용해서 실제로 캠프에 참가하기 위해 학생들이 부담하는 돈은 10만

원 정도에 불과할 것입니다."

한희는 현기증이 일었다. 그러니까 지금 돈을 주고 데려오겠다는 건가? 2000명의 숙식비와 교육비는 대체 얼마일지 한희는 계산조차 되지 않았다.

"겨울 단기 캠프와 봄 단기 캠프에 각기 1000명씩을 데려올 것입니다. 모수를 채우기 위해 본부에서는 상당한 예산을 잡고 있습니다. 본부에서 이 사안에 얼마나 주목하고 있는지 여기 계신 분들도 분명히 알고 계셔야 합니다. 혹시 질문 있으십니까?"

아무도 대답하지 않자 줄무늬 넥타이 남자는 펼치지도 않은 파일을 집어 들고 일어났다. 그러고는 행정실 이 과장에게 "다음 회의 때 뵙겠습니다"라고 인사하더니 그대로 회의실을 나섰다. 남색 넥타이 남자도 따라서 나갔다. 침묵이 이어졌다.

"10일 과정으로 잡고 있다고 들었어요."

침묵을 깬 건 행정실 이 과장이었다.

"저희가 주도하는 사업이 아니라 저희도 정확히는 모른다는 거 감안해주시고요. 저희는 서포트하는 형식으로 가게 될 것 같아요. 수업 커리큘럼과 강사 지원 정도. 그래도 책임 강사 한 분이 맡아주셔야 할 것 같기는 한데……."

책임 강사들은 아무도 나서지 않았다. 딱 봐도 좋은 소리를 듣기 힘든 일이었다. 단기 캠프 자체가 어학당에서 불거진 문제 때문에 시작된 거니, 아무리 열심히 해도 본전일 것이다. 게다가 철저히 본부 직속으로 운영될 것 같았고, 그야말로 남의 사업 거드는 일이 될

게 뻔했다.

"강사들 숫자만 채워주시고 그 후에는 공지 전달 정도만 해주시면 돼요. 다들 급 맡으신 거 있으시니까 단기 과정 시작되면 손 떼셔도 돼요."

이 과장이 사정하듯 덧붙였다. 한희가 손을 들었다.

"제가 할게요."

"이한희 선생님은 조산 위험이 있어서 휴강하시겠다고……."

"학교 나올 필요도 없다면서요."

"그래도 강사 오리엔테이션 정도는 하셔야 할 텐데, 임신 중이시잖아요."

"그 정도는 할 수 있죠. 하루인 거잖아요. 저 아직 예정일 10주나 남았어요."

이 과장이 탐탁지 않다는 표정과 말투를 숨기지 않았지만, 한희는 모르는 척했다. 기회였다. 자신이 여전히 학교에 필요한 존재인 것을 증명할 기회. 이 기회를 놓치면 학교에 다시 돌아오기 어려울 수도 있다.

"그럼 그렇게 하시죠."

이 과장이 떨떠름한 표정으로 끄덕이고는 잘 부탁드린다며 회의실을 나갔다. 행정실 직원들이 모두 일어섰다. 최유진 역시 한희와 눈을 한 번 맞추고는 서둘러 따라 나갔다.

책임 강사들은 이제까지 숨을 참고 있었다는 듯이 크게 한숨을 쉬었다.

"1000명이면 지금 어학당 강사들이 다 단기에 들어가도 안 되는데, 겨울 학기 정규 과정이랑 겹쳐서 한다는 거잖아요. 도대체 어떻게 하라는 거예요?"

"대형 강의실에 50명씩 넣는다는 것 같아요. 그럼 스무 반이에요. 강사 20명 새로 데려와야 하는 것 같은데, 고작 열흘 과정으로 신규 채용을 할 수는 없으니까……."

"방법이 없지는 않아요."

한희가 말했다.

"학기 초에 베트남 학생들 200명이나 도망갔다면서요. 그럼 베트남 특별반은 다 비었을 거 아니에요. 합반하고 강사들 단기 과정으로 넣죠."

"그건 안 되죠. 아직 제적 처리가 된 것도 아닌데 합반을 하면 학생들도 그렇고 강사들도 그렇고 항의가 있을 거예요."

베트남 특별반 책임인 이도현이 발끈했다.

"학생들이야 친구들이 다 도망가서 안 돌아올 거라는 걸 알겠고. 강사들이야 같은 시간 일하고, 학생 수도 똑같은데 항의할 게 뭐가 있어요? 반이 줄어서 잘리지 않은 게 다행인 거 아니에요?"

"그럼 이한희 선생님이 직접 통보하실 거죠?"

이도현의 얼굴에 돌연 웃음기가 돌았다.

"이번 베트남 특별반에 백미주 선생님 있는데."

한희는 이도현이 무슨 말을 하는 건지 알았지만, 장단을 맞춰줄 생각은 없었다. 미주와는 같은 급을 하면서 한 주가 멀다 하고 싸웠지만 미주의 말이 틀리지는 않았고, 자기 일은 똑 부러지게 했기 때문에 한희는 미주에게 별다른 감정이 없었다. 그저 인사하지 않고 지내는 수많은 강사 중 하나일 뿐이었다.

"제가 연락을 돌릴게요. 그리고 지난 학기에 잘린 강사들 다시 부르면 얼추 숫자가 맞을 것 같은데요."

"잘라놓고 열흘짜리 수업하라고 다시 부른다고요?"

"뭐 싫다면 할 수 없지만, 일을 주는 건데 다들 좋아하지 않겠어요?"

이도현은 대놓고 고개를 절레절레 저었다.

회의가 끝나고 책임 강사들이 바쁘게 일어섰다. 한희는 이도현을 붙잡았다.

"베트남반 반별 출석 학생 현황과 강사들 명단을 주시겠어요?"

이도현은 한희를 쏘아보면서 아무 말도 하지 않았다.

"아니에요, 제가 직접 시스템에서 확인할게요."

한희는 가방에서 노트북을 꺼냈다. 시스템에 접속해서 출결을 엑셀로 정리하고 강사들에게 전화를 돌릴 생각을 하니 기분이 좋았다. 이도현이 몸을 돌려 나가다 다시 돌아와 이제 책임 강사 단톡방에서 나가도 된다고 말했다.

"임신 중이신데 너무 고생이 많으시니까요. 이런 일에도 의도치 않게 얽히시고."

"얽히다뇨. 제가 자원한 건데요."

한희는 웃으면서 이도현에게 고개를 살짝 숙여 보였다. 노트북이 부팅되는 것을 기다리는 동안 휴대폰에서 선이의 번호를 찾았다. 이도현이 발을 쿵쿵 구르며 회의실을 나갔다. 선이는 전화를 안 받았다. 겨울 단기 과정에 대한 메시지를 쓰다가 지우고는 "전화 주세요"라고 보냈다. 이어서 강이슬의 번호를 찾고 있는데 선이에게서 메시지가 왔다.

'무슨 일이시죠?'

전화를 일부러 안 받은 것이다. 한희는 통화 버튼을 다시 눌렀다. 이번에도 선이는 전화를 받지 않았다.

'문자로 이야기해주세요. 제가 지금 전화를 받을 수 있는 상황이 아니라……'

한희는 다시 통화 버튼을 누르려다 단체 메시지로 다른 강사들에게도 보내는 게 편하겠다는 생각이 들어서 메시지 내용을 만들었다.

겨울 단기 과정이 열립니다. 총 열흘간 매일 수업을 할 수 있는 강사가 필요합니다. 강의 가능 여부를 문자로 답장해주십시오.

선이는 답장이 바로 없었다. 그러나 한희는 선이가 수락할 것을 알았다.

그날 저녁 한희는 제이콥이 좋아하는 스테이크를 사서 집에 들어갔다. 아스파라거스와 양송이도 같이 구워서 접시에 놓았다. 한희는 스테이크를 써는 제이콥에게 1000명이나 오는 단기 과정 책임을 맡게 됐다고 말했다.

"이번 학기에 쉬는 거 아니었어?"

"맡을 사람이 없었어. 나밖에."

한희는 투덜거리는 듯한 얼굴을 했지만, 자꾸 웃음이 새어 나왔다. 제이콥은 한희가 고생할까 봐 걱정이라고 했다. 그러고는 영어 유치원이 문을 닫는다고 덧붙였다.

"그게 무슨 소리야?"

"다른 학원이 인수한대. 나는 정확히 몰라."

한희는 제이콥이 몇 달째 월급을 제대로 받지 못했던 것을 떠올렸다.

"새로 인수하는 학원에서 계속 일을 하는 거야? 밀린 월급은 새로 인수하는 학원에서 주는 거고?"

"외국인 선생님들한테는 어떻게 되고 있는지 이야기를 해주지 않아. 다른 학원에서 인수한다는 것도 학생들한테 나눠 주는 종이를 보고 알았어."

"다른 선생님들이랑은 이야기해봤어?"

"한국 선생님들은 안 나오는 사람도 있어. 더 일해봤자 돈을 못 받을 것 같으니까."

애인은 스테이크 조각을 입에 넣고 우물거렸다. 한희는 남편의 손에서 포크를 빼앗았다.

"퇴직금은? 퇴직금은 받아야지."

5

퇴직금의 지급 기한은 퇴사일로부터 14일 이내였다. 제이콥이 영어 유치원을 그만두고 14일을 기다리는 동안 한희는 영어 유치원 원장에게 메일을 보냈다. 원장에게 보낸 메일에는 제이콥의 임금 체불 내역을 정리한 엑셀과 입금 내역이 찍힌 통장 사본, 지난 몇 달간의 월급명세서 사본을 첨부했다.

제이콥의 월급명세서는 A4용지를 넷으로 자른 크기의 종이에 위에 두 칸, 아래 한 칸인 표 형식이었다. 200만 원이 조금 넘는 월급, 월세 보조금 40만 원이 위 칸 왼쪽에 써 있었고, 오른쪽에는 소득세와 퇴직금이 공제액으로 써 있었다. 그리고 아래에는 위 칸 왼쪽 숫자의 합에서 오른쪽의 합을 뺀 금액이 지급 총액으로 써 있었다. 표 상단에 쓰인 제이콥의 이름 옆에는 스마일 스티커가 붙어 있었다. 제이콥의 명세서를 한 번도 살펴본 적이 없었던 한희는 명치께가 쓰라렸다. 무슨 명세서가 이렇게 간단하며, 이 스마일 스티커는 웬 말인가. 한희는 스티커를 떼버리고 스캔을 떴다.

한 번도 얼굴을 본 적 없는 제이콥의 원장에게 자신을 소개하면서 한희는 "안녕하세요"라는 문장을 썼다 지우기를 반복했다. 애인의 월급을 떼먹은 사람에게 예의를 갖추고 싶지 않았지만 그렇다고 무례하게 굴고 싶지도 않았다. 결국 한희는 마지막 문장부터 시작했다.

14일 내로 체불 임금과 퇴직금이 지급되지 않을 시 가능한 한 모든 법적 조치를 할 것입니다.

한희는 마침표 옆에서 깜빡이는 커서를 보며 법적 조치를 하겠다고 말해도 될지 고민했다. 이것이 협박죄가 되지는 않을지 걱정이 되었다. 한희는 인터넷을 뒤져 서울시 법무 행정서비스 홈페이지를 알아냈고, 사이버 상담란에 임금 체불 사업주에게 '가능한 한 모든 법적 조치를 하겠다'고 말하는 것이 협박죄가 되는지 문의하는 글을 남겼다. 덧붙여 원장의 임금 체불 사실이 담긴 전단지를 만들어 1인 시위를 하는 것이 명예훼손죄가 되는지도 물었다. 한희는 돈을 받아낼 때까지 영어 유치원 앞에 서 있을 각오가 되어 있었다. 그러나 불법을 저지를 수는 없었다. 양심에 걸려서가 아니었다. 그렇게 해서 돈을 못 받게 될까 봐 겁이 나서였다.

협박죄와 명예훼손죄의 성립 여부에 대해 답이 오기 전까지 메일은 임시보관함에 저장해놓았다. 그날 밤 한희는 평소처럼 제이콥을 향해 모로 누워 자다가 그가 잠든 것을 확인하고 반대로 누웠다. 무거워진 배 때문에 몸을 뒤집는 것이 쉽지 않았다. 한희는 제이콥에게서 등을 돌린 후에 이를 악물었다. 왜 우리가 마음 졸여야 하는 걸까. 우리는 월급을 떼먹혔을 뿐인데. 일을 하고도 돈을 받지 못했을 뿐인데. 도대체 왜, 내가 일한 돈을 달라고 하는 게 협박이 되지 않을지, 내가 일한 돈을 못 받았다고 말하는 게 명예훼손이 되지 않을지 전전긍긍해야 하는 걸까.

이틀이 지나 서울시 법무 행정서비스 사이버 상담에 답글이 달렸다.

협박이 사회상규에 위배되지 않는다면 협박죄가 되지 않습니다. 그러므로 임금을 못 받는 상황에서 개인 이메일로 제대로 이행되지 않을 경우 모든 법적 조치를 하겠다고 말하는 것은 협박죄가 되지 않으리라고 생각합니다. 다만 1인 시위나 전단지를 나눠 주는 경우에는 허위가 아니더라도 명예훼손이 될 소지가 있습니다. 사실적시 명예훼손으로 처벌될 수 있으니 조심하셔야 합니다.

한희는 '조심하셔야 합니다'를 가만히 들여다보았다. 조심해야 할 사람이 한희와 제이콥이라는 것을 받아들이기 어려웠다. 그러나 한희에게는 다른 방법이 없었고, 조심히 이메일을 썼다. 법적인 절차를 밟을 것이라고 썼지만, 1인 시위를 하겠다고는 쓸 수 없었다. "안녕하세요"까지 쓰고 나니 한희의 메일은 아주 친절한 안내문이 되어버렸다.

제이콥의 원장은 바로 답장을 보내 기한 내에 줄 수 없다며, 모두가 기다리고 있으니 조금만 기다려달라고 했다. 한희의 이메일에 비하면 친절하지도 예의 바르지도 않았다. 도리어 퉁명스러웠고 뻔뻔하기까지 했다.

퇴직일로부터 15일이 되던 날 한희는 제이콥과 함께 노동청에 임금 체불 진정을 내러 갔다. 민원실에는 남자 직원 한 명과 여자 직원 둘이 앉아 있었는데 한희가 임금 체불 진정서를 작성하는 내내 수다를 떨었다. 여자 직원 한 명의 딸이 과외를 시작했는데, 그 과외 선생님이 빵을 얼마나 잘 먹는지에 대한 이야기였다. 딸아이 잘 봐달라고 비싼 베이커리 빵을 사다 놓는데 과외비보다 빵값이 더 들게 생겼다고 했다. 그 모든 이야기를 들으면서 한희는 진정서를 접수받는 게 직업이면 진정서를 접수하는 사람이 와 있는 동안에는 제발 닥치라고 말하고 싶었지만 참았다. 노동청 직원이 진정서를 누락하지 않을까, 늦게 처리해달라고 메모를 붙여서 보내지 않을까 걱정해서였다.

한희는 제이콥의 임금 체불 사실을 아주 자세히 적었다. 영어 유치원 원장이 여섯 달 전부터 임금을 늦게 지불한 것에 대해서, 네 달 전부터 임금을 일부만 지불했던 것에 대해서, 두 달 전부터는 아예 지급하지 않았던 것에 대해서 썼다. 쓰는 내내 어디선가 그렇게 오랫동안 뭐 했느냐는 목소리가 들렸다. 한희는 볼펜을 꾹꾹 눌러 칸을 넘겨서 썼다. 진정서를 넘겨 받은 직원은 "아, 이렇게 자세히 안

적으셔도 되는데"라며 포스트잇에 오늘 날짜를 붙여서 옆으로 밀어
놓고는 다시 딸아이의 과외 선생 이야기를 하기 시작했다.

사흘이 지나 노동청에서 문자가 왔다. 노동청 근로감독관이라고
밝히고는 노동 진정 관련해 다음 주 월요일 오후에 출석하라고 했
다. 월요일에는 단기 과정 강사 오리엔테이션이 있었다. 한희는 문
자를 받은 번호로 바로 전화를 걸어서 출석 시간을 바꿀 수 있냐고
물었다. 근로감독관은 사업주와 조율한 시간이라고 했다.

"보통 사업주가 나오지 않는데 그러면 조사가 굉장히 길어질 수
있어요. 사업주가 되는 시간에 나오시는 게 좋을 거예요."

한희에게 이 사건은 단순했다. 임금 체불, 그 이상도 그 이하도 아
니었다. 원장은 임금 체불을 한 가해자였고, 제이콥은 임금 체불을
당한 피해자였다. 그런데 왜 노동청에서는 가해자와 일정을 조율하
고 피해자에게는 통보를 하는 걸까? 그 말이 한희에게 사업주가 갑
이고, 그들은 을이라는 의미로 들렸다. 돈을 쥐고 있는 건 사업주니
그들이 사업주의 비위를 맞추고 돈을 달라고 사정해야 한다는 말로
들렸다. 한희는 사업주, 아니, 임금 체불 가해자의 시간에 맞추는 일
은 없을 거라고, 그쪽에서 우리 시간에 맞춰야 할 거라고 대답하고
싶었으나 그러지 못했다. 한희는 알겠다고 대답하고 "감사합니다"
라고까지 했다.

전화를 끊은 후 한희는 단기 과정 담당 강사들에게 단체 문자를
돌렸다.

238

학교 사정으로 단기 과정 오리엔테이션이 화요일로 미루어졌습니다. 담당 강사 전원, 필수 참석입니다.

곧장 미주에게 전화가 왔지만 한희는 받지 않았다. 대신 다시 한 번 단체 문자를 보냈다.

불참 시 다른 강사로 대체될 예정이니 필히 참석해주십시오.

대체할 강사는 없었다. 한 명이라도 빠지겠다고 하면 한희가 사정을 해야 하는 상황이었다. 그러나 한희는 누구도 빠지지 않으리라는 것을 알았다. 다른 대학의 어학당들은 모두 학기 중이었고, 지금 단기 과정에 열흘 내내 일하는 조건에 응했다는 것은 다른 대학에서 일하지 않는다는 뜻이었다. 미주에게 다시 전화가 왔다. 지금 아쉬운 사람은 너야. 한희는 휴대폰을 소파에 던졌다.

노동청에 두 번째로 가던 날은 날씨가 몹시 추웠다. 한희는 옷을 몇 개나 겹쳐 입고 목도리를 칭칭 감고 제이콥과 함께 건물 안으로 들어섰다. 민원실보다 조금 더 안쪽에 위치한 사무실에 들어가 문 앞에 앉은 남자에게 그들 사건을 담당하는 근로감독관의 이름을 댔다. 남자는 가장 안쪽 책상을 가리켰다. 그 책상 안쪽에는 각진 얼굴에 얽은 흉터가 있는 남자가 앉아 있었고, 바깥쪽에는 의자가 2개 놓여 있었는데 이미 한 의자에 여자 한 명이 앉아 있었다. 부스스한 머리를 한데로 묶은 여자는 패딩을 입고 양손을 모으고 있다가, 두 사람을 보더니 제이콥에게 알은척했다. 한희에게도 "처음 뵙네요"라고 인사를 건넸으나 한희는 대답하지 않았다. 각진 얼굴의 감독관은 여자에게 잠깐 나가 계시라고 하더니 한희와 제이콥에게 앉으라고 했다.

"한국어는 할 수 있으시죠?"

감독관이 말했다. 한희는 전에 이미 전화로 제이콥이 혼자 가면 통역 서비스를 받을 수 있는지 물어봤었다. 제이콥의 한국어는 매우 유창했지만 한희에게조차 생소한 법률용어들 때문에 그가 잘못 이해하는 경우가 생길까 봐 두려웠다. 감독관은 통역을 직접 구해서 데리고 와야 한다고 했다. 한국어를 못하는 사람에게 취업 비자를 발급하면서 임금 체불을 당할 경우 왜 보호해주지 않냐고 따지고 싶었지만 그러지 못했다.

"이미 오전에 다른 선생님이 왔다 가셨어요."

감독관의 말에 따르면 그 사람은 원장으로부터 1200만 원을 받지 못했다. 그 사람은 원장과 오래 알아왔고, 그래서 원장이 돈을 줄 만한 형편이 아니라는 것을 알고 있었다. 그래서 400만 원을 소액체당금으로 받고 나머지 800만 원은 포기하고 갔다는 것이다.

"이미 원장님의 재산이라고 할 게 남아 있지를 않아요. 벌써 다 저당이 잡힌 거로 보여요. 게다가 진정을 내신 영어 유치원은 명의가 원장님이 아니라 아들로 되어 있는데, 아들이 대학생이라 재산도 없고요."

240

한희는 이미 제이콥에게 유치원 명의가 아들로 되어 있다는 이야기를 들었었다. 영어 유치원 한국인 강사가 그만두면서 돈 받기는 글렀다고 했다고 한다. 아들을 명의로 두고 우리를 등쳐먹은 거라고. 한희는 임금 체불의 경우 명의상 대표가 아닌 실제 대표에게 임금 지불의 의무가 있다는 것을 알아냈다.

"형사로는 그렇지만 민사로는 그렇지 않아요. 형사소송은 실제 대표로, 민사소송은 명의 대표로 진행이 되는 거예요. 돈을 받으려면 민사소송을 해야 하는데 이 경우에는 아들이 재산이 없으니 민사로 가도 압류할 재산이 없다는 걸 알려드리는 거예요. 그럼 남는 건 형사소송인데, 그렇게 해서 원장님이 처벌을 받으면 이 정도 금액으로 감옥은 안 가고요, 기록만 남아서 교육계에서는 더 이상 일을 하실 수가 없을 거예요. 그러면 임금 지불 능력이 아예 사라지는 거죠."

감독관은 시종일관 한희와 제이콥이 아닌 컴퓨터 모니터만 보고 있었다.

"고소해서 하나도 못 받는 것보다 고소를 취하하시고 400만 원이라도 받는 게 나으실 거예요. 아까 분은 800만 원도 포기하고 가셨어요. 제이콥 씨가 받아야 하는 돈은 400만 원의 소액체당금을 빼면 300뿐인 거니까 다시 한번 생각해보세요."

300뿐이라니. 한희는 목소리를 높이지 않기 위해 눈을 내리깔고 300만 원은 그들에게 큰돈이고 포기할 의사가 없다고 말했다. 감독관이 나머지 금액은 차용증을 쓰면 어떻겠냐고 물었다.

"이건 원래 감독관이 관여하는 문제는 아닌데요."

자신의 업무를 넘어선 아량을 베푼다는 말투였다. 그러면서 차용증 작성을 도와주겠다고 했다.

감독관은 영어 유치원 원장과 직접 이야기해보라고 시간을 주었고, 한희와 제이콥은 사무실 밖으로 나가 원장이 앉아 있던 등받이 없는 소파에 앉았다. 복도는 난방이 잘 되지 않아 추웠고, 한희는 차갑게 굳는 손을 주머니에 넣었다. 원장은 정말 미안하다고 사과하면서 자신이 얼마나 어려운 상황인지를 거듭 말했다.

"그렇다면 몇 달 전에 정리를 하셨어야죠. 제이콥이 그만두려고 할 때 붙잡으셨잖아요."

그 말을 하면서 한희는 날카로운 칼이 가슴 한복판을 베는 것처럼 느꼈다. 그때 원장이 제이콥을 붙잡지 않았다고 해도, 한희가 그만두지 못하도록 막으셨을 것이다.

"그때는 학원을 산다는 사람이 나타난 때였어요. 그 사람만 철석같이 믿고 있었죠."

원장은 제이콥이 자신을 믿고 열심히 따라준 것을 알고 있고, 누구보다 먼저 돈을 주고 싶은 것이 자신의 속마음이라고 했다. 하지만 학원에 소속된 청소부, 학원 버스 운전기사들의 월급도 다 밀렸다면서 그분들이 먼저일 수밖에 없다고 했다.

"월급을 못 드리면 그분들은 당장 생계가 어려워져요."

원장은 한희와 제이콥이 그분들의 월급을 빼앗아간다는 듯이 말했다. 차가운 복도에서 한희와 제이콥은 원장의 삶이 얼마나 고된지 들어야 했고, 그들 셋을 합친 것보다 더 삶이 고된 이들에 대해 들어야 했다. 청소부는 집세가 밀렸고, 학원버스 운전기사는 자식들 학원을 모두 끊었다. 한희와 제이콥은 그보다 나았다. 그건 진실이었다. 그러나 매우 잘못된 방식으로 놓인 진실이었다. 한희와 제이콥은 처음부터 끝까지 을이었는데, 이제 원장은 피해자의 자리마저 빼앗고 있었다.

한희와 제이콥은 원장과 함께 다시 사무실로 들어갔다. 제이콥은 소액체당금을 받고 나머지 금액은 차용증을 쓰겠다고 했다.

"네, 잘 생각하셨어요."

감독관이 내민 종이에는 처벌을 원하지 않으며, 고소를 취하한다는 내용이 있었다. 한희는 여전히 처벌을 원했고, 고소를 취하하고 싶지 않았다. 그러나 막다른 골목에 몰린 것만 같았다. 제이콥과 한희는 이 일에서 처음부터 지금까지 끊임없이 떠밀렸다. 그리고 이제 제이콥은 감독관이 손가락으로 가리키는 곳에 사인을 했다. 감독관이 차용증 양식을 만들어줬고, 제이콥은 한 번 더 감독관이 일러주는 대로 사인을 했다. 원장은 한결 가벼워 보이는 얼굴로 차용증에 사인을 했다.

노동청을 나와 원장은 돈을 꼭 갚겠다고 인사를 하고는 택시를 타고 떠났다. 한희와 제이콥은 버스 정류장을 향해 걸으면서 원장이 탄 택시가 시야에서 사라질 때까지 지켜보았다.

다음 날, 단기 과정 오리엔테이션에 강사들이 모였다. 베트남반 특별반을 맡고 있다가 차출되어 온 강사들은 불만스러운 표정을 숨기지 않았다. 미주가 한희를 똑바로 노려보면서 "오늘 시험 채점을 해야 하니까 빨리 끝내주시죠"라고 말했다. 한희는 그제야 그날이 시험 날이라는 것을 알았다. 학사 일정을 헷갈린 적 없었던 한희는 몹시 당황했고, 제대로 대답하지 못했다. 한희는 서둘러 오리엔테이션 자료집을 나눠 주었고, 빨리 끝내야 한다는 생각에 말이 자꾸 엉켰다. 선이는 구석 책상에서 고개를 숙이고 있었는데, 오리엔테이션 내내 한희와 눈을 마주치지 않았다.

"오리엔테이션은 이 정도로 해두죠. 질문 있으신가요?"

여기저기서 "없습니다"라는 대답이 나왔다. 미주를 비롯한 몇몇 강사는 벌써 자료집을 가방에 넣었다. 그러나 선이는 그때까지도 자료집에 뭔가를 열심히 적고 있었다. 오리엔테이션은 끝났는데 계속 뭘 적는 것일까. 한희는 선이를 큰 소리로 부르고 싶었다. 김선이 선생님 지금 뭐 하세요? 선이에게 다가가 책상을 치고 싶었다. 한참 더 펜을 움직이던 선이는 강사들이 모두 빠져나간 후에야 일어나 한희 쪽으로 고개를 꾸벅하고는 나갔다. 끝내 한희와 눈을 마주치지 않았다. 한희는 선이가 나간 문을 오랫동안 바라보았다.

6

행정실 이 과장에게 전화가 왔다. 7주 차 월요일 2시였다. 한희는 이제 재등록 조사가 마무리되었을 테니 유진급 조사로 넘어가야 한다고 생각하던 차였다.

"선생님, 혹시 모레부터 월수금에 시간 되세요?"

"네, 그럼요."

한희는 스케줄을 확인하는 척 시간을 끌지 않고 바로 대답했다.

"아, 다행이다. 선생님이 신가은 선생님 반 좀 맡아주세요."

한희가 단기 과정 책임을 맡겠다고 나섰을 때 이 과장의 얼굴이 기억났다. 지금 이 과장은 어떤 얼굴을 하고 있을까? 한희는 자신이 해냈다는 생각이 들었다. 자신의 필요를 스스로 증명해냈다. 학교에서 자신을 찾게끔 만든 것이다.

"네, 신가은 선생님 1급이시죠?"

"네, 1C반이요. 관련 자료는 바로 보내드릴게요."

"그런데 신가은 선생님 무슨 일 있어요?"

"그만둔대요. 오늘 수업 후에 메일 하나 보내고는 연락도 안 돼요. 이게 말이 돼요? 메이트 선생님도 안 된다고 하고. 그런데 선생님이 된다니까 너무 다행이네. 식겁했는데."

"가은 선생님은 다음 학기에 돌아오는 거예요?"

"그만뒀다니까요? 학기 중에 그만두는 건 계약 위반인 거 알죠? 게다가 학교가 지금 이 난리인데. 괘씸죄 붙어서 다른 학교에서 수업하기 어려울 거예요."

"다른 학교에 간 거예요?"

"이제 우리가 알아봐야죠. 웬만한 학교 행정실에는 다 전화 돌릴 거예요. 요즘 얼마나 바쁜데 이 짓까지 해야 되는지."

전화를 끊자 갑자기 배가 당겨왔다. 한희는 배를 감싸 안고 가은에게 전화를 걸었다. 가은은 종종 입사 동기라면서 한희에게 말을 걸었으나, 한희 쪽에서 먼저 말을 걸거나 연락한 적은 없었다. 신규 강사로 입사해 친구 사귀기에 열중했던 가은과 달리 한희는 외부에서 뽑힌 책임이었고 사방에서 느껴지는 적대감과 싸우느라 바빴다. 그러나 가은이 친근하게 대하는 것이 싫지 않았고, 사실은 내심 반가웠다. 같은 학기에 입사한 가은이 좋은 강의평가를 받으며 인센티브까지 받았을 때도 왠지 기분이 좋았다. 당시 원장은 가은을 책임 강사로 뽑으려 했고, 한희는 가은과 같이 책임 강사를 하게 되리라고 생각했다. 어쩌면 한희에게도 점심을 같이 먹을 사람이 생길지도 몰랐다. 바로 전 학기까지 그런 생각을 했는데, 한희는 휴강을 했고 가은은 그만두었다.

가은은 전화를 받지 않았다. 다시 전화를 걸었을 때는 전화기가 꺼져 있었다.

한희는 제이콥과 함께 병원을 찾았다. 의사는 경부 길이가 1센티미터도 안 된다면서 내진을 하더니 자궁문이 열려 있다고 했다.

"무조건 누워 계셔야 돼요. 남편분께서 바로 입원 수속 밟으세요."

제이콥이 원무과에 간 사이 한희는 병실 침대에 누워 자궁이완제를 링거로 맞으면서 행정실 이 과장에게 전화를 했다. 가은의 반을 맡겠다고 하고 전화를 끊은 지 30분도 되지 않은 시점이었다. 한희는 다른 방법이 없을까 잠시 망설이다가 간호사가 병실에 들어서는 것을 보고 통화 버튼을 눌렀다. 최대한 빨리 연락을 주는 게 나을 것이다.

한희는 경부 길이까지 말해가며 구구절절하게 설명했지만 이 과장은 별다른 말이 없었다.

이 과장이 한숨을 쉬는 소리가 전화기로 흘러나왔다. 한희는 초초해졌다.

"죄송합니다. 제가 지금……."

"이한희 선생님."

이 과장이 한희의 이름을 한 자 한 자 씹듯이 발음했다.

"이게 다르게 말하면 겨우 TO가 난 거나 다름없는데, 다음 학기에는 보장할 수 없는 거 아시죠?"

이번에는 한희가 대답하지 않았다. 이 과장은 한희의 대답을 기다리지 않고, 다른 일이 있다며 먼저 전화를 끊었다. 전화가 끊기기 직전에 "아, 진짜"라는 소리가 흘러나왔다. 멍하니 휴대폰을 들여다보고 있는데 최유진이 전화를 했다.

"뭐가 어떻게 된 거야? 너 이번엔 진짜야? 정말 조산 위험인 거야?"

최유진이 바람을 가르며 움직이는 소리가 들렸다. 아마 행정실에서 멀어지려 빠른 속도로 복도를 걷고 있을 것이다.

"나 병원에 누워 있는 거 사진 보내줄까?"

"됐어, 나도 니가 수업을 안 하겠다니까 진짜 아픈가 보다 했어. 그냥 다들……."

최유진은 말을 줄였다. 한희는 다들 뭐라고 했는지 묻지 않았다. 아직도 귓가에 이 과장의 말이 맴돌았다. '다음 학기는 보장할 수 없다는 거 아시죠?'

"그래도 웬만하면 하지. 이 과장이 무슨 말 하는지 알잖아."

"웬만하면 나도 하려 했어. 너 나 몰라?"

한희의 목소리가 높아졌다.

"알지. 많이 안 좋은 거야?"

"안 좋다기보다는……."

한희는 고개를 돌려 옆자리 병상에 앉은 임산부가 간호사와 대화하는 것을 보았다. "저 언제쯤 퇴원할 수 있을까요? 제가 사정이 있어서요." "의사 선생님 말씀 들으셨죠? 절대 안정을 취하셔야 돼요.

우선은 아기만 생각하세요."

"가은 샘은 왜 그만둔 거야?"

"사회불안장애라고 무슨 정신과 의사 소견서를 보내왔어. 대인기피증이 왔다나 봐."

"가은 샘이?"

"내 말이. 세상 사람들 다 대인기피증에 걸려도 혼자 파티 여왕으로 살 것 같은 이미지잖아. 그런데 의사 소견서까지 보내왔는데, 뭐 의심하기도 그렇고."

한희는 가은이 복도에서 학생들에게 둘러싸여 손뼉을 치며 웃고 있던 걸 떠올렸다. 가은이 양팔을 들어 올려 큰 원을 그리면서 "이만큼"이라고 말했고, 소매가 올라가면서 오른팔의 문신이 드러났다. 작은 새 옆에 'Y'라고 새겨져 있었다. 겁이 없구나. 한희는 가은을 보면서 그런 생각을 했었다. 나와는 달리 너는 참 겁이 없구나. 가은은 아무것도 겁내지 않고, 아무것도 걱정하지 않는 듯했다. 그러나 그게 아니었는지도 모르겠다는 생각이 들었다.

"요즘 넌 우울증 없냐? 난 맨날 우울하다. 지훈 선배 알지? 그 선배도 우울증이라 약 먹는다더라. 그런데 우울하다고 일 못 그만두잖아. 그러니까 지훈 선배도 대기업에 붙어 있겠다고 약까지 먹어가면서 일하는 거 아냐. 가은 선생님은 집이 잘사니까 우울하다고 바로 그만두는 거지. 야, 그만두는 것도 능력이야."

최유진이 평소 습관처럼 화제를 이리저리 바꾸는 것을 들으면서 한희는 자신의 다리를 덮고 있는 이불을 만졌다. 분홍색에 병원 로

고가 촘촘히 박힌 이불이었다.

"그런데 가은 샘 학생이랑 연애했다며. 말들이 많아."

강사들과 떠드는 일이 좀처럼 없는 한희마저 그 소문을 들은 적이 있었다. 가은이 유토라는 일본 학생과 사귀고 있다는 소문. 다섯 번이나 유급한 학생을 성적 조작으로 진급시켰다는 소문. 캠퍼스에서 대놓고 데이트를 한다는 소문. 모르긴 몰라도 H대 한국어학당의 강사들은 모두 그 소문을 들었을 것이다.

"뭐 겸사겸사 그만둔 거겠지."

최유진의 말에 한희는 가슴 안에서 뭔가 뜨거운 것이 치고 올라오는 것을 느꼈다.

"니네가 그만두라고 한 거지."

"야, 진짜 아냐. 행정실에서는 학기 말까지만 해달라고 부탁하려고 전화도 하고 메일도 보냈어. 가은 샘이 전화도 안 받은 거야. 진짜 가은 샘이 이럴 줄은 몰랐다니까."

"그래서 행정실에서는 정말 다른 학교에 전화를 돌린대? 가은 샘 쓰지 말라고?"

"이 과장이 그랬어? 이 과장 또라이잖아. 정말 그럴 수도 있지. 그런데 직접 전화 안 돌려도 소문 금방이지, 뭐. 메이저에는 못 갈 거야."

한희는 그 말이 꼭 자신을 향한 말처럼 들렸다. 한희야, 여기서 이렇게 나가떨어지면 이 바닥에서 그냥 아웃이야. 한희의 귀에 이 과장과 최유진의 목소리가 뒤섞여 울렸다.

다음 날은 법률구조공단에 가기로 했던 날이었다. 제이콥은 혼자 가겠다고 했지만 한희는 무조건 같이 가야 한다고 우겼다. 외출하겠다는 한희에게 간호사는 지금은 안 움직이는 게 좋다고 했지만, 한희는 잠깐 바람만 쐬고 오겠다 하고는 병실을 나섰다. 택시에 올라서 한희는 내가 말할 테니 너는 가만히 있으라고 몇 번이나 당부했다. 한희는 제이콥이 고소취하서에 사인하던 때를 떠올렸다. 감독관이 가리키는 곳에 제이콥은 무력하게 사인했다. 그날을 생각하면 여전히 가슴이 베이는 듯한 느낌이었다. 한희는 제이콥의 손을 꼭 붙잡았다.

변호사는 눈이 작고 볼이 통통한 데다 웃는 인상이어서 소년 같아 보였다. 그는 한희에게서 넘겨받은 체불임금등사업주확인서를 확인하고는 왜 고소 취하를 했냐고 물었다.

"소액체당금을 받으려고요."

한희의 말에 변호사는 고개를 갸우뚱했다.

"진정 취하하지 않아도 소액체당금은 받을 수 있는데……. 700만 원에 대한 판결문을 받은 후에 소액체당금 400만 원 받고, 나머지 300만 원은 체불 임금으로 민사소송하면 1순위로 돈을 받을 수 있거든요. 차용증 쓰면 순위에서 한참 밀리죠."

"그게 명의 대표가 실제 대표의 아들이에요. 그래서 민사를 걸어도 압류할 재산도 없고, 돈을 받기가 어렵다고 해서요."

"누가 그런 소리를 했어요?"

"노동청에서요."

"형사랑 민사 모두 실제 대표로 진행되는데, 완전 엉터리로 안내를 했네."

변호사는 소송을 위한 위임장을 내밀면서 판결이 그리 오래 걸리지는 않을 거라고 했다. 한희는 더 묻고 싶은 것이 많았지만 입술을 깨물며 참았다. 변호사가 손을 내밀었고 한희는 한글로 제이콥이라고 새긴 막도장을 전달했다.

"다음에는 절대 고소 취하하지 마시고 전액 판결 먼저 받으세요."

그는 통통한 볼을 실룩거리며 웃어 보였다. 몇 달 전의 한희라면 그가 '다음'을 말했을 때 화를 냈을 것이다. 그러나 지금 한희는 그 말을 골똘히 생각했다.

"혹시 다른 걸 여쭤봐도 될까요?"

그는 시계를 보더니 "네, 그럼요"라고 대답하고는 다시 한번 생긋 웃었다.

"제가 대학교 시간강사인데요……."

한희는 전에 생각지도 않았던 말을 하는 스스로에게 놀랐다. 그러나 더욱 놀라운 건 자신이 아주 차분하게 이야기를 하고 있다는 거였다. 분명히 갑자기 튀어나온 말인데도 횡설수설하지도, 중언부언하지도 않았다. 한희는 정확하고 분명하게, 수백 번 연습한 사람처럼 논리정연하게 말했다.

1년 단위의 계약을 두 차례 했다. 계약서에 명시된 시간보다 더 일했다. 자발적인 시간 외 업무는 제치더라도 요구받은 시간 외 업무를 증명할 메시지 기록, 이메일 등의 자료가 있다. 이제 계약만료가 다가오는데 임신으로 인한 저조한 강의평가 점수로 인해 재계약이 어려울 것으로 보인다. 그러나 실제적으로 통보받은 것은 없다. 아직도 학교 단기 과정 책임을 맡아 일하고 있다. 계약 연장이 안 될 경우 관례적으로 늘 그래 왔듯이 개강 직전에 학생 수와 강사 수를 파악한 후 통보를 받게 될 것이다.

변호사는 한희의 말이 끝난 후 기대 계약에 대해 말했다.

"갱신기대권이 있어요. 계약이 갱신되리라고 기대할 수 있는 권리죠."

너무 많은 말을 쏟아낸 한희는 손이 떨려서 양손을 꼭 잡았다.

"갱신기대권을 인정하고도 정당한 해고가 되려면 학교에서 기준을 밝혀야 하는데, 이게 뭐든지 증명해야 하는 쪽이 곤란한 거거든요."

변호사는 작은 눈을 빛내며 한희를 보았다.

"말로는 간단해 보이고 승소 케이스도 있지만, 해고 무효 소송은 쉽지 않아요. 특히 대학을 상대로는 더더욱 그렇고요. H대처럼 큰 대학에 소송을 걸려면 몇 년은 잡아야 될 거예요. 대학 입장에서는 소송에서 졌다가는 수백 명한테 돈을 물어주게 되니까 절대 안 지려고 덤비거든요."

한희는 변호사가 이야기하는 내내 계속해서 고개를 끄덕였다. 자신이 무엇에 긍정하는지도 모르면서.

법률구조공단 앞에는 식당이 많지 않았다. 한희는 제이콥과 함께 설렁탕 집에 들어갔다. 한희는 제이콥에게는 갈비탕을 시켜주고, 자신은 도가니탕을 시켰다. 둘은 말없이 그릇을 다 비웠다. 일어서려는 제이콥에게 한희는 잠시만 기다리라 하고는 가은에게 전화를 걸었다. 가은은 전화를 받지 않았다.

"괜찮아?"

제이콥이 한희의 어깨를 끌어안았다. 한희는 울고 있었다.

"나 배가 아파."

한희는 배를 끌어안았다. 진통이었다.

　34주 3일 출산, 1.9킬로그램. 조산에 저체중이었다. 입원해 있는 동안 폐성숙주사를 맞았지만, 아기는 자가호흡을 하지 못했다. 아기는 신생아 중환자실 인큐베이터에 노란색 비니를 쓰고 누워 있었다. 콧구멍 2개에서 나오는 호스가 양쪽 볼에 테이프로 고정되어 있었고, 입에서 나오는 호스는 턱에 테이프로 고정되어 있었다. 양쪽 가슴을 지나는 전선에 노란색 스마일 스티커가 붙어 있었다. 일주일에 두 번, 30분간 면회를 할 수 있었다. 한희는 아기의 작은 몸에 달려 있는 전선들과 덕지덕지 붙은 테이프를 헤치고 아직 빨갛고 거친 피부를 어루만졌다.

　열흘이 지나 아기는 호흡기를 뗐고, 초음파를 했다. 의사는 아기의 뇌에서 피고임이 소량 발견되었다고 했다. 한희는 의사를 물끄러미 바라보았다. 의사는 경미한 뇌출혈은 조산아에게 흔한 증상이라며 1기니까 그리 걱정하지 않아도 된다고 했다.

　"돌쯤 되면 자연스럽게 흡수돼요. 그때 자연흡수 사진만 확인하면 됩니다."

의사는 대수롭지 않게 말했다.

"그리고 심장에 구멍이 있는데, 이것도 나중에 닫혔는지 확인해 볼게요."

이어서 의사는 분유를 잘 먹냐고 물었다. 심장에 구멍이 났다고 묻는 것과 똑같은 어조였다. 심장에 구멍이 났네요. 분유는 잘 먹습니까? 한희는 의사에게 대답하는 대신 되물었다.

"어떻게 심장에 구멍이 있을 수 있어요?"

한희의 목소리가 덜덜 떨렸다. 의사는 심장 구멍도 조산아들에게 흔한 거라면서 반년 안에 차오를 거라고, 분유를 열심히 먹이라고 했다. 한희는 분유를 먹으면 심장의 구멍이 차오른다는 말을 속으로 되뇌었다. 분유를 열심히 먹으면 심장 구멍이 차오른다. 분유를 많이 먹이면 심장 구멍이 닫힌다. 분유가 심장 구멍을 막는다.

아기가 퇴원하는 날, 제이콥은 한 팔로 들기에도 한없이 가벼운 아기를 안고서 영국에 가자고 말했다.

"같이 가자."

제이콥은 한희를 보고 있지 않았다. 아기를 보고 있지도 않았다. 택시 창밖으로 스쳐 지나가는 서울의 건물들을 보고 있었다. 서울의 아파트, 서울의 학원, 서울의 대학, 서울의 유치원, 서울의 식당, 서울의 간판, 서울의 길가, 서울의 신호등, 서울의 버스 정류장, 서울의 사람들.

한희는 제이콥의 팔을 풀어서 아기를 건네받았다. 아기는 너무 작고 너무 가벼웠다. 한희는 아기의 코에 귀를 대 아기의 희미한 숨소리를 들었다. 아주 희미하지만 분명히 울렸다.

"우선 셰필드로 가자. 거기 가서 일을 구하면 돼."

한희는 여전히 아기의 코에 귀를 대고 있었다. 아기의 숨소리가 계속해서 이어졌다.

"오늘 집에 가서 바로 비행기표 알아볼게."

제이콥이 한희의 허벅지에 손을 올렸다.

"아니, 난 여기 있을 거야."

한희는 고개를 들어 제이콥을 마주 보았다.

"거기서도 한국어 가르칠 수 있어. 내가 도와줄게."

"아니, 난 여기에서 한국어 가르칠 거야. 아직 H대 계약도 안 끝났어."

"H대 계약 끝나가잖아. 재계약이 어려울 것 같다고 네가 그랬잖아."

"그러면."

한희는 잠시 말을 멈추고 숨을 골랐다.

"재계약 안 되면 나 소송할 거야. 그래서 복직할 거고, 정규직으로 채용될 거야."

"이기기 힘들 거라고 변호사가 그랬던 거 기억 안 나?"

"아니, 이기기 힘들 거라고 안 했어. 시간이 오래 걸릴 거라고 했지. 그러니까 난 한국에 있어야 돼. 오래."

한희는 아기를 안은 팔에 살짝 힘을 주었다. 아기의 따뜻한 체온이 아기를 감싸고 있는 하얀 천을 통해 건네졌다. 한희는 이렇게나 따뜻한 아기가 자신의 품에서 고르게 숨을 쉬고 있다는 것에 감격했다. 울지 않기 위해 노력하면서 한희는 앞으로 아기와 맞이할 미래를 그려보았다.

아기는 고인 피가 다 흡수된 머리를 여기저기 쿵쿵 찧으며 혼자 걸을 것이다. 구멍이 꽉 차오른 심장이 조여올 때까지 공원을 달릴 것이다. 비 오는 날 장화를 신기 싫다고, 비가 오지 않는 날 장화를 신고 싶다고 울 것이다. 잠이 오지 않는다고 한희의 방에 찾아와 떼를 쓸 것이다. 고양이를 기르게 해달라고 조르다가 어느 날 길고양이 한 마리를 데리고 들어올 것이다. 밥 안 먹는다고 문을 쾅 닫을 것이고, 출입금지 같은 스티커를 사다가 문 앞에 붙여놓을 것이다. 남자 친구를 사귀었다고 말하면서 한희의 얼굴을 살필 것이다. 대학 합격 소식을 전하며 한희를 끌어안을 것이고, 용돈을 올려달라며 팔에 매달릴 것이다. 술 냄새를 풍기며 집에 들어와 변기를 붙잡고 토할 것이고, 연락도 없이 집에 안 들어오고도 적반하장으로 화를 낼 것이다. 소파에 나란히 앉아 텔레비전을 보면서 웃다가 채용 합격 전화를 받고 한희의 넓적다리를 찰싹찰싹 때릴 것이다.

한희는 그 모든 시간이 찬란한 빛을 뿜으며 자신의 앞으로 쏟아지는 것을 바라보았다.

택시가 둘의 아파트 앞에 섰다. 제이콥이 먼저 내려서 문을 열어

주었고, 한희는 아기에게 눈을 고정한 채 최대한 천천히 내렸다. 그들이 살아온 아파트가 서 있었다. 아침 해가 잘 들고, 한희가 아끼는 고무나무 화분이 있는 곳. 이제는 그곳에서 아기와 함께 살아갈 것이다. 한희는 지금 아주 분명한 미래를 보고 있었다.

겨울
단기

뚝섬유원지역에서 내린 후에 선이는 학생들의 숫자를 다시 한번 셌다. 반의 총원은 48명, 3명이 현장학습에 참여하지 않겠다고 했고, 2명은 옆 반과 같이 간다고 했으니 그날 한강공원에 간 사람은 43명이었다. 학생들은 삼삼오오 무리 지어 있었고, 선이는 그 사이를 오가며 숫자를 셌다. 셀 때마다 숫자가 달라지는 바람에 선이는 학생들을 일렬로 세워야 했다. 학생들은 "빨리 가요!"라면서 볼멘소리를 했다.

"여러분, 미안해요. 잠깐만 기다려주세요."

선이는 학생들을 달래느라 몇까지 셌는지 잊었고, 처음부터 다시 셌다.

현장학습 통솔은 선이의 몫이 아니었다. 각 반마다 한 명씩의 조교가 배치되었고, 그 조교가 문화 수업이 없는 날 학생들을 데리고 현장학습이라는 명목의 서울 투어를 하는 것으로 되어 있었다. 단

263

기 과정 프로그램 자체를 국제학부에서 맡고 있었으므로 조교를 뽑는 것도 관리하는 것도 어학원에서는 전혀 관여하지 않았다. 조교들을 교육하고, 할 일을 공지하고, 변경 사항을 알리는 것은 모두 국제학부의 일이었다. 그래서 조교들이 문화 수업 시간표가 변경되었다는 공지를 받지 못했다는 것을 강사들 입장에서는 알 수 없었다.

그날은 본래대로라면 한복을 대여해서 경복궁을 방문하기로 되어 있었으나, 폭우가 예상된다는 일기예보로 급하게 일정을 바꾼 것이었다. 그러나 조교들은 일정이 변경되었다는 것을 전달받지 못했다. 그날 경복궁을 방문하려던 반은 선이가 맡은 2D반을 포함한 2급의 4개 반이었다. 수업이 모두 끝난 후에야 조교들이 나타나지 않는다는 걸 이상하게 여긴 강사들이 각 반의 조교들에게 급하게 연락을 했다. 학교 도서관에서 공부하고 있던 2A반의 조교, 학교 후문 근처에 사는 2B반 조교, 방학이라 할 일이 없어서 학교 근처에 나와 있던 2C반 조교는 30분 내로 올 수 있었으나 경기도 양주에 사는 2D반의 조교는 준비하고 나가면 2시간이 넘는다고 단호하게 거절했다.

학생들을 기숙사로 돌려보낼 수도 있었을 것이다. 시간이 지나 선이는 그날 학생들을 돌려보냈어야 한다고 여러 번 생각했다. 그러나 그 당시에는 학생들을 돌려보내는 것은 선택지에 없었다. 학생이 아니라 귀빈이었다. 베이징대와 칭화대에서 우수한 성적을 받은 학생들과 중국 공산당의 자제들, 러시아 국무성의 자제들이라고 했다. H대의 명망에 어울리는 학생들로 이루어진 특별 캠프이고, 모

264

든 것이 H대의 지원으로 이루어지니만큼 아침부터 저녁까지 즐겁게 보내다 돌아가야 한다고 했다.

어학당을 통틀어 4명뿐인 조교를 단기 과정 하나에 20명이나 배정하고, 학생들과 연락처를 주고받아 긴밀하게 소통하도록 한 이유도 거기에 있었다. 수업을 마친 선이가 교탁을 정리하는 동안 조교는 학생들에게 스스로를 "언니"라고 지칭하며 그날의 계획을 이야기했다. "언니가 오늘은 명동에 데려가줄게"라든가 "오늘은 언니랑 늦게까지 막걸리를 마시는 거다"라는 식으로.

그날도 학생들은 어서 '언니'가 와서 서울의 빛나는 곳들로 데려가주기를 기다리고 있었다. 오늘은 어디에 갈지 신나서 떠들고 있는 우수 학생들과 귀한 자제분들에게 소통에 착오가 있어서 다른 반은 모두 현장학습을 가지만 우리 반은 기숙사로 돌아가야 한다고 말할 자신이 없었다.

차라리 비가 왔으면. 일기예보대로 폭우라도 쏟아졌으면 둘러댈 핑계라도 있을 텐데 날씨는 화창하기만 했다. 선이는 울고 싶은 기분으로 창밖을 바라보았다. 앙상한 나뭇가지가 겨울 해를 받아 환하게 빛나고 있었다.

"선생님, 우리 오늘 한강에 가지요?"

학생 하나가 손을 들고 물었다. 조교가 다음번 현장 수업은 한강이라고 약속을 했다는 거였다.

"한강에서 치맥을 먹어요."

칭화대 학생의 말에 다른 학생들이 깔깔댔다.

"그럼요. 한강에 가요. 한강에서 치맥을 먹어요."

선이는 단기 과정을 시작하고 처음으로 활짝 웃어 보였다.

한강공원 쪽 출구로 나오니 뚝섬 눈썰매장 플래카드가 붙어 있었다. 세상에. 학생들은 비명을 지르며 눈썰매장으로 달려갔다. 전혀 예상치 못한 사태에 당황한 선이가 어떤 지침을 내리기도 전에 학생들은 입장료를 내고 눈밭으로 뛰어들어갔다. 카멜색 코트를 입은 선이는 학생들이 빨간색과 파란색 튜브를 들고 경사면을 오르는 것을 지켜보았다. 학생들은 아무런 두려움 없이 튜브 속에 엉덩이를 넣었다. 빙글빙글 돌면서 꺄아악 소리를 질렀다. 선이는 학생들이 무서운 속도로 미끄러져 내려오는 것을 사진 찍고 엄지를 치켜세웠다. 검은색 로퍼 아래는 하얀 눈이었고, 강에서는 칼바람이 불어오고 있었다. 사진을 찍어준답시고 휴대폰을 들고 있느라 손이 빨갛게 얼어서 감각이 없었고, 스타킹을 신은 다리는 찢어지는 것 같았다.

눈썰매장에서 실컷 놀 만큼 논 학생들은 허기가 졌는지 치킨을 먹자고 소리쳤다.

"치맥! 치맥!"

"배달! 배달!"

돗자리도 없고 아무것도 없었던 43명의 학생들과 선이는 반쯤 얼어서 바삭거리는 잔디밭에 앉아서 치킨을 먹었다. 학생들은 맛있다고 환호성을 질렀다. 이렇게 추운데도 너희는 맛을 느낄 수 있구나.

선이는 얼어붙은 손이 마음대로 움직여지지 않아서 치킨을 한 조각 먹고는 말았다. 그러고는 둘러앉은 학생들을 다시 한번 세보았다. 43명 모두 있었다. 43명의 학생들이 한 명도 빠짐없이 행복한 얼굴을 하고 있는 것을 보니 마음속에서 무언가 일렁였다.

겨울이라 한 가지 다행이었던 것은 해가 빨리 진다는 거였다. 한강의 야경을 꼭 봐야 한다고 했던 학생들은 다리에 불이 켜지는 것을 보고 모두 감격한 얼굴이었다. 다들 코가 빨개졌는데도 누구 하나 집에 가자는 사람이 없었다. 선이는 학생들을 놀라게 해줄 마음으로 매점에서 폭죽을 잔뜩 사 왔다. 선이가 막대 폭죽 끝에 불을 붙여서 하나씩 나눠 주자 학생들이 입을 동그랗게 벌린 채 불꽃을 바라보았다.

"이거는 한국어로 불꽃이에요. 불, fire, 꽃, flower. fire flower. 불, 꽃."

학생들이 와아아 소리치며 "불꽃"을 따라 했다.

"불, 꽃."

"불. 꽃."

학생들의 호응에 신난 선이는 서커스 진행자처럼 "자, 여러분, 여기를 보세요!"라고 외쳐가면서 다른 폭죽에 불을 붙였다. 폭죽에서 분수처럼 불꽃이 뿜어져 나왔다. 학생들이 동그랗게 모여서 손뼉을 쳤다. 짝짝짝. 학생들의 빨개진 코와 볼에 노란 불꽃이 쏟아졌다. 선이도 학생들과 같이 소리 지르면서 손뼉을 쳤다. 짝짝짝.

집에 돌아가기 전, 학생들은 매점으로 우르르 몰려가서 폭죽을 샀다.

"불, 꽃."

"불. 꽃."

모두가 같이 주문을 외는 것처럼, 노래를 부르는 것처럼 "불꽃"을 연이어 말했다.

"여러분, 비행기에 불꽃 가져가면 안 돼요. 한국에서 친구하고 같이 불꽃놀이를 하세요."

학생들은 유치원생들처럼 다같이 "네!"라고 외쳤다. 선이는 다시 일렬로 줄을 세운 다음 43명을 확인했다. 이번에는 한 번에 센 선이가 "자, 이제 집에 갑시다!"라고 외치자 학생들이 모두 환호성을 질렀다.

그날 밤, 자정이 넘은 시각에 전화가 울렸다. 이미 깊이 잠들었던 선이는 전화가 울리는 소리를 알람으로 착각해서 무시하고 계속 자려고 했다. 그러나 전화벨은 끈질겼다. 선이는 어느 순간 벌떡 몸을 일으켰다. 조교의 이름이 휴대폰에 떠 있었다. 숨이 막히고 심장이 조여들었다.

"기숙사에 불이 났대요."

선이는 침대에서 일어나 코트를 걸쳤다. 침대 밑에 두었던 공황장애 약을 입에 털어 넣고, 잠옷에 부츠를 꿰신었다. 택시에 탄 후 다시 조교에게 전화를 했다. 조교는 떨리는 목소리로 불이 났다고 몇 번을 반복했다.

"저는 집이 멀어서 갈 수가 없어요. 당장 가도 2시간이에요."

조교는 울음을 터뜨렸다. 선이는 괜찮다고, 자기가 가고 있으니 걱정 말라 말하고는 전화를 끊었다.

기숙사 건물 한 동이 불타고 있었다. 수백 명의 학생이 잠옷 차림으로 건물 앞에 모여 있었다. 선이는 자기 반 학생들을 찾기 위해 무리를 헤집고 다녔다. 눈물범벅이 된 한 무리의 학생이 선이를 보고는 "선생님!"이라고 소리쳤다.

"미안해요, 선생님. 우리는 불꽃을 했어요."

학생들은 이런저런 말을 토해냈다. 모든 문장에서 "불꽃"이 어지럽게 일렁였다.

다음 날 선이는 참고인 조사를 받기 위해 경찰서로 향했다. 미처 빠져나오지 못한 학생 한 명이 질식사했고, 방송을 제때 알아듣지 못해 늦게 빠져나온 학생들이 흉통을 호소한다고 했다. 기숙사 건물 전체가 검은 그을음에 뒤덮였고, 처음 불이 붙었던 3층의 방과 양 옆의 방은 창문이 모두 깨져 있었다.

형사는 통역사가 동석해서 학생들의 진술을 받았다고 했다. 학생들의 진술에 따르면 기숙사 방에서 막대 폭죽 여러 개에 불을 붙여서 세워놓고 사진을 찍다가 이불에 불이 붙었다. 당황해서 다른 이불로 덮어서 끄려다가 불이 더 번졌다. 학생들은 어떻게 신고하는지 몰랐고, 복도로 뛰어나와 조교에게 몇 번이나 전화를 했는데 받지 않았다. 형사가 조교에게 확인한 바로는 학생들이 전화해서 "불꽃"과 "불"을 반복했는데 "불꽃은 불을 만들어요"와 같은 말이어서 조교가 단번에 알아듣지 못했다. 그렇게 조금씩 늦어져서 불길이 걷잡을 수 없이 거세졌다. 까무룩 잠들었다가 외부가 소란스러워 깨어난 기숙사 경비가 모두 대피하라는 방송을 한 이후에야 소방차가 도착했다는 것이 형사가 요약한 타임라인이었다.

"방화라고 보고 있지는 않습니다만……."

형사는 학생들에게 불꽃을 왜 사 줬는지 물었다.

"학생들이 좋아했어요."

"기숙사에서 불꽃놀이를 하라고 하신 적이 있나요?"

선이는 자신이 했던 말을 곱씹어보았다. 비행기에 가져갈 수 없다고 말했던 것이 기억났다. 그러니까 한국에서 하고 가라고 말했던 것 같다. 그게 그렇게 들렸을까? 오늘 방에 돌아가서 불꽃을 다태우라는 걸로 들렸을까?

"그리고 이건 사실 확인차 여쭤보는 건데요."

경찰은 다른 서류를 뒤적였다.

"6개월 전에 H대에서 해고를 당하셨다고 들었는데요. 혹시 그때 경찰서에 오셨던 문제로 해고당하신 건가요?"

선이는 고개를 번쩍 들었다.

"저는 해고를 당하지 않았어요. 계약직이었고, 계약 연장이 안 되었던 것뿐이에요. 처음부터 두 학기만 일하게 될 거라고 들었고요."

"네, 그러면 계약 연장이 안 되었던 이유가 그때……."

"아뇨, 저는 그때 고소를 하지 않았어요. 저는 그때……."

선이는 자신이 그때 왜 경찰서를 찾았는지 대답하려 했으나 기억이 나질 않았다. 고소할 마음이 없었는데, 분명 학교의 처분을 기다리려 했고 실제로 기다렸는데 왜 경찰서를 찾았지? 왜 형사에게 인스타그램 사진을 보여주고, 해시태그를 검색하게 했지? 다른 강사들이 있었다. 선이와 같이 경찰서에 있었던, 단호하게 신고 절차를 밟은 강사들이 있었다. 그 강사들은 모두 어디에 있는 걸까. 선이는 자신이 왜 여기에 다시 오게 된 건지 도무지 알 수가 없었다. 그녀는 의자에 걸어놓았던 카멜색 코트를 다시 입었다. 경찰서는 난방이 잘되지 않는 것 같았다. 몸이 덜덜 떨렸다.

대형 화재로 대학교 기숙사 건물이 전소되었고, 그로 인해 한국어 단기 과정에 와 있는 외국인 학생이 죽었다는 뉴스는 대형 포털 메인을 장식했다. 수십 개의 기사가 떴는데 그중 하나에 H대 어학당 관계자라고 스스로를 밝힌 P씨의 인터뷰가 실렸다.

관리가 가능하지 않은 숫자를 데려온 것 자체가 문제였어요. 왜 그렇게 무리해서 학생들을 데려왔는지를 들여다봐야죠. 허술한 법망을 피하기 위해 합법적인 꼼수를 부리다 된통 당한 거죠.

다른 기사에는 해당 캠프의 중급 과정을 듣고 있다는 학생의 인터뷰가 실렸다.

우리는 왜냐하면 한국을 좋아하기 때문에 한국에 왔어요. 하지만 한국은 우리를 좋아하지 않아요. 한국 사람들은 우리가 돈을 쓰는 사람입니다.

기사는 어학원이 문을 닫고 대학은 철저한 조사 후에 처벌을 받게 될 거라고 예측했다. 덧붙여 해당 캠프의 책임자가 인터뷰를 거부했다고 밝혔다. 가은은 지방의 초등학교 다문화언어강사 면접 대기실에서 순서를 기다리면서 기사를 읽었다. 2000개가 넘는 댓글이 달려 있었다. 가은은 댓글을 읽다 말고 휴대폰을 가방에 넣고 고개를 돌려 창밖 운동장을 보았다. 남자아이들이 축구를 하고 있었다. 그중 키가 큰 아이 하나가 유난히 얼굴색이 짙었다. 내가 저 아이를 가르치게 될까. 가은은 눈을 가늘게 뜨고 운동장을 가로지르는 아이의 이목구비를 살폈다. 아이의 까무잡잡한 얼굴이 햇볕을 가득 받아 반짝였다. 가은은 자신의 이름이 불릴 때까지 오랫동안 아이를 바라보았다.

'살아남는 것'에 대해 쓰고 싶었다. 살아남기 위해 애쓰는 것, 벼랑 끝에서 떨어지지 않으려 고군분투하는 것, 버텨내는 것, 끝내 살아남는 것.

소설을 쓰는 도중에 코로나바이러스 사태가 터졌다. 한국어학당의 규모가 크게 줄었고, 수많은 강사가 일자리를 잃었다. 나 역시 호주에서 수업이 모두 취소되거나 무기한 연장되면서 실직 상태가 되었다. 벼랑 끝에서 소설을 쓰는 기분이었다.

이 소설은 살아남았다. 이 소설이 살아남았다는 것이, 지금 이 순간에도 삶을 간신히 버텨내고 있는 사람들에게 가닿아 위로를 주었으면 좋겠다.

이 소설은 '코리안 핫걸'이라는 제목의 단편으로 선이의 이야기만으로 생각하고 있었다. 그러나 현진이 장편으로 써보라고 말해주었다. 현진에게 고맙다. 소설 속에서 한 학기를 마칠 때마다 효정에게 글을 보냈다. 효정은 매번 흔쾌히 읽고 정성껏 조언해주었다. 효정에게 고맙다. 내 소설을 항상 읽어주고 내 소설을 좋아한다고 말해주는 친구들이 있다. 장미와 채진, 윤하, 설해, 은비, 정희에게 고맙다.

사실은 내 소설을 그리 좋아하지 않으면서도 우리 엄마는 매일 나를 '천재 작가 공주님'이라고 부른다. 바다 건너 있는 엄마가 그리워서 생각하면 늘 눈물이 난다. 이 책을 누군가에게 바칠 수 있다면 나는 주저하지 않고 엄마에게 바칠 것이다.

나는 언니와 매일 연락을 한다. 몇 시간씩 떠들 때도 많다. 내게 가장 좋은 친구가 되어준 언니에게 고맙다. 사랑하는 동생 장민이와도 매일 연락을 하고 싶다. 작가의 말을 본다면 반성하고 가족 단톡방에라도 메시지를 많이 올려주면 좋겠다.

Angela, George, Peter and Tanya, I'm so lucky to have you as my family. Thank you and I love you.

내가 불안해하고 우울해할 때마다 패트가 낮이든 밤이든 몇 시간이고 같이 걸어주었다. 그 모든 걸음이 나를 살게 했다. 우리가 오랫동안 함께 걸을 수 있다면 좋겠다.

책 한 권이 나오기까지 이렇게나 많은 사람의 노력이 필요한지 몰랐다. 소설을 뽑아주신 한겨레문학상 심사위원들께 감사드린다.

책을 위해 애써주신 김준섭 편집자님과 한겨레출판 편집팀에도 감사드린다.

끝으로, 이 책을 읽어주신 독자분들께 깊이 감사드린다. 나는 늘 내 글이 누군가에게 읽히기를 간절히 바라며 써왔다. 내 글을 읽어준 당신이 내 삶을 구원했다는 것을 전하고 싶다.

호주에서, 수진

이 소설은 명문 H대 한국어어학당 한국어 강사 자리에서 해고되지 않고 살아남으려는 선이, 미주, 가은, 한희 등 많은 고학력 여성의 이야기다. 이제 막 어학당에 한국어 강사로 취직한 강사, 한국이 좋아 한국어를 배우기 위해 외국에서 온 외국인 학생. 좋은 마음으로 만난 이들이 서로 상처 주거나 상처받게 될 것이고, 어학당이라는 장소가 실은 한류를 이용해 장사를 하고 있고, 고학력 여성들을 값싼 임금과 대우로 그 장사에 동원하고 있음을 말하는 소설이다. 고학력 여성들을 포함해 많은 여성들이 우리 사회에서 무언가가 되려고 하는 것을 아직도 막고 있지는 않은지, 이 소설을 통해 질문하게 된다. _**강영숙**(소설가)

이 작품의 가장 큰 덕목은 한국어학당이라는 특정 환경의 생생한 구현에 있을 것이다. 인물들의 서로 다른 사정과 상황이 치우침 없이 드러나 있어, 작가의 균형감각에 신뢰가 든다. 동시에 언어 교환

276

에서 발생하는 이해와 오해를 세심하게 다루고 있는데, 이를 통해 개인 사이의 문제와 공동체 사회의 권력 관계를 능숙하게 넘나드는 점이 특히 흥미롭게 다가온다. **_김유진**(소설가)

명문대 어학원 강사들의 일과 사랑이라고 소개해보면 어떨까. 아니, 우리들의 일과 사랑은 어째서 이다지도 고단하고 불안하고 억울하며 처절하기까지 한 것일까.

보람이나 성취라든가, 친밀이나 교감이라든가 그런 좋은 말도 있을 텐데.

역시 비정규직 고학력 여성들의 노동에 대한 이야기라고 말해야겠다. 보람만으로 일하는 사람은 없듯이 돈만으로 일하는 사람도 없다. 보람이나 성취, 노동시간과 급여, 해고되지 않고 내일도 일할 수 있다는 믿음, 일에서 마주치는 사람들과 그들과 나누는 언어, 직장에서 원하는 옷을 입을 자유와 사랑할 권리까지, 그 모든 것이 우리들 매일의 노동을 결정한다고 이 일하는 여자들은 말하고 있다.

그리고 점점 나빠지는 상황 속에서도 이들 중 누구도 자신의 일을 포기하지 않았다는 사실을 기억해야 할 것이다. 일의 존엄이 없는 곳에 사람의 존엄도 없다는 사실도 함께. **_서영인**(문학평론가)

K-pop에서 K-방역까지, 그 어느 때보다도 '한국'에 대한 각종 기대와 환상이 양산되고 있는 2020년, 우리는 서수진의 《코리안 티처》를 통해 한국의 실체를 다소 불편하게 마주하게 될 것이다. '한

국어학당'이라는 공간을 중심으로 펼쳐지는 이 이야기에서 한국은 고용불안과 여성 혐오를 방치하는 무능하고 폭력적인 나라다. 자신의 인생을 걸고 한국어와 한국문화를 가르치는 강사들은 상시적으로 노동의 피로와 신변의 위협에 시달리고 있으며, 한국에 대해 알고자 일부러 찾아온 외국인 학생들이 마주하는 것은 그들의 생명과 안전에 안일하고 임금체불 해결에 의지가 없는 이 나라의 뻔뻔함이다. 이 소설을 읽고 나면, 한국에 대해 제대로 배워야 할 사람은 오히려 우리 자신이라는 것을 깨닫게 된다. 내부인과 외부인의 눈이 여럿 존재하는 현장인 한국어학당에 침투해 다면체로서의 한국을 규명해내는 이 소설은, 우리가 외면해선 안 될 이 나라의 진짜 모습을 가르쳐준다는 의미에서, K-자부심에 취해 있을지 모를 우리에게 때마침 찾아온 반가운 '코리안 티처'다. _**신샛별**(문학평론가)

《코리안 티처》를 읽는 일은 위험하다. 나를 자꾸 시험에 들게 한다. "이제는 베트남이다."라며, 충분한 인적·물적 여건과 체계적인 프로그램 없이 외국 유학생들을 마구잡이로 끌어들이는 '한국어학당'이라는 '현장'은 안정적인 미래가 보장되지 않은 고학력 여성에게 꽤 매력적인 선택지다. 이 소설은 우선, 결코 '미래'를 약속하지 않으면서 '고객님'들을 위한다는 명분하에 비정규직 시간강사의 시간과 노동, 감정과 에너지를 마지막 한 알까지 쥐어짜내는 무저갱의 세계, 그런 세계조차 누군가에게는 절대 놓쳐서는 안 될 마지막 '가능성'으로 여겨지게 만드는 세계에 대한 이야기다. 그리고 고백

건대, 어떤 세계든 '갑-을-병-정'으로 이루어진 피라미드 모양으로 상형해내는 최신의 사회학을 성실히 학습한 나는, 그곳에 위치한 가장 무고하고도 무력한 존재에 기꺼이 '나'를 이입함으로써 맛볼 달콤한 고통을 조금 기대했는지도 모른다.

하지만 그뿐이라면, 이 추천사는 쓰이지 않았을 것이다. 《코리안 티처》는 '한국어 시간강사'라는 비정규직 노동력을 착취해 '문화 강국'으로서의 위상을 과시하며 인종화된 사업을 밀어붙이는 이 '교육'시장에 수많은 이들이 은밀하고도 적극적으로 공모하고 있음을 적나라하게 폭로한다. '경제적 수치'를 기준으로 매겨지는 국가 간의 위계, '자원'이자 '무기'로 간주되는 언어능력의 유무, 시스젠더 헤테로 중심으로 이루어진 규범적 지식, 국적과 결혼 여부, 비자 유무 등으로 가늠되는 노동권 등 '정상 시민'의 것이라고 일컬어지는 세계와 그 질서에 우리가 얼마나 손쉽게 타협하고 그에 저당 잡혀왔는지를 핍진하게 파헤친다. '취향의 시장'에서 빈번하게 인종화·성애화·계급화되는 대상이면서, 동시에 누군가를 손쉽게 유아화·타자화할 수도 있는 이 애처롭고도 기만적인 위치. 이 책의 제목이 《코리안 티처》여야만 했던 이유다. 만약 당신이 이 책을 다 읽었다면, 이제 우리는 모든 것이 잿더미로 변한 폐허에서 만나게 될 것이다. 지금 우리에게는 그게 필요하다. _**오혜진**(문학평론가)

이 소설을 짧게 요약하라면 이렇게 말하겠다. 일하는 여자들에 대한 이야기라고. 이것보다 조금 더 길게 요약하라면 이렇게 말하겠다. 한국어를 가르치는 일이 직업인 여자들의 어느 시간을 한국어로 쓴 소설이라고. 소설을 읽으며 여성과 언어의 관계에 대해 새삼 생각할 수 있었고, 언어를 가르치는 여성의 캐릭터가 어째서 낯설게 느껴지는 것인가 짐작해보기도 했다. 아마 그동안 우리가 읽어온 소설들에게서 많은 여성들이 말 대신 비명을 질러왔다는 것에 익숙하기 때문일 것이다. 그런데 이 소설에서 여성들은 단지 말하는 것에 그치지 않고 심지어 언어를 '가르친다'. 그런데 언어를 가르치는 동안에도 여성이기 때문에 겪게 되는 일들을 겪을 수밖에 없다. 이 간극 속에서 발견하게 되는 것들이 있다. 그것을 독자들과 나누고 싶다. _**장은정**(문학평론가)

　다양한 여성 캐릭터를 만날 수 있어서 반가웠다. 작가는 인물을 그저 편들거나 비난하지 않고 그들이 처한 상황을 보여주면서 그들을 이해하게끔 한다. 이해는 하지만 마냥 수긍할 수만은 없어서, 마음에 어떤 자세란 것이 있다면, 글을 읽는 내내 나의 자세는 약간 어정쩡했던 것 같다. 나의 그런 자세조차 자연스럽게 느껴지는 소설이다. '잘해야지'라고 메모하면서 '까라면 까야지'라고 생각하는 선이. '꼭 그렇게까지 해야겠니?'라는 시선에 익숙한 미주. '착하다'는 말을 칭찬으로 받아들이는 것을 선택하고 모든 것을 '운'으로 돌리는, 그래서 타인의 불행 또한 '운이 없어서'라고 생각해버리는 가은. 미래시제를 의심하며 갑질을 당하는 것에도 갑질을 하는 것에도 익숙한 한희. 그들을 무리 없이 바라보며 나는 어느 쪽에 가까운가 생각할 수밖에 없었다. 연대를 말하려면 우리가 어떤 상황에 처해 있는지, 서로가 얼마나 다르면서도 비슷한 사람인지 알아야 한다. '우리는 어떻게 살아가고 있나'를 묻는 소설인데, 소설을 다 읽고 나면 '우리는 어떻게 살아가야 하나'라는 질문이 내려앉는다. 소설 말미에 나오는 '한국어의 미래시제'에 관한 사유가 유독 마음 깊이 남았다. 미래는 예측 가능할 뿐 사실로 존재할 수 없다. 그러므로 우리는 미래를 말하는 방식으로 미래를 꿈꿀 수 있다. 우리는 '~할 것이다'라고 말할 수 있다. 그런 다음 그곳을 향해 조금씩 나아갈 수 있다. 소설에는 결말이 있고 우리에겐 다음이 있으므로. _**최진영**(소설가)

《코리안 티처》는 구체성과 실감이 좋은 이야기를 만드는 데 얼마나 크게 기여하는지 여실히 보여주는 소설이다. 작가는 외국인 대상의 한국어학원 운영 실태를 핍진하게 묘사함으로써 어학원이라는 실용적 공간을 우리 사회가 처한 여러 현안이 혼용된 문제적 공간으로 확장한다. 화자로 제시된 네 명의 여성 강사는 소비재처럼 단기간 사용되고 평가되고 쉽게 교체되는데, 이를 통해 여성이 학력, 직업, 계급, 국적과 상관없이 얼마나 쉽게 약자로 전락하는지를 가독성 갖춘 반듯한 문장으로 보여준다. 젠더 문제뿐 아니라 유학생 간의 인종차별 문제, 외국인노동자의 현실, 유학생 국적을 둘러싼 글로벌 계급 문제를 되짚어봄으로써, 우리가 그간 지향하던 글로벌이나 세계화라는 것이 얼마나 허약하고 위악적인 표어였는지를 새삼 깨닫게 된다.

실제를 그대로 전달한다고 소설이 되는 것은 아니지만 실제처럼 여겨져야 이야기의 진실이 전해지는 좋은 소설이 된다는 것을, 이 작품을 통해 확인할 수 있었다. _**편혜영**(소설가)

코리안 티처

제25회 한겨레문학상 수상작

ⓒ 서수진 2020

초판 1쇄 발행 2020년 7월 28일
초판 2쇄 발행 2020년 8월 17일

지은이 서수진
펴낸이 이상훈
편집인 김수영
본부장 정진항
문학팀 김준섭 김수아
마케팅 천용호 조재성 박신영 조은별 노유리
경영지원 정혜진 이송이

펴낸곳 한겨레출판(주) www.hanibook.co.kr
등록 2006년 1월 4일 제313-2006-00003호
주소 서울시 마포구 창전로 70 (신수동) 화수목빌딩 5층
전화 02) 6383-1602~1603 **팩스** 02) 6383-1610
대표메일 munhak@hanibook.co.kr

ISBN 979-11-6040-400-5   03810